47프로젝트

47프로젝트

초판 1쇄 인쇄 2021년 12월 1일
초판 1쇄 발행 2021년 12월 5일

지은이 강두순 외
펴낸이 전승선
펴낸곳 자연과인문
북디자인 D.room

출판등록 제300-2007-172호
주소 서울시 종로구 인사동7길 12(백상빌딩 1033호)
전화 02)735-0407
팩스 02)6455-6488
홈페이지 http://www.jibook.net
이메일 jibooks@naver.com

ISBN 979-11-86162-50-7 03800
값 15,000원

47
프로젝트

강두순 외

자연과
인 문

책을 내며

'제3회 코스미안상' 공모에 수백 편의 응모작품이
왔다. 응모작품 중에는 재능이 뛰어나고 글쓰기 실
력이 대단한 작품들이 많았다. 그중에서 입선작들은
'인문 칼럼'의 취지에 맞게 인간중심의 따뜻하고 사
회문화적으로 소통과 공감을 이끌어 내는 칼럼을 썼
기에 그 뜻을 길이 남기고자 작품집을 만든다.

2021년 겨울
코스미안뉴스 회장 이태상

Contents

47

강두순

—

skymount88@naver.com

PROJECT

반짝이는 저 별

어둠이 내리면 서쪽 하늘 한가운데서 내가 나아가고자 하는 방향으로 길을 밝혀주는 별 하나가 나타난다. 해가 지면 달이 뜨고, 달이 지면 또 해가 뜨고 지고를 수차례 반복해도 변함없이 나에게 응원을 보내주고 있는 소중한 별이다. 어둠을 밝혀주는 저 별은 아마도 어머니별이 틀림없다.

자나 깨나 자식 생각뿐이신 어머니께서 둘째 아들인 나를 이 세상에 탄생시키기 위해 감당하지 못할 거대한 태몽 꿈을 꾸셨다는 말씀을 살아생전 몇 번을 들려주셨다. 처음 한두 번은 구체적 내용까지는 따로 언급을 않으셨다. 단지 포기만 하지 않고 열심히 임한다면 지구상에 없어서는 아니 될 훌륭한 인물로 다시 태어날 수 있다는 말씀을 몇 번이고 강조하신 게 다였다.

거대한 태몽으로 태어난 둘째 아들에 대해 엄청난 기대를 하신 부모님께서 여덟 살이 되던 해 나를 초등학교에 입학을 시켰다. 그런데 이게 어찌 된 일이란 말인가. 애당초 부모님께서 생각했던 태몽과는 정반대로 초등학교 3학년이 다 될 동안 한글마저도 제대로 깨우치지 못하고, 구구단은 먼 남의 나라 숫자로만 여겨진 아들의 정황이 얼마나 기가 찬 애물단지로 보였겠는가.

그런 가운데서도 조심스럽게 다가온 어머니께서는 나지막한 목소리로 조심스럽게 말문을 여신다. "아들아 공부가 어렵지? 근데 너만 어려운 게 아니고 아마 다른 아이들도 똑같이 어려울 거야. 엄마랑 함께 노력해 보자. 조상님께서 우리 아들 공부 잘하게 도와줄 거라고 엄마는 믿고 있어"라는 간절하면서도 정성을 다한 표현으로 용기를 심어주셨다. 겉으로 인자한 말씀은 하셨지만, 마음속에는 태몽의 기대가 산산이 조각나 있었으리라.

시간은 흘러 중학교 입시를 앞둔 초등학교 6학년 오리엔테이션이 열리던 날, 담임선생님께서는 내일 부모님을 학교에 모시고 오라 하셨다. 선생님의 부름을 받고 교무실에 나란히 들어선 엄마와 나를 향해 자리를 안내하신 담임선생님께서는 직선적으로 바로 말씀을 이어가셨다.

"현재 우리 시골 초등학교에서 시내 중학교 입시시험 합격률이 평균 10% 미만인데 현재 아드님 성적은 그 합격선에 겨우 미칠 듯 말 듯 위태위태한 현실입니다. 그러기에 부모님께서 1년 동안 적극적인 관심을 가져달라는 뜻에서 학교에 오시라고 했습니다. 그리고 학생 본인도 지금 이 순간부터 향후 일 년 동안은 하루에 한 시간 적게 자고 공부하도록 하자. 그렇게 노력을 기울이면 선생님이 꼭 입학시험 합격을 보장할게" 담임선생님께서 일러주신 그 말씀을 머리에 세기며 집으로 오는 길에 어머니는 다음 말을 이어 가셨다. "아들~ 할 수 있지? 엄마가 도와줄게. '지성이면 감천'이라고 했어, 이렇게까지 하려는 우리 아들을 아마 조상님께서도 적극적으로 도와주실 거야, 우리 함께 해보자. 응~"

선생님과 어머니 그리고 내가 맺은 3자의 약속 결의 후 1년, 드디어 그 어려운 입시 관문을 통과했다. 그 일이 있고 난 뒤 대한항공에 입사한 지 16년이 되던 어느 날, 하늘의 하얀 뭉게구름이 꽝음의 천둥소리와 함께 검은 먹구름으로 변하는가 싶더니 소나기가 마구 쏟아지는 그림이 그려진다. 그 굵은 빗줄기 사이로 어머니가 위독하다는 전갈이 바람을 타고 날아왔다. 순간 세상 모든 것이 끝나버린 것처럼 한 치의 앞을 볼 수 없는 상황으로 바뀌고 만다. 울먹이는 마음을 진정도 못한 채, 회사 일을 서둘러 멈추고는 고향인 포항으로 달려갔다.

고향 집 철재 대문을 밀치며 마을이 떠나갈 듯이 "엄마!"를 외친다. 그러고는 둘째 아들을 애타게 기다리는 엄마의 안방으로 지체 없이 달려 들어갔다. 사경을 헤매다 정신을 가다듬은 후 사랑의 아들을 확인한 어머니! 멈춰진 시간을 두고 엄마와 아들은 하나가 된다. 꿈에 그리던 아들을 마지막으로 맞이하려는 엄마의 두 눈가에 굵은 눈물방울이 흘러내려 엄마의 베개 자락을 다 적시고 만다.

"사랑하는 아들, 많이많이 보고 싶었단다. 엄마는 이렇게 자랑스럽고 늠름한 아들을 얼마나 원했는지 모른다. 아들아 회사 일은 힘들지 않아?", "회사 일은 제가 알아서 하면 됩니다. 어머니께선 어서 빨리 일어나기나 하세요, 하늘이 들썩들썩할 정도로 강인하신 엄마의 기백 다 어디 가셨어요?"

그렇게 둘째 아들을 자랑스러워했던 엄마는 눈에 넣어도 아프지 않을 아들을 본 다음 날 가족들의 간절한 소망도 뒤로한 채, 스르르 눈을 감고 만다. 그리고는 처음 오셨던 먼 길을 기어이 떠나고 말았다. 내일 모래가 거대한 태몽의 꿈으로 나를 낳아 주시고 사랑으로 길러주신 영원한 내 편 엄마의 기일이다.

대한항공 과장으로 진급하던 날 마을 잔치를 벌이며 나를 얼싸안고 흥겨운 춤을 추시던 어머니! '1996 미국 애틀랜타올림픽 성화 봉송 주자 대한민국 대표(전국 29명)로 최종 결정되던 날, 사랑하는 아들의 축하를 위해 흰 머리 날리시며 환희에 찬 얼굴로 포항에서 대구까지 단숨에 달려오신 어머니가 아니었던가! 그렇지만, '2015 에세이집' 진실이 묻어나는 아름다운 약속 '출판기념회 날'과 '2016 국민연금 사연 공모전' 전국 최우수상이 결정되던 날에는 안타깝게도 엄마는 그 자리에 함께할 수가 없었다. 엄마에게 하늘나라에서 부여된 또 다른 업무 수행을 해야 하기 때문이었다.

나에게 어떤 작은 업적이라도 있다면 이 모든 건 내가 잘해서 이룩한 건 단 하나도 없다. 둘째 아들도 할 수 있다는 엄마의 힘찬 응원 덕분이며 부족하다 느낀 부분을 정확히 깨닫고 난 뒤 더 많은 노력을 기울인 결과일 것이다. 나를 잉태하신 후 엄마의 태몽에서 말씀하셨던 것처럼 '포기하지 않는 삶'을 실천으로 옮길 수 있도록 꿈과 용기 그리고 사랑을 심어주신 현대판 신사임당 어머니가 계셨기 때문이다.

당신이 가진 전부를 다 주고도 늘 부족하다 느끼신 어머니는 끝내 하늘나라로 떠나셨다. 그렇더라도 어머니의 영혼만은 캄캄한 어둠 속에서도 반짝이는 저 별이 되어 오늘도 내일도 사랑의 아들이 걸어가는 어둠의 길을 밝혀주고 있으리라.

47

강현경

—

caukhk@naver.com

PROJECT

『모래사나이』 인간이
이성적이라고 생각하나요?

호프만의 작품『모래사나이』에는 계몽주의와 고전주의 사조에서 중요시한 '이성'에 대한 의문이 나타나 있다. 인간은 입체적이고 다층적이기에 '이성'이라는 하나의 가치만으로는 이해할 수 없었기 때문이다. 이에 낭만주의는 '이성의 타자'라는 또 다른 가치를 제시하여 인간의 이면을 조명한다.

작품에서 '이성의 타자'는 트라우마로 표현된다. 『모래사나이』의 주인공 나타나엘은 눈₁에 대해 트라우마가 있는 인물이다. 그는 세상을 인식하는 통로 중 하나인 눈과 관련한 공포에 매몰되어 간다. 유년시절에 들은 동화 모래사나이에서 시작된 눈과 관련한 공포는 붉은 것에 대한 이미지와 합쳐져 더욱 확장된다. 연관성 있는 이미지가 개인적 사건과 합쳐지면 트라우마는 점차 심화된다. 이를 두고 상담학적 용어인 '트리거'를 떠올릴 수 있다. 트리거는 방아쇠trigger에서 비롯된 용어로, 트라우마를 재경험하도록 만드는 자극으로 이해할 수 있겠다.

불, 안경 등의 트리거는 나타나엘의 공포를 자극했고 트라우마를 재경험하게 함으로써 비이성적인 공포의 몸집을 불린다. 나타나엘의 인격을 차지하는 부분에서 트라우마가 점차 불어날수록, 그는 자신의 세계에 잠식된다. 눈에서 비롯한 공포가 마침내 그의 눈을 가리게 된 셈이다. 나타나엘이 '이성의 타자'에 잠식되는 정도에 따라 세상을 인식하는 방식이 달라짐에 초점을 맞추고자 한다. 타인과의 교류는 세상을 인식하는 방식의 한 부분이다. 나타나엘이 교류한 두 인물 클라라와 올림피아는 각기 상반된 특성이 있다.

클라라는 나타나엘의 연인으로, 나타나엘과 달리 상당히 이성적이고 냉정한 인물이다. 그녀는 계몽주의적, 고전주의적 측면을 반영하는 인물상이다. 나타나엘의 트라우마에 대해 그녀는 이성적인 대처를 요구하고 비이성적인 공포가 '당신의 믿음'에서 비롯됨을 지적한다. 그러나 그녀의 조언에 대한 나타나엘의 반응은 인상적이다. "악마의 존재는 그 자신의 내면에 존재할 뿐"이라는 클라라의 언급에 나타나엘은 몹시 화를 낸다. 그는 트라우마에서 비롯한 공포가 외부에 악마로 실존한다고 믿으며 내면의 '이성의 타자'를 부인한다. 그는 클라라에게 다음과 같은 시를 썼다.

그 광포한 굉음을 뚫고 클라라의 목소리가 들려온다. "당신에겐 내가 보이지 않나요? 코펠리우스가 당신을 속였어요. 당신의 가슴에서 그렇게 불타던 것은 나의 눈이 아니라 당신 심장의 뜨거운 핏방울이에요. 내겐 이렇게 눈이 있잖아요. 자, 날 보세요!" 나타나엘은 생각한다. '분명히 클라라야. 나는 영원히 그녀의 것이야.' (…) 나타나엘은 클라라의 눈을 들여다본다. 그러나 클라라의 눈을 통해 그를 다정하게 바라보고 있는 것은 다름 아닌 죽음이다.[1]

그는 시에서 자신의 트라우마에 심취하여 있지만, 마침내 클라라의 목소리를 듣는다. '이성의 타자'에 대한 지적을 받아들였을 때, 그는 죽음을 본다. 트라우마에 잠식된 상태에서 인간이 내면의 공포를 인지하고 정면으로 마주할 때, 그는 죽음과 같은 극한의 불안감을 예감하기에 끝내 회피하고 마는 것이다.

위와 같은 트라우마는 일련의 트리거를 거쳐 몸집을 불리면서 점차 세상을 인식할 수 있는 통로를 거세한다. 이러한 모습이 올림피아와의 만남에 잘 드러나 있다. 올림피아에 대한 강렬한 끌림은 왜곡된 방식으로 세상을 인식하는 그의 모습을 단적으로 보여준다. 나타나엘은 자신의 견해를 일방적으로 쏟아낼 수 있는 수동적인 존재와의 관계를 추구하기 시작한다. 그는 점차 쌍방의 교류가 아닌 일방향의 주입에 심취하여 반응이 없는 상대방이 자신을 이해한다고 착각한다. 친구의 우려에 다음과 같이 대답한다.

"그녀가 말이 없는 건 사실이야. 하지만 말이 없는 건 영원한 피안을 관조하는 정신적인 삶의 고귀한 인식과 사랑으로 가득 찬 내면세계의 진정한 상형문자라고 생각돼. 하지만 그 모든 것이 너희에게는 아무 의미도 없고 모든 게 잃어버린 언어겠지."[2]

충격적이게도 수동적인 올림피아는 꼭 사람의 모습을 한 인형으로 밝혀진다.

1) E. T. A. 호프만(김현성 옮김), 모래 사나이 E. T. A 호프만 단편선, 문학과지성사 2017, 42-43쪽.

2) E. T. A. 호프만(김현성 옮김), 모래 사나이 E. T. A 호프만 단편선, 문학과지성사 2017, 59쪽

나타나엘은 점차 자신의 트라우마와 내면세계를 세상에 일방적으로 투영하고, 타인의 관점을 전혀 수용하지 못한다. 마침내 그는 개별의 관점을 가진 인간과의 소통을 단절한 채, 사고하지 않는 피조물에 관계를 의존하게 된다.

인간관계에 대한 가치관은 외부세계와의 교류와 소통에 대한 것이고, 이는 세상을 인식하는 방법이기도 하다. 나타나엘은 트라우마의 크기가 커짐에 따라 클라라와의 관계를 잊어버린 채 인형인 올림피아에게 강렬한 끌림을 느끼며 맹목적인 믿음을 갖는다. 클라라는 개인의 관점을 가지고 있는 능동적인 인간형으로, 올림피아는 수동적인 피조물로 이해할 수 있다.

자신의 비이성적인 면모를 인정하지 않고 스스로를 받아들이지 못한다면, 타인을 이해하거나 수용하지 못함은 당연하다. 그리고 자신만의 고립된 세계에 압도되어 수동적인 피조물과 같은 대상에 자신을 의탁하게 된다. 따라서 인간 개인의 '이성'과 '이성의 타자'가 동시에 존재함을 인지하고 또한 직면하는 것이 세상을 인식함의 선행 조건임을 알 수 있다.

2021년을 포함하여 최근 몇 년간 가장 주목받은 키워드 중 하나는 "소통"이었던 것 같다. 우리는 진정 타인을 인식하고 소통하고 있었나? 대화라고 생각했던 것들이 사실은 일방적인 쏟아냄이었던 것은 아닌가? 내 안의 '이성의 타자'가 세상을 바라보는 눈을 가렸음에도 직면하지 못하고 이성적이라고 착각하고 있었던 것은 아닌가? 내가 열렬히 사랑하는 무언가가 혹시라도 올림피아인 것은 아닌가?

작품 『모래사나이』를 통해 한 번쯤 재고하기를 제안한다.

47

김도경

—

basun23@naver.com

PROJECT

사회를 사유하는 방식

— 영화 부산행을 보고

1. '시위=좀비'다

귀신, 드라큘라, 좀비 등 이러한 대상들은 보통 사회에서 억압당한다. 또는 이들은 억압당한 대상들이 회귀한 모습이기도 하다. 드라큘라의 경우 당시 권력의 주체였던 교회로부터 억압당한 대상들이 회귀한 모습이다. 이들은 현실 사회에서 사회의 구성원으로서 존재하지 못하던, 혹은 사회의 질서 체계에 억압당했던 사람들이 회귀해서 변이된 모습이다.

하나의 유령이 유럽을 떠돌고 있다-공산주의라는 유령이. 옛 유럽의 모든 세력이 연합하여 이 유령을 잡기 위한 성스러운 몰이 사냥에 나섰다. 교황과 차르, 메테르니히Klemens Metternich와 기조Francois Guizot, 프랑스 급진파와 독일 경찰들이.[3]

자본주의 사회에서 반대되고 억압되어야 하는 사상은 공산주의일 것이다. 사유재산을 철폐하고 필요한 만큼 가져가는 이 사상은 자본주의와 정반대되는 사상이다. 그렇기에 맑스는 공산주의가 퍼지는 현상을 유령이 떠돈다고 표현한다. 현실적으로 지배적인 이데올로기에서 배제되는 사상, 정반대인 사상이기에 유령이라는 비유는 적절하다. 보통 사회는 자신들의 질서 체계가 무너지는 것을 두려워하는데, 그렇기에 자본주의 사회에서 공산주의는 두려움에 대상일 것이다.

그러므로 그들에 대한 억압과 전쟁이 벌어지는 현상은 어쩌면 당연한 일일 수도 있다. 물론 '부산행'에서의 사람들이 공산주의를 지지하는 사람들은 아니다. 그러나 그들의 좀비로서의 변화는 자본주의 사회에서 억압되어야 하는 대

---

3) 『공산당선언』, 카를 마르크스·프리드리히 엥겔스 지음 15p

상으로 변화한 모습일 것이다. 실제로 '부산행' 속 지배계급은 좀비가 된 사람들을 시위의 참여자와 동일시하는 모습을 보인다. 그러니 지배계급에게 '시위=좀비'인 것이다. (영화가 아닌 현실에서 시위는 폭력 시위의 모습으로 언론에 자주 드러나는데, 이는 과잉 진압을 정당화시키기에 충분하다. 실제 현실에서도 자신들의 과잉 진압을 옹호하기 위해 시위자들은 마치 좀비처럼 폭력적인 존재로 묘사된다.)

임금노동과 자본 사이의 적대는 단순히 환상이 아니다. 그것은 어떤 정신적 변화나 사물을 보는 어떤 다른 방법을 통해서 폐지되는 것이 아니라, 오직 혁명적 사회변동을 통해서만 폐지될 수 있다.[4]

맑스는 투쟁을 통해서만 우리가 가지는 생산 관계에 변혁을 이룰 수 있다고 말했다. 모순된 생산 관계를 무너뜨리는 시위는 자본주의 사회에서 필수적인 움직임이다. 그러나 반대로 지배계층의 입장에서 시위는 좀비처럼 사회 질서 체계를 유지하기 위해서(혹은 자신들의 경제적 이익을 위해서) 억압되어야 하는 산물일 것이다. 그렇기에 '부산행'에서 시위를 좀비라 은유한 것은 지나가는 맥락이 아니라 우리 사회의 이데올로기가 드러나는 순간이다. 시위는 억압받은 것들이 회귀하는 목소리이며, 이 힘은 부조리한 사회적 구조를 무너뜨리는 하위 계층이 할 수 있는 유일한 투쟁이 된다.

2. 억압 아닌 억압을 받는 대상

나는 이 영화를 '시위=좀비'라 칭했지만 '부산행'은 보다 확장되어 해석될 여지를 남긴다. 그 중 첫 번째로 좀비가 장소로서는 지하철역에서, 인물로서는 노숙자에게서부터 시작되었다는 점이다. 지하철은 현대 사회의 바쁜 속도를 드러내는 공간이다. 이곳에서는 수많은 사람들이 빠른 속도로 이동하고, 집을 잃은 사람들이 노숙을 하고 있다. 서울의 가장 밑 구역에서 현 사회의 가장 본질적인 모습이 드러난다. 우리는 모두 바쁘게 움직이며, 하층 계층의 생태를 철저하게 무시하고 있다. 우리는 우리도 모르게 그들을 하층 계층이라 지정한다.

그들은 현 사회의 많은 국민들이 누리는 부나 사회적 여건을 제공받지 못하

---

4) 『칼 맑스의 혁명적 사상』, 알렉스 캘리니코스 지음 114p

고 있으며, 또는 이를 제약받고 있다. 그들이 보이는 사회적 형태는 우리에게 반감을 사기에 그들은 어떠한 직종도 구할 수 없다. 결국 그들은 경제활동에 제약을 받은 채 하루 하루 삶을 연장해나갈 뿐이다. 이러한 노숙자의 사회적 위치나 사회적인 도태를 생각해볼 때 노숙자가 좀비가 되는 현상은 고개를 끄덕이게 만든다. 앞에서 말했듯이 좀비라는 산물이 억압받았던 대상의 회귀라면 말이다. 반대로 좀비를 현대 사회의 이데올로기나 자극적인 매체로 인해 눈이 먼 대중으로 비유할 수도 있을 것이다. 이들은 사회적으로 억압 아닌 억압을 받은 대상들이다.

이렇게 직접경험 속에 무차별적으로 끼어드는 화면이 우리를 기절 일보 직전까지 몰고 간다. 이 무차별적 미디어에 매순간을 마사지 당하는 우리는 정신이 몽롱해진 채 도시를 유령들처럼 배회한다.[5]

좀비는 회귀의 산물로 볼 수도 있지만, 그 이전에 눈이 먼 모습과 무지한 형상을 가진다. 실제로 영화 내에서 좀비는 눈에 보이는 것과 청각적인 면에만 의존한 채 타인을 공격한다. 이들은 좀비가 되기 전에 사람들의 모습과 그리 멀지 않다. 현 사회에서는 많은 자극적인 매체로 인해 우리의 감각은 많이도 손상되었으며, 사회적 사건은 정부의 이데올로기로 인해 눈 막음 되어 있는 상태이다. 우리는 봐야 할 것을 보지 못하며, 느껴야 할 것을 느끼지 못하는, 우리도 모르게 사회적으로 억압을 받는 상황일지도 모른다. 이는 사실 대중이 잠재적 투쟁자이기 때문이다. 많은 현실이 드러난다면 대중들의 투쟁은 불가피할 것이다.

그렇기에 정부는 우리의 시선을 가리기 위해 수단과 방법을 가리지 않는 것이다. '좀비=시위'라는 은유는 사실상 '좀비=이데올로기 안에서 눈이 먼 대중'이라 지칭할 수도 있을 것이다. 현재는 몇몇 일부의 대중들만 시위를 하고 있지만 수많은 대중들도 언젠가는 투쟁을 할 수 있는 잠재적인 가능성을 가지고 있다. 그렇기에 정부는 더더욱 시위를 이질적이고, 사회 내에서 이방인처럼 보이도록 그려낼 것이다. 우리의 눈과 감각이 둔해지도록 매체는 보다 더 자극적으로 변할 것이다. 우리는 좀비처럼, 혹은 유령처럼 도시를 배회하고 있을 것이다.

---

5) 『여성이 글을 쓴다는 것은』 김혜순 지음, 문학동네, 2002, 258p

3. 결말을 바라보기

「역사의 개념에 대하여」(「역사철학테제」)라는 글을 쓰기 위해 적어둔 메모를 모은 「'역사의 개념에 내하여'—판련 노트들」에 이런 말이 나온다. "마르크스는 혁명이 세계사의 기차라고 말했다. 그러나 어쩌면 사정은 그와는 다를지 모른다. 아마 혁명은 이 기차를 타고 여행하는 사람들이 잡아당기는 비상 브레이크일 것이다."『벤야민 선집5』, 최성만 옮김, 길, 2008, 356쪽[6]

'부산행'을 다시 들여다보면 전망 선로가 차단되어 기차가 동대구역에서 멈추는 장면이 있다. 그들은 기차를 다시 갈아타기 위해 자리를 옮기는데, 그때 어디서 등장했는지 모를 불타는 기차가 좀비를 태우고 있는 기존의 기차와 부딪친다. 이때 기존의 기차는 모든 것이 파괴된다. 여기서는 어떠한 상징적인 의미가 담겨있는 듯하다. 이는 기존의 진보만을 추구하던 선로의 결과물로 볼 수 있다. 마르크스는 혁명은 직진하고 발전되는 것이라 말했으나, 벤야민은 기존의 선로가 잘못된 길이라면 기차를 멈추는 것이 혁명이라 말했다.

진보만을 추구하든 돈의 가치를 추구하든 기존의 기차에는 이기적인 인간들이 가득했고, 끝내는 모두 좀비로 변모했다. 이 기차 안에서 모든 인간들은 좀비가 되어서 서로를 공격하기 바쁘다. 그런 기차가 불타서 사라지고 인물들은 새기차에 올라탄다. 이는 벤야민의 시선으로 볼 때 새로운 혁명일 것이다. 기존의 기차가 불타서 사라지는 상징적 장면은 기존의 사회가 잘못되었고, 이를 다시 개혁하고자 하는 혁명을 상징화한다. 물론 이 결과는 처참했다. 수안(김수안)과 성경(정유미)만 제외하고 모든 인물이 죽는다.

절망 속에서 아주 작은 희망이라도 찾아내는 작품이 좋은 작품이라 생각한다. 물론 이 희망은 실현 가능한 희망이어야 한다. 낙천적인 희망은 진실하지 않고, 절망적 현실만 드러나는 영화는 희망의 존재를 외면한 영화에 불과하다. '부산행'은 기존의 선로를 무너뜨림으로써 과거부터 현재의 잔재를 부정했다. 그럼 미래에 대한 의문이다. 어떤 희망을 보여주고 싶었을까. 두 여성 인물이 살아남았다. 이 두 여성은 어떤 의미가 있을까. 여러 의문이 생겼으나 영화 안에서는 의문에 대한 답을 찾을 수가 없었다. 살아남은 그 이후에 대한 어떠한 실마리도

6) 『정확한 사랑의 실험』 신형철 지음, 문학동네, 2014, 165p

드러나지 않았다. 마지막 인류의 번식을 위해 여성 인물을 남긴 것일까. 혹은 어떠한 여성성의 상징으로써 자리 잡은 것일까. 영화는 의문으로 끝난다.

　이 의문들은 어떠한 타당한 근거를 바탕으로 해석되기에는 부족해 보였다. 시작은 여러 주안점을 안고 시작했으나 끝에서는 희망의 실마리를 풀어내고자 하는 모습이 보이지 않았다. 여러 가지 사회적 은유를 담고 시작한 좀비 영화는 재난 영화라는 결말로 도망쳤다. 미래의 방향성이 부재해서 조금은 아쉬웠다. 그럼에도 현시대에 이 영화를 보는 일은 의미 있는 일이다. 가장 문제시되는 자본주의 사회의 여러 영역을 지적해주었기에 그것만으로도 이 영화의 가치는 충분할 것이다. 어떤 작품은 가끔 우리에게 찰나의 시야를 열어준다. 그 안에서 우리는 볼 것이고, 우리라는 이름으로 투쟁하는 방법에 대해 고민해보게 만든다. 최대한의 진보를 이루기 위해 우리만의 방식으로 싸워야 함을 찰나의 시야로 느낄 것이다. 기차는 지금도 앞으로 나아가고 있는 중이다.

47

김도훈

—

paco_alcacer@naver.com

PROJECT

종이책을 읽어나간다는 것

　본격적인 4차 산업 시대가 되어버리면 지금보다 과학기술이 더욱더 발달할 것은 자명한 사실이다. 삶은 더욱 편리해지고, 일상의 가벼운 것들은 유용한 활동이 될 수 있을 것이다. 그렇게 먼일은 아니지만, 예전에 알파고가 큰 화제를 이끈 걸 보면 우리에게 있어 4차산업혁명과 로봇이라는 분야가 얼마나 지대한 영향을 미칠지 모를 일이 되었다. 덕분에 당시 인공지능의 대표였던 알파고는 여운이 긴 파동을 사회에 풍당 던졌으며 그 결과는 경외심을 불러일으켰다고 볼 수 있다. 그런 의미에서 언젠간 인공지능이 문학을 대신하거나 예술의 주체가 되는 시대가 올 법도 하겠다는 생각을 가지게 됐다. 물론 세상에 예측 가능한 명확한 미래가 어디 있겠는가. 불확실한 미래는 그래서 우리에게 미래를 예상하고 추측하게 만드는 진취적인 추동력이 되는 것이다.

　이쯤에서 필자가 보는 문학의 미래에 관한 생각 자체는 명료하다. 현 상태를 비슷하게 유지하거나 아니면 새로운 방식으로 대체 및 진화하는 것. 어찌 보면 쉽게 답을 내릴 수 있는 질문의 해답인 듯하지만, 실상은 그렇지 않다는 점을 상기해야 할 필요가 있다. 그래서 '인공지능과 문학의 미래에 대한 고찰'은 복잡하고 어렵다. 개연성이 다분해 보이기도 한 데 반대로 전혀 아닌 것으로 보이기도 하니까. 애당초 이런 질문을 하지 않는 게 속 편한 일일 수도 있다. 그래도 이 시대를 풍미하며 온몸으로 느끼는 지성인이라면 또 문학을 사랑하고 존중하는 사람이라면 좋은 쪽으로 결론을 내릴 테니, 나 역시 그러기로 마음먹었노라 외치고 싶다.

　적어도 지구에 인간이라는 사고할 줄 아는 지적인 존재가 존속하는 한 우리가 아는 '문학' 역시 존재는 하지 않을까 싶다. 다만 그 형태는 시대의 흐름과 양상에 따라 변하지 않을 순 없다고 본다. 여기서 문제는 변화하는 정도와 너비라고 생각한다. 우리가 문학이라고 명명할 수 있는 범위를 넘어서는 것이라면 그땐 골치 아픈 일이 되고 말 테니. 만일 미래에 변형되어버린 문학을 지금의 관점에서 보면, 문학이라고 할 수 있을지 그리고 그 변질 또는 변모될 문학이 과연 문학이라 지칭할 수 있게 될지가 관건인 셈이다.

물론 예부터 문학이 항상 불변의 법칙을 가져왔던 것도 아니지만, 그렇다고 본질이 바뀐 적도 없다. 기본적인 속성은 끝까지 유지하고 있다는 안도의 사실은 그나마 필자를 안심하게 해주는 확고한 믿음일 테지. 그러나 당대의 구성원들이 문학을 어떻게 누리고 활용하는지에 따라 변할 가능성은 충분하며 결과는 무궁무진하다고 본다. 바로 그 점을 미래에 인공지능이 충분히 꿰찰 수도 있겠다는 염려 정돈 생긴다고 봐야 한다.

그렇다면 당장 현대사회는 어떤가? 지금은 속도와 간결성의 가치를 굉장히 높이 평가하는 사회다. 그러므로 느리고 깊음의 미학을 가진 사색적인 독서는 비효율적이고 답답한 것으로 깎아내리는 경향이 있다. 오늘날 종이책이 구시대의 유물이니 케케묵었다니 그래서 그런 것만 고집하면 신기술을 배우고 익히지 못해서 재빠르게 앞서가는 동시대의 현대인을 따라잡지 못하리라는 소리까지도 들었을지 모른다.

그러나 인간이 사회 규범을 따르는 사회적 동물임을 감안하면, 제아무리 전자책과 같은 기술이 높은 수준으로 발달할지언정 사물의 이미지를 형성하고 그것을 용어와 개념으로 표현하고, 특정 단어를 통해 경험을 주고받는 것까진 마음대로 제어할 수 없다. 고로 인간은 자의식을 가진 존재이며 예로부터 특유의 창조성을 통해 독특한 언어 능력을 진화시켜왔음을 망각하지 말자. 따라서 인간의 고유한 재능에서 변하지 않는 부분, 글쓰기와 독서 행위는 인간의 근본 자체를 규정하는 원리임을 잊어선 안 될 일이다.

스크린 시대의 독자들은 자신도 모르는 사이에 독자만의 특권과 부여된 자유를 빼앗긴다는 맹점이 있다. 더 큰 문제는 빼앗긴다는 현상을 인지조차 못 하는 데에 있다. 전자책처럼 유용한 기술은 그 사용이 까다롭고 복잡하다. 그래서 이를 준수하지 않으면 제한을 받거나 불편을 겪을 수밖에 없는 실정이다. 그리고 전자책은 전 세계 모든 독자에게 균등한 독서의 기회를 제공하는 것 같지만 실상은 그렇지 않다. 전자책이 독자들에게 가하는 제한과 통제는 종이책보다 말도 안 되게 강력하니까 말이다.

그 말은 종이책이 독자에게 주는 자유와 상상의 폭이 크고 넓다는 말이 된다. 그뿐일까. 독자의 순수한 재량권도 비교 불가다. 우리는 종이책을 읽을 때 마음껏 재량을 펼칠 기회를 부여받기도 전부터 놀랍게도 책의 표지에서 먼저 권리를 부여받으면서 시작된다. 이에 반해 전자책은 어떤가. 그저 단말기 앞에서 획일화되어 있는 기계에 불과하다. 우리가 보는 전자 페이지엔 주석용 여백보다 다른 페이지나 광고 또는 광고와 연결된 하이퍼링크로 가득한 경우가 비일비재다. 주석이 달려 있고 이리저리 뒤적이며 읽을 수 있는 자유로운 종이책과 달리 전자책은 본질부터 그렇지 못하다.

여기서 필자는 전자책의 기능과 제공하는 서비스의 문제를 제기하는 게 아니다. 그건 무척 유용하지만, 그 서비스 때문에 독자의 재량권이 제한되고 만다는 게 가장 큰 문제점이다. 그러므로 사이버 공간을 항해하는 미숙한 독자는 이런 제한사항을 인식하고, 여행의 자유를 만끽할 방안을 모색할 필요가 있다.

당연히 전자책의 장점이 없는 건 아니다. 그중에서도 편리하고 접근성이 뛰어나다는 점이 가장 큰 강점이다. 여하간 종이책이 전자책과 가장 다르며 그 어떤 것으로도 구현할 수 없는 게 하나 있다. 그건 바로 책을 읽는 본인이 또 다른 자아의 내면으로 들어가 정신의 문을 직접 여는 행위다. 우리가 종이책을 읽음으로써 지금 읽는 페이지를 다른 페이지나 다른 책 아니면 모든 사물과 미디어에 연관시킬 수 있으며, 책의 구성을 자유롭게 연상하고 재구성할 수 있다. 이것 때문에 나온 말이 아는 만큼 보인다는 말이다.

내면을 각성하고 식견을 기르기 위해선 전자책보다 종이책을 독파해 나가야 한다. 컴퓨터, 노트북, 스마트폰 앞에서 과연 진정으로 사색에 잠길 수 있을까? 그걸 떠나서 종이책은 본인의 광활한 정신 공간에서 모든 사고와 이론 및 개념을 연결하고 조작할 수 있다. 그에 반해 전자책은 우리의 정신 공간에 미로를 만들어 길을 잃고 헤매게 만든다. 그것이 그나마 눈에 보이도록 명시는 하겠지만 그래봤자 단순한 대시_dash_에 머물고 만다.

그런 면에서 전자책은 비교적 자유로운 여행 공간이라 부를 수 없다. 현실감과 생동감이 한참 뒤떨어지는 투박한 가상공간에 불과하다. 그 말은 전통적인 연상에 있어서 동떨어지며 백번 양보해서 좋게 본다 해도 부수적인 기능을 수행하는 것에 불과하다. 따라서 스크롤을 움직이는 독자는 책의 진행 과정을 의식하지 못하고, 그에 대한 바람직한 연상 작용이 일어나지 못하게 된다. 전자책만 보는 그들은 작은 껍데기 속에 갇힌 어항 속 물고기와 다를 게 없다. 그곳의 정해진 크기도 모른 채 기껏 무한한 곳이라 여기며 이깃저깃 헤집는 행위는 쓸데없는 환상 속에서 허우적거리는 것과 무엇이 다르단 말인가. 그에 반해 문학은 내재된 고유의 성질이 명확하다. 그 성질의 원형은 끝이 없으며 누구도 훼손할 수 없는 가치다.

군이 전자책과 종이책의 가치를 면밀하게 비교하지 않아도 둘의 본질과 책을 접하는 방식만 비교해도 답을 쉽게 찾아내고 도출해낼 수 있다. 거듭 말하지만, 이 글은 둘의 우위를 따져서 무엇이 옳고 그름을 나누는 게 아니다. 당연히 둘은 서로 다르고 문명과 과학의 발달로 인해 불가피한 현상임은 인정하지만, 짚고 넘어가야 할 건 꼭 짚고 넘어가야겠다는 심산이 필자의 의중인 것이다.

지성인이 도구에 의존해선 독서의 진정한 의미를 보호하고 누릴 수 없다. 그 의미를 상실하지 않도록 지켜내려면 종이책을 가볍게 여겨서도 멀리해서도 안 된다. 사고의 발전과 자아 성찰, 사색과 고찰, 지적 능력 확대 등의 정신적인 현상은 디지털미디어 시대에 이르러 상실된 면이 적잖이 있다. 전광석화와 같이 넘어가는 스크롤은 절대 우리에게 천천히, 깊게, 정독하는 방법을 알려주지 않는다. 그걸 배우려면 무조건 종이책을 통해 진득하게 앉아서 배울 수밖에 없다.

그만, 끝으로 고한다. 독서라는 행위는 하나의 긴 여행이니 저마다의 목적과 종착지가 각양각색일 테지. 거기서 그 내용과 메시지, 느낀 점을 무한한 상상력과 함께 고스란히 챙겨서 돌아오는 독자야말로 진정한 의미의 독자라 칭할 수 있는 것이다. 설령 그것이 전자책이라 할지라도 우린 그렇게 해야만 한다. 저자의 탁견은 독자와의 양방향을 통해서 이룩할 수 있는 독자만의 진짜 특권이니까.

47

47

김동곤

—

boybb@hanmail.net

PROJECT

노블레스 오블리주를 위하여

　남도 끝자락, 산사의 겨울밤은 적막하고 바람 소리만 차갑다. 스마트폰도 놓아두고 인터넷이 없는 방에 객으로 머문 지 한 달, 산사 밖의 소식은 먼 나라 이야기가 되었다. 새벽 예불도 객인 내가 참견할 일이 아니어서 밤늦도록 불을 켜고 누워 책을 뒤적거리고 글을 끄적거리는 것이 일과처럼 되었다.

　오늘은 방 한구석에 자리 잡은 책상 위에 '노블레스 오블리주'란 제목을 단 책을 뒤적였다. 노블레스 오블리주noblesse oblige는 '고귀한 신분에 따르는 도덕적 의무와 책임'을 뜻하는 프랑스 말로, 사회적으로 높은 지위를 가진 사람들은 그에 걸맞은 사회에 대한 의무를 다해야 한다는 말인데, 불행하게도 그 책에 들어 있는 것은 온통 남의 나라 이야기뿐이었다.

　깊은 밤, 그 책을 보면서 새삼스레 《삼국사기》를 떠올렸다. 《삼국사기》는 신라 중심으로 서술되었다는 한계를 지니고 있지만, '열전' 부분은 삼국 시대를 살아간 사람들의 삶을 충실하게 그려 준다. 수나라를 물리친 을지문덕의 이야기나 공주와 결혼하여 용맹을 떨친 바보 온달의 이야기, 효녀 지은과 설씨녀의 아름다운 이야기 등은 모두 열전을 통해서 전해진다.

　〈김유신 열전〉으로 들어가면 삼국 통일의 영웅이라는 일반적인 평가와 '음흉하기가 사나운 독수리 같았던 정치가'(신채호)라는 상반된 평가를 받고 있는 주인공이 걸어 나온다. 660년, 5만 명의 신라군을 이끈 김유신은 황산벌에서 5천 명의 결사대를 이끈 계백과 만났다. 신라군이나 백제군이나 한발도 물러설 수 없는, 나라의 운명이 결정되는 전쟁이었다. 계백은 이미 자신의 처자식을 모두 죽이고 나온 만큼 결사적으로 신라군에 대항했다. 열 배가 넘는 신라군은 이런 계백의 군사에게 네 차례나 패하고 기세가 크게 꺾였다. 거기다가 당나라 소정방과 약속한 날짜를 지키기 위해서 김유신은 더 이상 황산벌에서 시간을 지체할 수도 없는 노릇이었다. 김유신의 고민은 깊어 갔다.

이때 가장 먼저 나선 사람은 김유신의 동생인 장군 흠순이었다. 김흠순은 아들 반굴을 불러 말했다. "신하에게는 충성이 제일이고, 자식에게는 효도가 제일이다. 위태로움을 보고 목숨을 바치는 것은 충성과 효도를 오롯이 하는 길이다." 반굴이 아버지의 말뜻을 알고는 백제 진중에 들어가 힘껏 싸우다 죽었다. 그러자 좌장군으로 있던 김품일이 또 나섰다. 김품일은 아들 관창을 불러 말했다.

"너는 겨우 열여섯 살이지만 자못 용감하다. 오늘 싸움에 있어 삼군의 본보기가 되겠느냐?" 관창이 그렇게 하겠다고 말하고는 적진으로 달려들었으나 백제군에 사로잡혀 계백 앞에 끌려갔다. 계백이 어린 관창을 차마 죽이지 못하고 살려 보내자, 관창이 다시 홀로 적진으로 달려들었다. 계백이 관창을 사로잡아 죽여 목을 베어 말안장에 달아서 신라 진영으로 보냈다. 아버지 김품일 장군이 아들의 머리를 잡고 피눈물로 소매를 적시며 말했다.

"나라를 위해 죽었으니 다행이다." 이에 신라군의 사기가 올라 백제군을 무너뜨리고 백제를 멸망시킴으로써 삼국 통일의 교두보를 마련할 수 있었다. 널리 알려진 이 이야기는, 삼국 중 가장 약한 신라가 어떻게 삼국 통일의 주인공이 될 수 있었는가를 상징적으로 보여 준다. 반굴은 대장군 김유신의 조카였고, 관창은 좌장군 김품일의 아들이었다. 그야말로 미래가 보장된 신분이었다. 김유신은 그런 사람들에게 의무와 책임을 요구한 것이다. 이것은 노블레스 오블리주가 신라에는 하나의 정신으로 자리 잡고 있었다는 사실을 말해 준다. 이것이 바로 가장 약한 신라가 삼국 통일의 주인공이 될 수 있었던 까닭일 것이다.

이야기는 이제 김유신에게 자신에게 돌아간다. 김유신 자신은 과연 의무와 책임을 실천했을까? 다시 〈김유신 열전〉으로 간다. 629년, 신라군은 고구려의 낭비성을 공격한다. 서른다섯 살의 김유신은 이때 중당을 이끄는 당주로 출전했다. 신라군은 고구려의 역습으로 불리하게 되어 사기가 꺾이고 전의를 잃었다. 이때 김유신이 장군으로 출전한 아버지 서현 앞에 가서 말했다.

"제가 듣건대, '옷깃을 들면 갖옷이 바르게 되고, 벼리를 당기면 그물이 펴진다.'라고 하였습니다. 제가 벼리와 옷깃 구실을 하겠습니다." 그러고는 고구려 진중으로 달려가 적장의 머리를 베어 돌아왔다. 이에 신라군의 사기가 올라 고구려군을 격파하고 성을 함락시킬 수 있었다. 이 이야기 또한 김유신에게나 신라에 있어 도덕적 의무와 책임이 당연한 것으로 여겨졌음을 잘 보여 준다. 이야기 그대로 김유신 자신에게도 이런 솔선수범이 이미 자리 잡고 있었던 것이다. 그렇기에 앞에서 본 반굴과 관창의 모습이 우리에게 이해될 수 있는 것이다.

김유신과 관련된 이야기 하나만 더 읽어 보자. 백제와 고구려를 멸망시킨 신라는 이제 당나라와 전쟁을 벌이게 된다. 대방의 싸움에서 김유신의 아들 원술이 비장이 되어 출전했다. 싸움은 신라군의 패배로 끝나고, 원술은 책임을 지고 싸우다 죽으려고 하였다. 그때 원술을 보좌하던 담릉이 후일을 도모하라며 원술의 죽음을 말렸다. 그래서 원술은 억지로 살아서 돌아오게 되었다. 이때 김유신은 문무왕에게 이렇게 말한다.

"원술은 왕의 명령을 욕되게 하였을 뿐만 아니라 가훈마저 저버렸으니 베어야 옳습니다." 왕은 원술에게만 중한 벌을 내릴 수 없다 하고 김유신의 청을 받아들이지 않았다. 원술은 부끄러워 숨어 살다가, 아버지 김유신이 죽자 어머니를 뵈려고 했다. 그러자 어머니가 이렇게 말하면서 만나 주지 않았다고 한다.

"너는 이미 아버지에게 자식 노릇을 하지 못하였으니, 내가 어찌 네 어머니가 될 수 있겠느냐?" 참으로 인정이라곤 찾아볼 수 없을 만큼 매정하다. 그래서인지 예전에 어떤 교수는 이와 같은 원술의 이야기를 교과서에 싣는 것이 부적절하다고 했다. 그러나 그것은 이 이야기의 전체적인 맥락을 이해하지 못한 단견이다. 이야기의 이면을 들여다보면, 앞에서 말한 도덕적 의무와 책임이라는 소중한 정신이 자리 잡고 있다는 것을 발견하게 된다.

문을 열자 개울 물소리가 더욱 깊고 서쪽 산 위에 걸린 달이 대웅전 앞마당에 하얀 달빛을 흔흔히 뿌리고 있다. 국어사전에는 없는 말이지만, 우리 사회에서 내로남불이란 말이 널리 회자된다. '내가 하면 로맨스 남이 하면 불륜'을 줄여 이르는 신조어로, 똑같은 행위에 대해 상대방을 비난하면서 자신에게는 너그러운 사람을 비꼬는 말이다. 이러한 말이 그럴듯하게 들리는 사회에서 자신의 책무를 다하라는 말이 설 자리는 점점 줄어든다.

오늘날 대한민국의 많은 사람들은 우리 사회에서도 사회적 지위를 가진 사람들이 이와 같은 의무와 책임을 다하는 모습을 보고 싶어 한다. 당연한 말이지만 굽은 자로는 직선을 그을 수는 없는 노릇이다. '윗물이 맑아야 아랫물도 맑은 법'이라는 평범한 격언이 새삼스럽게 다가오는 새벽이다.

47

김 목

—

kim-mok@hanmail.net

PROJECT

한 끼의 밥상을 위하여

하루 세 끼 어김없이 먹어야 하는 밥상이 달라졌다. 어린 시절에는 주로 온 가족이 밥상에 둘러앉아 밥을 먹었다. 어른이 수저를 들기 전에 먼저 먹어선 안 되고, 또 먼저 일어나서도 안 된다는 것을 배웠다. 맛있는 반찬에 젓가락이 여러 번 갔다가는 반찬 대신 눈치를 먹어야 했다. 다 먹었어도 숟가락을 밥그릇에 놓고 얌전히 있어야 했다. 귀한 밥알은 절대 흘리지 않아야 하고 만약 흘리면 주워 먹어야 했다. 슬그머니 버렸다간 이 한 톨의 밥알을 위해 농부가 어쩌고, 아버지께서 저쩌고 등 엄한 꾸중을 들었다.

따지고 보면 농부의 발자국 소리를 듣고 자란다는 쌀 미米자는 농부가 최소 88번 논에 간다는 뜻의 여덟팔八자 두 개의 글자이다. 모내기한 모 3포기가 분열하면 21개쯤의 이삭이 되고 각각 100여 개의 낱알이 달리면 2,100여 개, 바로 요즈음의 한 공기밥이다. 또 이 밥을 위해 논에 물을 가두니 가뭄과 홍수를 막고, 풍경 또한 아름답다. 그러니 참으로 귀한 한톨의 밥알이고 꾸중도 아깝지 않다.

아무튼, 옛사람들은 혹시라도 설거지통에 흘린 밥알이 있을까 봐 설거지물을 가축에게 줄 정도였다. 그러니 흥부가 형수에게 주걱으로 뺨을 맞고, 뺨에 붙은 밥알을 뜯어 먹는 눈물의 밥알은 아니지만, 그에 버금가는 훈육의 밥알이었다. 또 음식을 먹으면서 먹는 소리가 나지 않도록 조심해야 했다. 어찌 보면 모두가 다 전통적인 밥상머리 교육이었다. 하지만 돌이켜보면 이 밥상에서 어른들은 자식들의 안색을 살펴 건강유무를 확인하고, 일상에 일어나는 일을 점검했다. 가족끼리 함께하는 소통의 공간이고, 음식만이 아닌 정과 사랑을 나누고 먹는 시간이기도 했다. 아침밥은 힘차게 보낼 하루의 출발점을 확인하고, 점심은 건강하게 이어가는 과정을 다시 확인하고, 저녁은 하루가 보람 있고 평화로웠음을 감사하고 또 확인하는 공동체의 시간이었다.

그러나 요즈음에는 어떠한가 대가족제도는 무너지고, 소가족을 넘어 핵가족 시대, 그리고 독거가족이라는 용어의 시대가 되었다. 그러다 보니 식사 풍경도 괴기의 모습을 찾기 힘들다. 그나마 공동체 생활을 유지하던 농촌에서도 고살에서 뛰노는 아이들 소리가 사라진 지 오래다. 컹컹 짖어대는 개소리는 물론, 꼬끼요 울어대던 아침 닭 소리도 듣기 힘들다. 산골짜기며 작은 섬마을까지 있던 초등학교 분교는 물론, 면 단위의 학교도 존립이 위태로운 지경이 되었다. 인구감소에 따라 유인도는 무인도가 되고, 행정단위의 통폐합도 준비해야 할 것이다.

그렇게 대가족과 함께하는 농자천하지대본의 농본사회는 사라지고, 다가올 미래사회의 가족제도며 인간관계는 또 어떻게 변화될 것인지, 그 누구도 예단하지 못하는 불확실한 현재이다. 그런 상황을 직시하고 다시 밥상 풍경으로 돌아가 보면, 이제 대다수 가정에서는 자신이 필요한 시각에 홀로 식탁에 앉아 끼니를 때우는 게 일상이 되었다. 또 음식도 냉장고나 온장고, 김치냉장고 등에서 용기에 담겨있는 걸 입맛대로 꺼내 가스레인지나 전자레인지, 인덕션 레인지 같은 화로를 이용하여 조리한다. 자연스레 가족이 식탁에서 만나는 경우가 적어지거나, 한 집안에서도 가족끼리 식사 시간에 얼굴 보기도 힘들게 되었다. 더나아가 1인 가구인 독거 가족이 늘어남에 따라 혼밥, 혼술이란 용어가 생기고, 다양한 간편식, 대용식이 넘쳐난다. 밥상머리 교육은 옛 시대의 유물이 되었고, 음식을 함께 먹는다는 뜻의 식구라는 말도 퇴색이 되었다.

그럼에도 가족은 함께 식사를 하는 식구임에 틀림없다. 아직도 그런 전통을 이어가려 노력하는 가정도 많을 것이다. 상황이 이러다 보니 모처럼 가족이 모여 밥을 먹는 날이면 집안이 꽉 찬 느낌일 것이다. 물론 직계가족이 모두 모여봐야 예전 대가족의 모습은 아닐 것이다. 하지만 모처럼 타지에 사는 가족까지 함께하는 날이면 잔칫날일 것이다. 명절이 있지만 그 명절은 달력에만 있는 날이 되었고, 이제는 언제라도 가족이 모이는 그런 날이 명절이 되었다. 또 그 모일 수 있는 날을 명절처럼 손꼽아 기다리게 되었다. 그렇게 온 가족이 함께 모여 한 끼의 식사를 했으면 하는 바람은, 현대라는 어휘 속에 숨어 있는 과거에 대한 갈망이요 향수가 되었다.

돌이켜보면 얼마 전까지만 해도 우리 인사말은 '안녕하세요'와 '밥 먹었냐'였다. 물론 어른께는 '진지 드셨습니까'하고 공손히 머리를 숙였다. 이 인사말들에 대한 어원을 여러 가지로 해석한다. 해동하면 쳐들어오는 잦은 오랑캐 때문에 이른 봄에 피는 제비꽃 이름을 '오랑캐꽃'이라고도 부르듯, 그 오랑캐와 남서해안을 제집처럼 드나들던 왜구의 노략질 때문에 생긴 인사말이라고 한다. 또 봄의 춘궁기인 보릿고개를 넘을 때, 식량이 떨어져 초근목피로 연명하던 시절이 있어서라고도 한다.

하지만 한 가지 간과할 수 없는 것은 지나가던 나그네를 불러 세워 음식을 나누던 우리 민족의 따뜻하고 인정 많은 이웃 사랑이 그 인사말의 어원임이 틀림없다. 이웃집 살강에 숟가락, 밥그릇이 몇 개인지, 굴뚝에 연기는 오르는지에 관심이 많았고, '네 성씨가 뭐냐', '몇 살이냐' 등 낯선 이와 자신의 연관성을 찾으려 했던 우리 조상들이었기 때문이다. 해서는 안 될 일, 말을 하고 다니는 사람을 두고 '그 녀석, 밥은 먹고 다닐까' 한다든지, 답변하기 곤란한 질문을 하는 기자에게 정치인이 '밥 먹었소'하고 소중한 음식인 밥으로 상황을 눙치는 것도 '밥먹었느냐'는 인사말의 유래에 대한 반증 아니겠는가?

우스갯소리라고 치부는 하지만 우리 국회의원 중에 '옳소'와 '밥 먹고 합시다' 의원이 있었다고 한다. 임기 동안에 딱 그 한마디 말만 했다는 것이다. 지루한 회의 중에 졸고 있다가 박수 소리가 나자 번쩍 눈을 뜨고선 큰 소리로 '옳소'를 외치며 정오가 다 되어가는 시계를 쳐다봤다는 것이다. 역시 회의가 길어져 점심시간이 가까워지자 번쩍 손을 들어 '긴급동의' 발언권을 얻은 뒤, '밥 먹고 합시다'라고 했다는 것이다. 맞는 말이다. 금강산도 식후경이라는 말이 괜스레 생겼겠는가? 비록 국사를 논하는 엄중한 자리지만 밥은 먹고 해야할 것이다.

한마디로 일이든 놀이든, 뭐든 밥은 먹고 하라는 말이다. 우리가 살아가는데 필요한 3요소가 의식주이지만, 이 먹고 살자는 '식'이 의와 주보다 앞 순서가 아닐까 싶다. 잠자리야 비를 피하면 됐고, 나무와 풀, 짐승의 가죽으로 겨우 위쪽만 가리고 살던 석기시대 사람들도 있었다. 그들에게 가장 중요한 것은 음식이었다. 그들은 종일 음식을 찾아 헤맸고, 그걸 보관하기 위해 그릇을 만들고, 조리하기 위해 불을 이용했으며, 얻기 위해 전쟁도 마다하지 않았다. 그러니 뭐니 뭐니 해도 가장 중요한 것이 '식' 그러니까 밥이다.

배가 불러야 일도 하고, 흥얼거림도 나와 노래도 부르고, 자랑스레 문자로 기록하고, 그림도 그리고, 밥을 빼앗으러 오는 적과 싸울 힘도 생기는 것이다. 과거의 군사는 다 먹고살기 위해 징집되거나, 그러기 위해 자발적으로 참여하는 용병이 대부분이었다. 그래서 전투가 끝나면 3일간은 약탈을 하도록 눈감아 주는 것이 당시의 용병으로 전투하던 시절의 군법이기도 했다고 한다.

돌이켜보면 어린 시절 뛰어놀다 땀을 뻘뻘 흘리고 돌아오면 할머니께서 '아까운 밥 다 내려간다. 어지간히 뛰어라'고 걱정을 했었다. 배곯던 시절의 할머니의 손주 사랑 법이었다. 어쨌거나 이 세상 중요한 것 중에 가장 앞서는 것이 음식, 즉 밥이다. 다른 것이야 조금 부족해도 되고 없어도 생명에는 지장이 없다. 하지만 밥만큼은 다른 말이 필요 없는 삶의 필수 조건이다. 그렇다고 너무 먹는 것에 집착하는 것도 보기 좋을 수는 없다. 아흔아홉 개 가진 자가 한 개밖에 없는 자의 그 한 개를 빼앗아 백 개를 채우는 세상은 탐욕의 세상일 수밖에 없다. 작금의 LH를 비롯한 사회를 혼란케 하는 부동산 투기도 좋은 집을 갖기 위함이 아닌 돈벌이가 아닌가? 주택이 주거라는 본래의 목적이 아닌 소유욕의 대상, 다시 말해 돈이고, 그 탐욕의 돈은 잘 먹기 위함의 밑천이다.

그 부동산 투기로 마련한 아파트 한 채가 1억 원을 벌어주었다고 하자. 밥 한 끼에 만원이라고 치면 1만 끼니를 먹을 수 있다. 넉넉잡아 5인 가족이 하루 3끼씩 음식을 사 먹는다면 15만 원이다. 1억 원을 15만 원으로 나누면 666일이니 2년여를 먹을 수 있다. 하룻밤 새에 1억을 벌어 5인 가족이 2년여를 놀고먹을 수 있다는 단순 계산이 나온다. 이런저런 상황을 견주어보면 우리 사회의 모든 상황이 이 먹는 것과 관련이 되지 않는 것이 없다. 1억이면 2년, 10억이면 20년을 놀고먹을 수 있다. 그러니 누군들 그 유혹에서 자유롭겠는가? 다만 나에게 소중한 것이 타인에게도 소중하다는 것이 어느 때부터인가 사라져버리고 그 빈자리에 탐욕이 들어섰다는 것을 외면할 수 없다.

이쯤에서 우리는 다시 생각해보자. 콩 한 쪽도 나누어 먹는다는 말이 있다. 공양미 3백 석에 자신을 희생한 심청이처럼 생명을 내놓긴 어렵지만, 한 끼를 줄여 나 아닌 사람의 한 끼가 되게 할 수는 있을 것이다. 아직도 우리 사회에는 한 끼 식사를 거르고, 그 한 끼를 마련하지 못하는 사람이 많다고 한다. 그걸 당사자인 개인이나 아니면 국가나 사회의 책임으로만 돌릴 수 없다. 이 세상의 물질 총량은 한정되어있기 때문이다. 꼭 거액의 기부가 아니어도 된다. 한 달에 한 끼 정도의 음식을 나 아닌 다른 사람에게 내놓는 마음을 가졌으면 한다. 방법이야 주위를 둘러보면 다양하게 있을 것이다. 능력이 미치지 못하면 어쩔 수 없지만, 지금부터라도 너와 내가 실천에 옮긴다면 우리 사회는 좀 더 살기 좋은 훈훈한 사회가 될 것이다.

흐르는 물이 물레방아를 거꾸로 돌리지 못한다고 한다. 과거 농본사회의 가족제도나 사회구조, 좁게 줄여 가족이 함께하는 식사시간이나 풍습을 이제 다시 복원하지는 못할 것이다. 찢어진 종이를 풀로 붙이듯 해결할 수 없기 때문이다. 무엇보다도 우리의 의식이 시대를 따라서 변화되고, 그 흐름에 순응해야 할 것이다. 또한 혼술, 혼밥을 먹어야하는 사람을 위한 사회와 국가의 각종 시책 마련, 시설 등도 더 확충되어야 하겠고, 그런 사람을 위한 식사 방법, 건강을 유지하기 위한 식단 등도 다양하게 개발되었으면 한다.

우리나라는 세계 어느 나라보다 급격한 변화를 가져온 사회이다. 차 하나만을 보더라도 50년대 초의 목탄차에서 지금은 자동주행차까지 나왔다. 흙먼지 풀풀 나는 자갈길에서 소달구지에 슬그머니 타려다가 주인의 채찍을 맞던 아이가, 지금은 1억 대에 이르는 승용차를 타고 고속도로를 질주하기도 할 것이다. 그런 사람이라면 어떤가? 거액은 아니더라도 한 끼의 식삿값 1만 원을 한 끼를 걱정하는 누군가를 위해 내놓지 않으려는가?

아니다. 꼭 1억 대 승용차를 타는 사람이 아니어도 된다. 지난 시절 배곯았던 걸 경험했거나, 그걸 아는 사람이면 누구라도 상관없다. 한 끼의 밥상을 나 아닌 누구를 위해 쾌척하는 일, 아무라도 누구라도 하면 좋겠다.

47

김수정

—

doolynara43@naver.com

PROJECT

옹이

운무에 숨은 산사는 쉽게 모습을 드러내지 않았다. 태고의 신비를 품은 하늘은 속세의 번잡함이 싫은지 구름으로 가림막을 쳤다. 습기 머금은 바람은 거듭되는 번뇌의 발길을 붙잡으며 피안(彼岸)에 이르려는 나를 말렸다. 천년의 전설을 품은 바위에는 푸른 이끼가 땅의 언어로 시간을 거슬렀다. 오가는 인연의 흔적들이 민들레 홀씨처럼 날리는 길은 소원을 발원하는 나무들이 옹기종기 모여 하늘을 향해 가지를 뻗고 있었다. 그 모습이 눈으로 중생의 괴로움을 살피고 손으로 중생구제를 실현하는 천수 천안 관음보살로 보인 것은 나만의 착각이었을까!

가만히 눈을 감고 심호흡을 했다. 이제부터 원효가 되어야 했다. 그는 모든 것은 마음이 지어낸다는 일체유심조(一切唯心造)를 당나라 유학길에 잠결에 먹은 해골물을 통해 찰나의 깨달음으로 얻었다 했다. 위대한 사상의 가르침이 아니라 중생의 삶에 파고든 살아있는 종교는 하늘이었고 땅이었고 인간이었다. 다시 돌아온 신라에서 영원한 자유인으로 수행자의 길을 걸었던 그를 따라 자욱한 구름 뒤편에 자리한 '오어사'에 들어섰다. 가끔 상상했던 흐르는 시간이 정지되어 세상은 움직임이 없는데 나만 그 속에서 손오공의 근두운을 타고 날아다니는 짜릿한 기분이 들었다. 날아봐야 부처님 손바닥 안이지만 멈춰진 시간 속에 머무는 짧은 행복이 절 마당에 들어서면서 온몸을 감쌌다. 굳이 천수경의 '정구업 진언'을 하지 않아도 말은 묵언으로 걸음은 향기롭고 고개는 숙어졌다. 화려하지 않지만 웅장했고 드러나지 않지만 고결했다.

절은 원효대사와 혜공선사의 물고기 시합에서 유래해 '오어사'가 되었다. 원래 이름은 인도 갠지스강의 모래를 뜻하는 항사를 따서 '항사사'였는데 두 분이 수도하며 서로 개천의 물고기를 산 채로 먹고 대변으로 다시 살아있는 물고기 내보내는 내기를 했다. 그중 한 마리는 죽고 한 마리가 살았는데 살아있는 물고기가 서로 자기 것이라 우겨 나오(吾)에 물고기 어(魚)자를 써 오어사(吾魚寺)가 되었다. 가만히 생각하면 사부대중四部大衆의 스승이 되는 분들도 고행의 시간 속에도 짬을 내어 인간의 평범한 일상을 받아들이는 즐거움도 있었기에 내기를 했을 것이다. 사뭇 사람 냄새나는 두 분의 일화에 웃음이 났다.

열기로 뜨거운 발바닥을 식히려 마당 모퉁이에 있는 바위에 앉아 주변을 둘러보았다. 아뿔싸! 허공에서 시선이 머문 자리에 원효대사가 가부좌를 틀고 열반에 들어있었다. 가지마다 붉은 연등 꽃을 피운 배롱나무는 분명 대사가 틀림없었다. 오랜 시간 뿌리를 내린 불교의 땅에 배롱나무가 된 그는 수많은 중생을 지금도 꽃으로 만개하게 했다. 달빛을 받아 삼라만상을 비추고 별빛을 머금어 사바세계를 정화했던 당신의 자리는 꽃 무더기가 흐드러져 생명으로 살아있었다. 꽃에서 시선을 내려 나무를 보았다. 화려한 꽃에 가려 보지 못했던 옹이가 군데군데 멍처럼 시커멓게 보였다. 갑자기 심장이 뭉클했다. 만물을 차별 없이 사랑하라 설법했고 마음의 근원을 회복하면 누구나 부처가 된다고 저잣거리에서 목 놓아 외쳐도 알아듣지 못하는 사람들로 가슴에 멍이 들고 상처받았을 그를 떠올려 보았다. 굴레를 벗어나지 못하는 억겁의 윤회를 지닌 채 아득한 굴레의 미륵彌勒을 발원하는 배롱나무의 깊은 불심은 옹이마다 촛농으로 녹아 있었다.

언니는 김해 김씨 육 남매의 맏딸로 태어난 죄로 자신의 삶이 없었다. 사고로 다친 아버지는 평생을 방 안에서 빛을 피해 사는 무능력한 가장이었고 졸지에 생계를 짊어진 엄마는 억척스러운 영덕댁으로 선착장을 누볐다. 생선 배를 갈라 산더미처럼 쌓아야 자식들 입에 보리밥이라도 들어갔고 머리끝에서 발끝까지 생선 비늘이 눈물처럼 반짝여야 공책이며 연필이 구해졌다. 피눈물 나는 가슴 시린 가난한 집 안을 바라보던 언니는 중학교를 마치기도 전에 도시로 변변한 옷 한 벌 챙기지 못하고 떠났다. 동생들을 공부시키고 엄마의 짐을 조금이라도 덜어 준다면 그걸로 충분했다. 한 달에 한 번 보내주는 월급과 몇 달에 한 번 집에 오는 날이면 양손 가득 들고 오는 과자며 과일에 환장해 우리는 고마움을 당연함으로 받아들였다. 그때는 몰랐다. 언니가 왔다는 반가움에 품에 안기면 코끝을 알싸하게 스쳤던 향이 커피 냄새였다는 것을.

어린 나이의 중학생이 도시로 나가 구할 수 있는 직장이 공장이나 회사 경리나 다방에서 차를 배달하는 일이 전부였던 시절이었다. 당장 현실은 돈이 우선이었고 조금이라도 더 많이 주는 일이 흔히 말하는 '다방레지'였다. 집에는 공장에 다닌다고 말하고 혼자 견뎠을 외로움과 손가락질을 동생들은 몰랐다. 살림 밑천 첫째 딸이라는 이유로 기꺼이 자신을 꿈을 포기한 소녀는 동생들의 성공에 희망을 걸었다. 뿌리는 비록 진흙에 있지만 은은한 연꽃을 피우리라 믿었던 마음은 헛된 욕심이었다.

학교만 졸업하면 누나의 은혜 잊지 않고 꼭 갚겠다던 남동생들은 사회에 나오니 혼자 살기도 바쁘다는 핑계를 대고 서서히 연락을 끊었다. 여동생은 가난한 살림에 한입이라도 덜겠다며 가정을 꾸려 버렸다. 막내인 나는 너무 어려 언니의 멍든 가슴을 어루만지지도 등을 다독거리지도 못했다. 모든 것이 한순간에 물거품이 된 몸과 마음은 만신창이가 되고 울퉁불퉁 하나씩 옹이가 생겨났다. 암처럼 돋아난 옹이는 서러운 기억만 한으로 뭉쳤고 어느 무더웠던 여름날 하얀 나비가 된 언니는 배롱나무꽃에 앉았다 하늘로 나풀거리며 사라졌다. 알아주는 이 없는 이별이었다.

줄 것도 받을 것도 없이 살다 가면 족한 세상을 어설픈 자존심과 이기심으로 실수를 했다. 사랑과 자비를 가르치지 않아도 살아가는 경우와 이치를 안다면 구차함이 필요 없다. 언니가 우리에게 주었던 희생을 아낌없이 준 사랑을 감히 원효의 가르침에 논하기는 어렵지만, 나에게는 큰언니가 부처고 원효고 지금 앞에 있는 오어사 마당의 배롱나무였다. 가부좌를 튼 대사는 중생의 알음 귀를 열어 하늘 꽃을 나무에 피웠고 언니는 동생들의 삶을 위해 나무에 꿈을 피웠다. 옹이가 불거져 나올 때면 백일기도의 간절한 소망은 경건했고 백팔번뇌를 끊는 마음은 흐트러짐이 없었다. 그랬기에 생각만으로도 눈물이 나는 이름이 되어 그리움을 흘렀다. 언제부터 내 가슴에 언니는 옹이가 되어 추억을 함께했다.

배롱나무를 감고 도는 옹이를 보며 보시란 바로 꺼내 놓지 않은 진실한 마음임을 이제야 깨닫는다. 염화시중을 미소를 품은 오어사의 오후는 운제산의 녹음에 취해 푸르렀다. 배롱나무의 꽃말은 떠나간 벗을 그리워함이라 한다. 혜공선사를 기다리는 대사의 그리움이 꽃잎으로 마당에 떨어진다. 멈춰선 바람이 다시 걸음을 천천히 옮긴다.

47

김수희

—

standhighing@gmail.com

PROJECT

상처에 머물기

힐링이 넘쳐나는 시대다. 힐링 여행, 힐링 음식, 힐링 콘서트, 힐링 인문학, 힐링 문화체험 등 힐링이 붙은 상품과 문화체험이 유행한 지 수년이 흘렀다. 온라인 서점 검색창에 힐링을 치면 관련 도서가 천 권이 넘는다. 힐링에 끌린다는 건 상처와 아픔이 존재하고 그 상태에서 벗어나고 싶다는 신호이다. 수많은 힐링 상품과 문화를 소비하고 누리면서 우리의 정신과 육체는 그만큼 회복되고 치유되었는가. 우리가 힐링을 통해 얻고자 하는 상태는 어떤 것인가.

철학자 헤겔은 즉자적 존재와 대자적 존재로서의 인간을 이야기한다. 즉자적 존재가 '아프다'라고 느끼는 순간적이고 본능적인 존재라면, 대자적 존재는 즉자적인 상태에서 벗어나서 자신을 타자화하여 볼 수 있는 상태이다. 대자적 존재는 '아파하는 나'를 대상화하고 반성하는 사유를 할 수 있다. 대자적 존재로서의 인간은 자신과 외부환경을 동시에 보며 자신과 세계를 객관적으로 관찰하는 힘을 지닌다.

살아간다는 건 상처투성이가 되는 일이기에, 우리는 수시로 불안과 아픔을 느낀다. 인간은 태어날 때부터 불확실한 세계에 던져진다. 처음엔 먹고 입고 배설하는 모든 것을 타인의 손에 의지해야 한다. 낯선 세상에서 아기는 울음으로 자신의 불안과 두려움을 표현한다. 나이를 먹으면서는 관계에서 오는 상처, 현재의 불확실, 미래에 대한 불안, 육체의 질병과 노화 등에서 자유로울 수 있는 사람은 아무도 없다. 상처가 계속 더해지면, 복잡한 감정을 온전히 표현할 수 있는 언어를 찾지 못한 채, 내상 입은 마음을 안고 치유에 목마른 존재가 된다.

이때, 얄팍한 힐링은 일시적인 위안만 줄 뿐이다. 맛있는 음식을 먹고, 좋은 책을 읽고, 여행을 떠나도 그 자체만으로 치유가 일어나지 않는다. 자신에 대한 성찰이 동반되어야 한다. 아픔에만 반응하는 본능적인 존재에 머물지 않고 자신을 객관적으로 바라보기 위해서는 자기 자신을 거리를 두고 바라볼 수 있어야 한다.

소설에서는 시점에 따라 주인공과 서술자의 거리가 달라진다. 일인칭 주인공 시점은 주인공과 서술자가 일치한다. 이때는 주인공과 서술자 사이의 거리가 존재하지 않는다. 일인칭 관찰자 시점이 되면 주인공과 서술자의 거리가 생기고, 삼인칭 시점이 되면 서술자는 소설 밖에서 더 많은 거리를 두고 등장인물과 세계를 관찰한다. 같은 사건도 어떤 관점에서 얼만큼의 거리를 두고 바라보느냐에 따라 다르게 보인다. 외국인 노동자, 난민이 직접 자신의 이야기를 한 것을 들으면, 내가 신문을 통해 먼 거리에서 알고 있던 이야기와 전혀 다르다는 사실에 놀랄 때가 있다. 타인에게는 나의 삶도 그럴 것이다.

작가가 좋은 작품을 위해 주인공과 서술자의 거리를 조절하는 것처럼, 자신의 인생의 서사를 통합하기 위해 작가의 마인드가 필요할 때가 있다. 인생에 갑작스러운 아픔이나 상처가 생기면 처음엔 그 사건을 자신의 삶과 통합하지 못하고 분리해 내려고 애쓴다. 실패하고 아프고, 좌절한 순간은 성공하고 치유하고 성취하는 순간을 위한 불필요한 부속품쯤으로 여길 때가 많다. 내가 관찰자이자 주인공이 되면 내 느낌과 감각으로만 세상을 본다. 하지만 자신에게 거리를 둘 수 있게 되면, 아픔을 겪는 자신을 관찰하며 바라볼 수 있다. 스스로 자신을 대상화할 때, 특정 사건에 매몰되지 않고 그 사건의 의미를 파악할 수 있다.

그리고 이 '거리'는 상처에 머무를 때 확보할 수 있다. 김진영은 <상처로 숨 쉬는 법>에서 아도르노의 철학을 소개하며 이렇게 설명한다. '아도르노의 사유는 힐링의 사유가 아니다. 상처를 치유하거나 위안하자는 것이 아니라 상처 안에 머물자는 것이다. 일단 머무르고, 나아가서는 상처를 관통해야 한다.' 오래 아픔과 상처를 응시하며 머물다 보면 보이는 것들이 있다.

먼저, 자신의 모습이 객관화된다. 아프다는 감각에 몰두하면 내 고통밖에 느껴지지 않는다. 빨리 벗어나고 싶다는 집착이 생긴다. 그러면 치유에 모든 희망을 걸게 된다. 몸이 아픈 사람은 통증의 원인을 찾기 위해 여러 병원을 전전한다. 검사를 하고 약을 처방받고 때로 수술대에 오른다. 완전하게 회복될 수 있을 거라고 믿지만, 기대만큼 치유되지 못할 때가 더 많다. 운이 좋아서 회복되더라도 결국 인간은 늙고 약해지기 마련이다. 일련의 지난한 과정에 머무르다 거리를 두고 자신을 보는 순간, 이 세상의 수많은 아픔에 시각이 열린다. 수많은 질병을 앓는 이들과 아픔을 통과하는 이들 사이에 서 있는 자신의 모습을 볼 수 있다. 동시에 상처와 머무르며 단단해지고 있는 자신을 발견한다.

또한 상처에 머무를 때, 나뿐 아니라 나를 얽어매고 있는 가치들이 드러난다. '건강을 잃으면 모든 것을 잃는다', '아픔은 극복해야 한다', '더 많이 노력하면 성취할 수 있다' 등 사회가 불어넣은 관념이 개인을 억압하고 있다는 걸 발견한다. 그리고 그 억압에서 스스로를 놓아주며 조금씩 자유로워진다. '진정한 사유는 불행에서 시작된다'는 말처럼 불행은 현실을 짓누르지만, 생각의 틀을 확대하고 재구성한다.

아프고 상처받는 상태는 비정상적이라서 정상적인 상태로 건너가기 위한 징검다리가 아니다. 그 자체로 생생하게 주어진 삶이고 벗어나려고만 애쓰기엔 그 안에 숨은 비밀 너무나 많다. 니체도 파스칼도 병약했다. 단테에게 억울하게 추방되는 고단한 삶이 없었다면 신곡은 완성할 수 없었을 것이다. 고난은 곧 축복이라거나 성공하기 위해서 실패가 거름이 된다는 이야기가 아니다. 모든 것이 마음에 달렸다는 긍정의 삶을 외치는 것도 아니다. 아프고 고단하다고 모두가 니체나 파스칼이나 단테가 될 수 있는 것도 아니다. 하지만 상처와 아픔은 그것을 응시하고 머무를 때, 이전에 보지 못했던 세상을 열어주는 보답을 한다.

마지막으로, 상처에 머무르는 건 혼자의 힘만으로는 불가능하다. 일정 거리에서 함께 머물 수 있는 동료들이 있을 때, 각자의 거리에서 서로를 지탱할 수 있을 것이다. 진정한 힐링은 아픔과 상처에 함께 머무르고 있다는 연대감이 아닐까.

47

김주형
—

miqidiamon44@naver.com

PROJECT

쇼펜하우어에 대한 단상

쇼펜하우어의 영향을 가장 크게 받은 분야는 문학계일 것이다. 러시아의 소설가인 톨스토이, 이반 투르게네프, 도스토옙스키, 프랑스의 작가 마르셀 프루스트, 에밀 졸라, 그리고 독일 작가 토마스 만, 헤르만 헤세, 프란츠 카프카, 영미권 작가인 토머스 하디, 조지프 콘래드 같은 사람들은 모두 자신들의 창작에 쇼펜하우어의 사상이 큰 도움이 되었다고 인정했다. 헤르만 헤세의 작품을 보면 불교적 색채가 강한 것을 알 수 있는데 이를 두고 쇼펜하우어의 사상이 반영된 것이라고 평가받기도 한다.

그의 사상을 몇 가지 단어로 축약해보자면 해탈, 의지와 표상, 여성 혐오자, 사랑은 없으며 인간의 성욕만이 기본 전제조건이라고 외친 지독한 염세주의자 수많은 천재적인 예술가, 작가, 철학자들이 어떠한 자기만의 세계에 빠져버리다 못해 미쳐버리면, 극단적인 선택의 결말로 자신의 의지로 생을 마감했던 것을 보면 쇼펜하우어의 인생 마지막 장도 자살로 끝이 난 것이 그리 의외의 이야기는 아닌 듯하다.

쇼펜하우어는 헤겔을 굉장히 미워했다고 하는데, 아이러니하게도 그의 저서에는 '사랑하지도 말고 미워하지도 말아라. 이것이 지혜의 절반에 해당된다'는 말이 있다. 한 세기를 풍미하고, 지금까지도 수많은 사람들이 존경해 마지않는 쇼펜하우어조차도 자신이 말한 것과 반대로의 행동을 했다는 것은 사실 그리 이상한 일은 아니다. 때때로, 우리는 누군가가 나에게 어떤 특정한 것에 대하여 강조하거나 혹은 굉장히 중시한다면, 본인에게 그 부분에 대한 결핍이 숨어 있음을 알 수도 있다.

쉽게 예를 들면 그렇게 행동하면 안 된다, 이렇게 살아라, 또 저렇게 살아라, 네 나이에 맞는 것을 해라, 또는 거짓말을 하지 마라, 연인이라면 다른 이성을 만나지 말라 등 심심찮게 지나가면서 우리는 남들이 우리에게 툭 던지는 말들을 듣곤 한다. 사실 그들이 우리를 정말 위해서 그런 말을 한 것인지, 아니면 그저 다른 목적으로 그런 말을 한 것인지까지는 신이 아닌 이상 그 사람의 마음속에 들어갈 수 없기 때문에 진실은 알 수가 없다.

그저 그 사람이 어떤 부분에 대하여 강조한다면, 그에게는 그 부분과 관련된 긍정적이든 부정적이든 어떠한 이슈가 숨어 있는지 유추할 수가 있는데 이것은 보통은 부정적일 가능성이 꽤 크다. 그래서 누군가가 지나가면서 한 말에 대해서는 그렇게 큰 의미를 둘 필요도 없다. 나에게 적합하다고 생각한다면 그것을 취하고, 그렇지 않다면 그저 강물이 흘러가는 것처럼 그대로 가볍게 흘려 보내버리면 된다. 하지만 때로는 누군가가 나에게 하는 행동이 마음에 들지 않거나 싫거나 기분이 나쁘거나 어찌 됐든 무엇인가 나에게 계속해서 물음표가 생기는 부분에 관하여서는, 시간이 남는다면 한 번쯤은 생각해 볼 필요가 있다.

수많은 대문호와 많은 사상가들에게 영향을 끼친 그는 자살로 생을 마감했지만, 그의 삶은 어린 시절 부유한 상인인 아버지 덕분에 먹고 살 걱정은 없었던 듯하다. 쇼펜하우어는 여성 혐오자였는데, 여자들은 돈을 낭비하는 버릇과 교활함으로 똘똘 뭉쳐 있고, 습관적으로 거짓말을 하는 존재라고 생각했으며, 그래서 오직 "성적 충동으로 판단력이 흐려진 남자들만이 키가 작고, 어깨가 좁으며 엉덩이가 크고 다리가 짧은 여자라는 존재를 아름답다고 본다"라고 비하하기까지 했다.

간단히 돌이켜보자면, 쇼펜하우어가 왜 여성 혐오자가 되었는가이다. 그의 자서전 덕분에 우리는 그것을 쉽게 알 수가 있는데, 자신이 사랑하는 아버지가 자살로 추정되는 죽음 이후 어머니와의 불화 때문에 여성 혐오에 대한 씨앗이 자라난 듯하다. 책에서도 보면 '아버지에 대하여는 아버지는 나를 사랑하셔서'라는 표현이 있다. 그만큼 그는 아버지에 대한 정은 깊었던 것을 알 수 있다. 쇼펜하우어는 어머니와의 불화 때문에, 자신도 모르게 여성 혐오에 대한 싹이 텄을 가능성이 크다고 유추할 수 있다.

그렇다. 우리는 감옥에 있거나 산속에 들어가 은둔생활을 하지 않는 이상 살면서 좁은 범위든 넓은 범위든지 간에 타인과 끊임없이 짧거나 혹은 길든 간에 관계를 맺으면서 살아간다. 가장 가까운 가족 혹은 친구, 그리고 연인들 그들이 가끔 왜 나에게 이런 행동을 하지, 이런 모습을 보이지 라며 무조건 그들을 비난하거나 탓하기 이전에 한 번쯤은 골똘히 왜 이런 행동을 나에게 보이는지 생각을 해볼 필요가 있다는 것이다.

그 사람들이 미치광이거나, 정신이상자가 아닌 이상에야, 간혹 정신적으로 문제가 있다고 하더라도 모든 행동에는 그 원인이 반드시 있을 가능성이 크다는 것이다. 물론 그런 것들만을 생각하면서 시간을 낭비하라는 것은 아니지만, 이유 없는 원인 없는 결과는 없다는 것이다. 원인은 다양할 수도 있다. 나에게 원하는 것이 있어서 잘해준다든지, 아니면 내가 행동을 잘못했기 때문에 오해를 불러일으켰다든지, 혹은 내가 그 사람이 그렇게밖에 할 수 없도록 하는 모습을 보이다든지, 아니라면 사랑이라는 감정에 이끌려서 본인에게 해가 됨에도 지속하고 있다든지. 이런 짧은 통찰의 시간조차 귀찮게 느껴진다면 사실상 사람들과 최대한 깊은 관계를 맺지 않고 살아가는 게 어쩌면 마음이 편할 수도 있다.

왜냐하면, 어차피 사람 사이의 관계에서는 동등한 이득을 취하는 경우는 매우 드물고, 한쪽이 조금 더 플러스가 되거나 마이너스가 되는 상황을 보기 쉽기 때문이다. 물론 기본적으로 인간은 이기적이기 때문에 그 자신은 본인이 이득을 취하고 있다고 느껴서 누군가와 관계를 맺고, 그렇게 행동을 하는 것이겠지만, 객관적으로 따져보거나 장기적인 관점으로 보면 한쪽에게는 마이너스가 되는 경우가 많다.

다만 본인이 인지하지만, 감정이라는 것에 이끌려 지속하여 나가는지 아니면 그 자체도 인지하지 못한 채로 계속해서 끌려가는 것인지는 알 수 없다. 사람 사이의 연결을 이득이냐 아니냐로만 따지면서 인생을 살아간다는 것이 조금은 슬프기도 하지만, 쇼펜하우어 그리고 수 많은 사상가들이 언급하는 인간은 기본적으로 가장 이기적인 동물이라는 것이 사실에 대해서는 반박할 수가 없는 사실에 가까운 것 같다.

47

김진웅

—

kimbanyah@hanmail.net

PROJECT

우암산 걷기길

오늘도 작은 배낭을 메고 우암산으로 향한다. 하드웨어인 뇌뿐만 아니라 소프트웨어인 마음의 스트레스도 많이 받고 지치게 하는 코로나19 때문에 모임을 거의 못 하니 쾌적하고 조용한 우암산 걷기길을 찾을 때가 더 많아진다. 아직 한낮에는 볕이 따갑지만, 남실남실 부는 산들바람에 하늘이 높아지고 뭉게구름이 두둥실 떠간다. 솔솔바람이 불어오고 부지런한 고추잠자리가 입추도 처서도 지났으니 가을의 문턱이라고 일러준다. 우암산(牛岩山·353m)이 소〔牛〕 형상이라 곳곳에서 소 모습의 캐릭터character가 등장하여 해설하는 안내판의 글귀처럼 '자연과 하나 되고 사람과 교감하는 정겨운 우암산 걷기길'이다.

우암산 걷기길의 가파른 곳은 계단을 만들어 놓고 필자가 동남아 관광할 때 많이 본 야자나무 껍질로 엮은 듯한 멍석을 깔아 안전하게 다닐 수 있어 좋다. 우리가 가난과 싸우던 몇십 년 전에는 상상조차 못 하던 일이다. 이런 등산로 바닥에 까는 멍석까지 머나먼 나라에서 수입한다니 우리가 제법 잘사는 것 같다. 걷기길 주변의 잡풀을 깎지 않은 곳이 있어 혹시 긴 짐승이 있을까 봐 위험한 곳도 있긴 하지만 대체로 정비가 잘 되어 고맙다.

만약 우리가 위대한 지도자를 중심으로 새마을운동과 경제개발 등을 하며 주린 배를 졸라매고 피땀을 흘리지 않았다면, 우리보다 훨씬 잘살던 야자나무가 많은 필리핀보다도 더 가난할 수도 있지 않은가. 그때 필리핀 재래시장을 관광하며 인기척에 뒤돌아보니 그곳 어린이들이 따라다니며 우리말로 "천 원만~ 천 원만 주세요."하던 모습이 지금도 눈에 선하다. 평일인데도 학교에도 가지 않고 구걸하다시피 돈벌이를 하다니…….

어깨 위로 무언가 떨어져 살펴보니 톱으로 자른 듯한 가느다란 참나무 가지다. '바람에 떨어졌을까, 청솔모가 야금야금 갉았을까?' 궁금하여 관련 자료를 검색하여 알고 보니 도토리거위벌레(참나무거위벌레라고도 함)가 덜 여문 도토리에 알을 낳고 가지를 잘라 땅으로 떨어뜨린 것이라 한다. 도토리거위벌레는 몸길이 약 1cm, 날개에는 황색 털이 있고 흑색 털도 드문드문 나 있고, 날개 길이와 비슷한 주둥이를 깆고 있다. 주둥이가 거위 주둥이처럼 생겨 거위벌레라고 한단다.

도토리거위벌레의 번식도 왕성하고 특이하다니 놀랍다. 7월부터 8월 초순쯤 풋도토리에 구멍을 뚫고, 산란관을 꽂은 뒤 도토리 열매 속에 알 한두 개씩 산란한다. 알을 낳은 뒤에는 예리한 톱 역할도 하는 주둥이로 도토리가 달린 가지를 몇 시간씩 걸려 안간힘을 다해 자르는 것이다. 그 까마득한 공중에서 왜 가지를 자를까. 그 이유는 도토리 열매 속에서 부화한 애벌레가 도토리가 여물어 단단해지기 전에 부드러운 속을 파먹고 자라게 하기 위해서라고 한다. 나뭇가지가 떨어질 때 나뭇잎은 충격으로 알이나 애벌레가 빠져나오지 않도록 낙하산 역할을 하고, 나뭇잎은 한동안 광합성작용을 하여 도토리의 신선한 기간을 연장한다니……

도토리거위벌레가 과학과 인문학적 지혜를 갖추기라도 한 것일까. 단지 본능이라 할까. 도토리 속에 들어있는 알은 7일쯤 지나면 유충으로 부화하여 도토리 과육을 빨아먹으며 자라 20일 정도 지나면 도토리 밖으로 나와 땅속으로 들어가서 추운 겨울을 난다. 월동한 유충은 5월 하순쯤에 밖으로 나와 나뭇가지에서 번데기로 변했다가 7월경에 성충이 되어 또 알을 낳으며 반복한다니……

한낱 거위벌레도 이처럼 지극정성으로 산란을 하고 보살피는데, 얼마 전 탯줄까지 붙어 있는 신생아를 음식쓰레기통에 넣은 패륜 여인은 과연 엄마라고 할 수 있을까. 불행 중 다행으로 위독했던 신생아를 살려냈고, 각처에서 기적의 생존을 한 신생아를 돕는 사랑의 손길이 전개되고 있어 그래도 가슴을 따뜻하게 하고 아직은 살만한 세상이라는 걸 응원해준다. 친모는 지난 8월 18일 오전 8시쯤 청주시 흥덕구 한 식당 앞 음식물 쓰레기통(10L 크기)에 갓난아기를 유기하였고, 사흘 뒤인 21일 쓰레기통 안에서 무슨 소리가 들린다는 신고를 받고 출동한 소방당국에 의해 아기는 구조되어 수술과 치료를 받고 있다니……

도토리거위벌레의 모성애에 감동하고 벌레만도 못한 패륜적인 여인에 통탄하며 걷자니 광덕사에 이르렀다. 마침 목이 메었던 참에 샘터에서 물을 한 바가지 들이켜고 주변의 잣뫼쉼터로 온다. 안내판에는 벤취에 앉은 소 캐릭터가 들려주는 이야기가 흥미롭다. "잣뫼쉼터의 '잣'은 성城의 옛말이며, '뫼'는 산의 옛말로 이를 풀이하면 '산성'이라는 뜻이 됩니다. 우암산은 충청북도 청주시 상당구에 위치한 산이고, 속리산 천왕봉에서 북서쪽으로 뻗어 내려온 한남 금북정맥 산줄기에 속하며, 청주 동쪽으로 이어지는 낭성산 줄기에서 서쪽으로 갈라져 나온 산입니다. 큰 계곡을 포위한 포곡식의 누에 모양의 산성이 있었다는 기록이 있습니다. 이 공간은 돌을 쌓아 성곽을 만들어 우암산성을 느껴보고 선조들의 지혜를 배워보는 장소입니다."

주위에는 실제로 성 쌓기 체험을 할 수 있도록 여기저기 많은 돌을 비치해 놓았다. 안내판에 "청주의 영문 이니셜인 'C'와 'J'를 조합해 생명의 시작이나 창조적 가치의 원동력을 의미하는 '씨앗'을 상징화한 심볼마크"라는 청주시 마크를 새로 제작하여 덧붙여 놓았다. 마크가 변경되기 전에 제작된 안내판이라서 옛것 위에 붙인 것을 보고, 기관명이나 상징마크를 자주 변경하면 인력과 예산 낭비 등이 많이 되니 무엇이든지 처음부터 잘 제정하여야 하겠다는 것도 가르쳐준다. 매사 내실 있게 운영하면 되는데 이름만 바꾼다고 저절로 될까.

예를 들면 정부 부처도 그렇지만 '면사무소'와 '동사무소' 등이다. '주민센터'. '행정복지센터'로 개명했는데 필자는 처음에 무슨 카센터인 줄 알았다. 유서 깊고 정감 있는 면사무소와 동사무소가 어디가 어때서 바꿨다는 말인가. 어느 곳에 가니 '면사무소'라는 분식집 간판이 있어 쓴웃음을 진 적도 있다. 기관의 이름 하나를 바꾸려면 직인과 현판 교체 등 얼마나 엄청난 혈세가 들어갈까. 동사무소의 기관장을 동장이라고 했는데, '행정복지센터'로 바뀐 후에도 '동장'이라 한단다. '센터장'이 아니고. 정부 부처를 통합하려고 부득이 명칭을 바꾸는 것은 바람직하지만 현 정부는 통합은커녕 늘리는 것 같아 씁쓸하다. 말로는 '작고 강한 정부'를 외치면서.

소규모이지만 몇 가지 운동기구도 갖추어져 있어 마음에 든다. 특히 누워서 하는 바벨barbell을 많이 애용한다. 한쪽이 10kg인데도 묵직하다. 몇십 번 올렸다 내렸다 하고 휴식할 때 평온하고 달콤하다. 누운 채로 명상에 잠기면 편안하고 온갖 번뇌를 잊고 무루지無漏智도 깨닫는 듯하다. 20여 미터 높이의 낙엽송과 참나무 사이와 위로 보이는 세상은 시시각각 바뀌고 요지경瑤池鏡 속 같다.

우리만 거리두기를 하는 게 아니라 나무들도 꼭대기 부분이 상대에게 닿지 않게 수관기피를 하고, 청정한 하늘에 흐르던 흰구름이 먹구름이 되기도 하고, 크고 작은 산새들이 비행하며 정찰도 하고……. 앉아서 보니 내가 누웠던 나무판이 상상외로 좁다는 것에 놀라 손뼘으로 재본다. 폭이 1.5 뼘(한 뼘은 약 19cm), 길이는 7.5뼘밖에 안 되는데, 아무리 종아리 아래는 밖으로 내보냈더라도 이 위에서 몸과 맘이 더없이 편하고 평화롭고 행복하다니…….

주위를 둘러보니 수십 년 된 낙엽송이 태풍에 뿌리째 뽑혀 쓰러져 있다. 밑동을 전기톱으로 잘라 정리한 탓에 낙엽송이 족보를 보여준다. 나이테를 살펴보니 대략 30년 된다. 이런 거목巨木이 쓰러지다니, 무엇이든지 뿌리부터 건실해야 한다는 교훈을 주고 있다. 필자가 어렸을 때 벌거숭이산에 낙엽송을 많이 심는 것을 보았다. 그 무렵엔 전신주도 철근을 넣은 시멘트로 만든 것이 아니고 낙엽송이었던 것을 젊은이들은 알고 있을까.

낙엽송을 일본잎갈나무라고도 하는데 왜 이런 이름인지 알게 되었다. 소나무과에 속하지만 상록수가 아니고 낙엽이 지고 잎을 갈기에 낙엽송, 잎갈나무라고 명명하는 것에 고개가 끄덕여진다. 자연과 벗하며 가까이하면 자연은 우리 삶과 밀접한 것이라는 것과 '나무만 보는 것이 아니라 숲을 보아야 한다.'처럼 모든 인문학적 교훈과 진리도 터득할 수 있는 것 같다.

우리는 자연을 떠나서는 살 수 없을 정도로 자연과 밀접하고, 이 지구라는 자연에서 생을 누리다가 마치면 누구나 자연으로 돌아가고, 우리가 살아가는 데는 그렇게 많은 것이 필요하지 않다는 것을 깨닫는다. '과유불급過猶不及', '비움의 철학'의 의미와 교훈도 알게 되어 나 자신이 대견스럽다.

필자가 운동한 후 쉴 때 만끽하는 평온함과 달콤함처럼, 일상다반사 속에 '열심히 일한 당신 떠나라.'란 말처럼, 평범한 휴식이라도 일과를 마치고 밤이면 단잠에 빠지는 것처럼 꼭 필요하고 행복감도 배우고 체화體化한 소중하고 값진 우암산 걷기길이다.

47

47

김춘식

—

jinchunzhi2008@hotmail.com

PROJECT

풀이 아닌 나무가 되는 꿈을 꾸자

누군가는 "위대한 포부가 위대한 사람을 만든다"고 하였고 또 누군가는 "하늘을 겨냥하는 자는 나무를 겨냥하는 자보다 훨씬 더 높이 쏜다"고 하였다. 그리고 고리끼는 "뜻을 산꼭대기에 둔 사람은 절대로 산허리의 기화이초奇花異草를 떠나기 아쉬워 등산의 발걸음을 멈추지 않는다."고 하였는가 하면 발자크는 "위대한 욕망이 없으면 위대한 천재도 없다."고 하였다.

공자 제자 중에 자하子夏란 사람이 있었다. 그 자하가 거부 땅의 유수로 임명되었을 때 정치에 대해서 공자에게 물었다. 그때 공자는 이런 대답을 했다. "급히 서둘지 마라, 작은 이득을 꾀하지 마라. 급히 서두르면 통달하지 못하고, 작은 이득을 얻으려 하면 큰일을 이루지 못한다" 이 마음가짐은 정치뿐만 아니라 어떤 일에도 해당한다고 하겠다. 장기적인 목표를 세우고 그 목표를 향하여 한 걸음 한 걸음 착실하게 전진한다. 그렇게 하면 서두르는 일도 없을 것이고 작은 일을 넘보는 일도 없을 것이다. 공자의 말은 언뜻 보기에 평범한 것 같지만 우리의 정곡을 찌르는 면이 있다.

'열자'에 이런 말이 있다. "배를 한입에 삼킬 만큼 큰 물고기는 강의 지류에서 놀지 않는다. 呑舟之魚不游支流" 인생의 목표는 크고 높게 가질수록 좋다. 처음부터 작고 낮은 목표를 세웠다가는 그만한 수준에 머무르고 말기가 쉽다. 그런 점으로 볼 때 큰 목표를 세우고 일에 착수한다면 설령 반밖에 실현하지 못했다 하더라도 어느 정도의 수준까지 도달할 수 있을 것이다. 목표를 세웠으면 그다음에는 그것을 실현시키기 위한 환경을 갖출 일이다. 다른 것에 한눈팔지 않도록 하고 항상 목표를 향해 전력 질주하여야 한다. 때에 따라 천천히 가도 상관없다. 그러나 큰 목표에서 눈을 떼는 일은 절대로 없어야겠다.

관상어 코이라는 물고기를 들어 봤다. 이 물고기는 작은 어항에 기르면 5~8cm밖에 자라지 않지만, 커다란 수족관이나 연못에 넣어두면 15~25cm까지

자라고, 강물에 방류하면 90~120cm까지 자란다고 한다. 주위 환경에 따라 코이는 작은 피라미가 될 수도 있고, 큰 대어가 될 수도 있다. 코이처럼 꿈도 마찬가지이다. 꿈이 크면 클수록 내가 원하는 꿈 이상으로 이루게 되고, 꿈이 작으면 작을수록 내가 원하는 꿈밖에 이룰 수 없는 게 꿈의 크기다.

"그릇이 큰 사람은 작게 받아들일 수 없고, 그릇이 작은 사람은 크게 받아들일 수 없다" 이는 조선 전기의 문신인 이승소李承召가 한 말이다. 사람은 저마다 능력의 차이가 있다. 그리고 현재는 같은 능력을 가지고 있다 하더라도 이미 한계에 도달한 사람이 있으며, 앞으로 더욱 발전할 수 있는 사람도 있다. 이는 각자의 그릇이 다르기 때문이다. 작은 그릇을 가진 사람은 조금 채우고 나면 아무리 더 담고 싶어도 더 이상 담을 수가 없다. 그러나 큰 그릇을 가진 사람은 담는 대로 모두 받아들여 차후에 큰 역량을 발휘할 수 있게 된다. 그러니 다음을 준비하는 사람들은 자신의 역량도 살피지 않고 무작정 채우려고만 들지 말고 우선 그릇을 키우는 데에 힘써야 할 것이다.

일찍 중국의 유민홍俞敏鴻 신동방과학교육그룹 이사장 겸 총재는 이렇게 말한 바가 있다. "사람의 생활방식에는 두 가지가 있다. 하나는 풀처럼 사는 것인데 살아있기만 하면 해마다 자라긴 하지만 필경은 풀이기에 비와 이슬을 먹고 햇빛을 받아도 얼마 크지는 못한다. 사람들은 당신을 밟기도 하지만 당신이 아파한다고 같이 아파하지 않을 것이며 당신이 사람들에게 밟힌다고 동정하지 않는다. 왜냐하면 당신은 사람들의 눈에 띄지 않기 때문이다. 그러므로 사람은 나무처럼 살아야 한다. 설령 지금은 아무것도 아니라 해도 나무 종자이기만 하면 사람들에게 밟혀 흙에 묻히었다가도 흙 속에서 영양을 섭취하면서 스스로 자랄 수 있다. 2~3년 내에는 얼마 크지 못할 수도 있지만 8년, 10년, 20년이 지나면 꼭 하늘을 찌를듯한 큰 나무로 될 수 있다. 그렇게 되면 먼 곳에서도 사람들은 당신을 볼 수 있고 가까이에 가면 당신은 사람들에게 푸름을 선사하고 그늘을 만들어줄 수 있다. 사람들이 당신을 떠난 후에도 당신은 의연히 지평선 위의 한 폭의 아름다운 풍경으로 남아있다. 나무는 살아서는 아름다운 풍경이 되고 죽으면 기둥감으로 되니 살아서도 죽어서도 다 쓸모가 있는 것이다."

유민홍은 여기서 사람의 두 가지 부동한 생활방식을 서로 대조하였다. 하나는 풀처럼 사는 것이고 다른 하나는 나무처럼 사는 것이다. 전자는 살아있다 해도 얼마 자라지 못하며 사람들에게 밟혀도 동정을 받지 못하는데 그것은 사람들의 눈에 띄지 않기 때문이다. 후자는 밟혀서 흙 속에 묻혔더라도 스스로 자랄 수 있으며 살아서는 아름다운 풍경이 되고 죽어서도 의연히 기둥감이 된다. 여기서는 "살아서도 죽어서도 모두 쓸모 있어야 한다"는 표준을 견지해야 한다고 깨우쳐 주었는데 이 표준은 인생의 가치를 실현하려는 우리의 정신적 좌표로 될 것이다.

고리끼도 "한 사람이 추구하는 목표가 위대할수록 그의 재능도 더욱 빨리 발전하는데 그것은 사회에 대해서도 아주 유익하다. 나는 이것도 하나의 진리라고 확신한다."고 했다. 인류 최고의 물리학자인 뉴턴은 금을 만들겠다는 꿈을 가지고 있었다. 30년간 연금술을 공부하며 10만 페이지에 이르는 기록을 남겼다. 비록 금을 만들지는 못했지만 뉴턴은 자신의 꿈을 위해 최선을 다했다. 후대에 그의 기록을 읽은 한 경제학자는 이렇게 말하였다. "뉴턴은 이성 시대의 첫 번째 인물이 아니라 마지막 마법사였다"

라파엘 배지아그의 자기 경영서 '억만장자 시크릿'에는 "성취의 규모는 생각의 크기에 따라 결정된다. 따라서 최대한 야심 차게 큰 꿈을 꾸는 게 좋다. 큰 인물이 되려면 크게 생각해야 할 뿐만 아니라 성장에 만족할 줄 몰라야 한다"는 글이 있다. 혹시 부자가 되고 싶으면 부자처럼 생각하고, 행동하고, 말하면 실제로 그렇게 될 수 있다. 가난을 두려워하는 대신 성공을 이야기하고, 상상하고, 믿고, 대비하면 이루어진다. 스케일을 넓히고, 스스로 가치를 높이려는 간절함이 나뿐이 아닌 세상을 바꾼다. 위대한 꿈이나 목표를 갖고 있는 것과 없는 것은 하늘과 땅 차이다. 고래 꿈을 꾸는 사람만이 바다로 나아갈 수 있다.

독일의 문학가 프리드리히 실러의 책 '내가 나에게 하는 말이 내 삶이 된다'중에 이런 말이 있다. '사람은 목적이 클수록 스스로 큰 사람이 된다' 어느 날, 거지의 도움을 받게 된 마술 램프 속의 지니가 거지에게 세 가지 소원을 물었다. 그러자 거지는 기다렸다는 듯이 대답하였다. "미제 깡통과 금도금된 깡통 그리고 보온밥통을 주세요!" 이것이 거지의 패러다임이다. 거지 생활을 벗어나려 하지 않으면 거지는 결코 변화할 수 없다. 거지에게는 아무리 먹을 것과 입을 것을 주어도 거지의 상태를 벗어나지 못한다. 거지의 세 가지 소원을 보면, 우물 안에 살고 있는 개구리와 다를 바 없다. 세상 밖을 보지 못하는 거지의 어쩔 수 없는 한계가 뚜렷이 나타나는 것이다. 그에게 진정으로 필요한 것은 우물 밖의 세상으로 뛰쳐나가게 할 수 있는 보다 큰 꿈이다. 그 꿈을 가져야만 거지는 비로소 거지의 패러다임을 벗어 던지고 인간답게 살아갈 이유를 발견하게 될 것이다.

'새우잠을 자더라도 고래 꿈을 꾸어라'는 책에 다음과 같은 문구가 나온다. "호랑이를 그리려 노력하면 최소한 고양이를 그리지만 고양이를 그리려고 하면 아무것도 못 그린다" 꿈의 크기가 작으면 사실상 아무것도 이룰 수 없다는 뜻이다. 꿈의 크기 자체가 작기때문에 정작 이루는 결과 자체가 작게 나타날 수밖에 없게 되는 것이다. '꿈의 크기가 당신 인생의 크기이다' 사람은 앞을 보고 달려야 한다. 대신 눈앞 1m만 볼 것이 아니라 보다 더 멀리 보아야 한다. 하지만 우리는 자신의 발끝만 보기 급급하다.

"10년 뒤에 내가 무엇이 되어 있을까를 항상 생각하라. 인생은 자기가 생각한 대로 됩니다. 목표를 세우면 목표가 나를 이끌기에 새우잠을 자더라도 고래 꿈을 꾸어야 합니다. 달팽이도 마음만 먹으면 바다를 건널 수 있습니다." 이는 시인 정호승의 '내 인생에 힘이 되어준 한마디'에 나오는 말이다. 크고 원대한 꿈은 생각도 행동도 크게 만든다. 그러나 소박한 꿈은 그 꿈의 크기만큼이나 사고도 행동도 소박하게 만든다. 소박한 꿈보다 원대한 꿈을 꾸라. 톰 클랜시도 원래 보험 중개인이었지만 어릴 적부터 밀리터리에 관심을 가지고 있었고 37살에 '붉은 10월'이라는 소설을 썼다. 지금 그는 미국에서 가장 유명한 군사작가가 되어 펜타곤과 CIA, FBI에서 강의하고 있다. 그 사람이 보험 중개인이라는 현실에 만족했다면 그는 그것으로 끝났을 것이다.

위대한 생각은 큰 꿈을 이루고 큰 인생을 만들어낸다. 간디는 '자신이 될 거라고 믿는 인물로 성장하는 경우가 많다'고 이야기했다. 큰 꿈을 꾸어도 실제로는 꿈보다 작게 이루어지는 게 현실이다. 그래서 꿈은 클수록 좋다. 꿈을 품으려면 기왕 큰 꿈이어야 하니 이제 더는 작은 것에 연연하지 말아야겠다. 꿈과 이상은 드높고 크게 키우고, 그 큰 목표에 도달하기 위해 하루하루를 충실히 살아가야 겠다.

"우리에겐 세상에 없는 것을 꿈꿀 수 있는 사람이 필요하다" JF 케네디의 이 말을 영원한 진리로 삼고 싶다.

47

47

김태식

—

wavekts@hanmail.net

PROJECT

히로시마 평화공원을 걸으면서

역사는 가정할 수 없다고 한다. 만약에 '어떻게, 어떻게 되었다면'하고 말할 수 없는 것이 역사라고 흔히들 말한다. 1945년 연합군이 일본에게 원자폭탄을 투하하지 않았다면 2차 세계대전의 향방은 어떻게 진행되었을까? 누구도 확답할 수 없을 것이다. 일본이 패망하지 않고 그들의 시나리오대로 세계를 향한 침략의 야욕이 성공했다면 우리는 지금쯤 일본말을 하고 있을 것이다. 또한 문화와 관습 등이 일본화되어 있을지도 모르는 끔찍한 상상은 하기도 싫다.

히로시마의 평화기념관공원에는 1945년 8월에 원자폭탄을 맞아 폐허가 된 건물을 그대로 시민들에게 보여주고 있다. 연합군(미군)이 인류역사상 사용했던 유례가 없는 원자폭탄을 터뜨렸다고 적고 있다. 아울러 반인륜적이고 야만적이라고 덧붙이고 있다. 물론 아무런 죄도 없이 일본으로 끌려가서 희생된 우리나라 사람들이나 일본 민간인들에 대해서는 슬픔을 감출 수 없다. 과연 누가 진정 야만적이었고, 비인간적이었는가? 일본이 오늘날 역사를 이렇게 쓰고 있는 것은 경제대국이라는 프리미엄을 바탕으로 하고 있는 것이다. 그들이 이웃 나라에 주었던 고통을 묻어버리려는 의도를 그냥 넘길 수 없다.

지금의 세계는 인터넷이라는 매체를 통해 모든 나라가 문명화되어 있다. 따라서 서로의 정보가 교환되고 있는 상황에서 절대적인 힘의 우위를 앞세워 무력으로 특정 국가를 지배한다는 것은 결코 쉬운 일이 아니다. 그러나 지금으로부터 약 100여 년 전에 일본이라는 국가는 영국과 미국 그리고 선진화된 유럽의 여러 국가들이 아프리카를 중심으로 미개한 나라들을 식민지화하고 있을 때 일본은 그 대열에 끼어들기를 주저하지 않았다. 일찍이 그들은 아시아를 접수하겠다고 선언했다. 아울러 미국과 유럽 국가들에게 아시아에는 그 세력이 뻗치지 못하게 한다. 러시아와 전쟁을 치르고 크게 승리를 쟁취한 그들은 이어서 중일전쟁에서도 이겨 자신들의 목적달성에 한 획을 긋는다.

그들이 말하기를 이제는 전 세계를 상대해서 싸워 이기는 것이라고 국민들을 부추기고 군사정권은 전쟁 준비에 혈안이 되었다. 이러한 프로젝트에 한국이 차시하고 있는 조선반도는 그들에게 있어서 길림돌이자 교두보였다. 그들의 침략적인 야욕은 목적하는 대로 끊임없이 진행되었다. 이를테면 역사를 거슬러 올라가서 임진왜란과 정유재란 등을 치렀음에도 조선을 차지하지 못했다. 따라서 그들은 마침내 을사늑약이라는 비합법적인 방법을 동원하여 강제적으로 조선을 합치고 만다. 그것도 그들의 말장난으로 표현한다. 이른바 한일합방(韓日合邦) 혹은 한일합병(韓日合倂) 이라고 정의했다.

이러한 단어들은 쌍방이 서로 뭔가 합의를 하여 이루었다는 어감(語感)이 있다. 하지만 이것은 엄연히 강제적인 찬탈이요 침략이었다. 서양문명을 조금 빨리 받아들였고 개화를 조금 이르게 하여 문화가 조금 앞서 있었다는 국력을 갖고 그들은 아시아를 넘어 세계로 향하겠다고 소리쳤다. 이른바 탈아정책(脫亞政策)을 썼다. 그들이 세계를 향한 전쟁을 할 때마다 주변국들을 수없이 괴롭혀왔다. 아시아의 모든 나라들은 그들에 의해 짓밟혀 만신창이가 되었다. 그 중심에는 우리 대한민국의 피해를 말하지 않을 수 없다. 그들이 밟고 가야 할 최고의 장소는 바로 우리나라였다. 우리에게 있어 달갑지 않은 단골손님이었다. 그것도 모자라 젊은 남자는 징용이라는 구호를 외치며 전쟁터로 내몰렸다. 그리고 아리땁고 꽃다운 여인들은 정신대라는 뼈아픈 이름으로 총탄이 난무하는 싸움터로 일본군의 노리개로 강제 동원되었다.

제2차 세계대전 혹은 태평양전쟁이라고 불리는 이 전쟁의 막바지에 한국의 젊은이들을 전쟁터에 보낼 때 내선일체(內鮮一體)를 부르짖으며 강제 동원했다. 내(內)는 일본을 말하고, 선(鮮)은 조선을 뜻했다. 즉 일본과 조선은 한 몸이니 같이 나가서 싸우자는 것이었다. 언제부터 일본과 한국이 사이좋은 하나였던가? 덧붙여 그들은 이 전쟁을 '대동아공영권'(大東亞共榮圈)을 위한 전쟁이라고 표현하기도 했다. 즉 동아시아를 하나로 묶어 서양의 적들을 물리쳐야 한다는 허무맹랑한 말이었다. 그들은 다만 전쟁에 미쳐 있었을 뿐이었다.

그들의 야욕은 마침내 세계로 향한 전의를 불태웠고 연합군의 주축인 미국이라는 거대한 나라를 상대로 선전포고를 하게 이르렀다. 전쟁은 쉽게 끝나지 않았다. 세계의 평화를 위한 연합군의 결단이 내려졌다. 미국이 오랫동안 심혈을 기울여 연구하고 만들어서 준비하고 있던 원자폭탄을 투하하는 것이었다. 끝내 항복을 하지 않고 가미가제 특공대까지 동원하여 인간폭탄으로 공격하는 일본의 무모한 짓을 그냥 보아 넘길 수 없었기 때문이었다. 1945년 8월 6일 히로시마와 나가사키에 원자폭탄이 투하되어 그 위력을 실험하고 말았다.

일본은 미국에 대해 무조건 항복을 선언하고 패망했다. 미국의 진주만을 공격하고 미국본토까지 차지하겠다고 하는 무모한 도전은 미국의 전함에서 항복문서에 서명함으로써 수치스러운 막을 내렸다. 그로부터 일본은 미국이라고 하면 무조건 겁을 먹기 시작했다. 하지만 한반도는 일본의 패망으로 인해 독립은 되었지만 허리가 잘리는 불운을 겪는다. 그러나 그들은 그들 때문에 남북으로 갈리는 운명에 처해진 남북한이 동족상잔의 아픈 전쟁을 치르는 동안 전쟁특수를 누리며 경제부흥을 이루게 된다. 미국에 감정이 좋지 않은 나라들은 반미를 외치며 미국의 미움을 살 때 일본은 속으로는 미국을 원수로 생각하면서도 미국본토에 'Made in Japan'의 제품들을 수출하며 부를 축적해 나갔다.

이처럼 잘 나가던 일본이 1960년대에 접어들면서 완전히 경제적인 기틀을 마련하게 되자 미국이 일본 본토에 원자폭탄을 터뜨린 것은 세계평화를 깬 것이고, 비인륜적인 만행을 저지른 것이라고 전 세계를 향해 소리치기 시작했다. 과연 누가 할 말을 그들이 하고 있는가? 힘이 없는 자신의 주변국들을 시도 때도 없이 괴롭히고 있을 때 자신보다 더 센 나라가 한 방의 주먹으로 넘어뜨렸다고 엄살을 부리고 원망을 하는 것과 다를 바 없다. 1945년 8월, 그 당시에 폭격을 받아 앙상한 뼈대가 남은 건물을 그대로 방치해 두면서 히로시마의 평화기념공원에는 이렇게 적혀있다.

"평화를 위해 싸우던 우리 일본에게 미군은 B-29비행기에 원자폭탄을 싣고 와서 무참히 공격해 수십만 명이 사망하는 비인륜적인 일이 발생했다." 역사는 권력에 의해 쓰인다는 말이 있지만 덧붙여 경제 논리에 의해 쓰일 수 있다는 얘기를 감히 하고 싶다. 내가 히로시마에 근무하면서 여러 번 갔던 평화기념관공원을 걸으면서 생각에 잠겼다. 군국주의 혹은 제국주의를 지향하던 나라는 세월이 아무리 흘러가도 자신의 잘못을 인정하지 않고 정당화하려는 못된 습관이 있다는 것을 새삼 느꼈다.

나는 개인적으로 일본 사람들을 매우 좋아한다. 대부분의 사람들은 친절하고, 정직하고, 남에게 피해를 주지 않고, 서로 잘 싸우지도 않는다. 상대방을 배려해

주는 마음이 깊기도 하고 자신을 희생하려는 마음을 갖고 있기도 하다. 나와 친한 여러 일본인도 그렇다. 마음이 어질고 겁이 많고 성격이 급하지 않고 유순하다. 하지만 일본이라는 국가는 참으로 싫어한다. 국가의 징치지도자들은 이렇게 착한 국민들을 이용한다. 국가에서 시키는 대로 하라고 강요하면 그들은 국가의 시책에 맹목적으로 따른다. 착하고 어질기 때문에 말을 잘 듣는다.

히로시마의 평화기념관공원을 방문한 일본국민들은 국가의 의도대로 그 글을 읽고 미국에 대한 분노심을 갖게 하고 언젠가는 분개하여 세계를 향한 전의를 불사르기를 기대하는 것이다. 진정한 평화는 그들의 지도자들이 참회하고 피해를 주었던 주변국들에게 반성하는 것이라고 생각에 잠겨 본다. 작년 3월 초의 그곳에도 봄이 되니 목련이 피고 있었고 벚꽃이 피려고 꽃망울을 머금고 있었다. 이처럼 자연의 순리대로 그들의 뼈를 깎는 자기반성이 있었으면 좋겠다.

47

47

김홍균
—
girugi3253@hanmail.net

PROJECT

일본을 따라잡고 싶거든

2019년 우리나라 정부가 일본과의 지소미아 협약을 파기했을 때 그에 대한 찬반양론이 분분했었다. 일본이 석연치 않은 이유로 반도체 제조에 꼭 필요한 불화수소의 한국 수출에 제동을 걸자 이에 대한 반발로 지소미아 협약을 파기한 것이므로 당연한 조치라는 찬성론과 아직은 일본의 기술을 배우고 받아들여야 할 때인데 일시적 감정으로 일본과 맞서면 나라의 경제가 무너지고 말 것이라는 반대론이 그야말로 팽팽하게 맞섰다.

다행히 일본이 수출을 금지한 불화수소는 국산화에 성공했고 한일간의 기싸움은 일단 우리나라가 판정승을 거둔 것으로 보인다. 물론 불화수소 한 가지의 경우만으로 우리의 기술이 일본의 기술을 앞섰다거나 더 이상 일본으로부터 배울 것이 없다고 말할 수는 없다. 생각해 보면 나 어릴 적부터 "우리는 기술에 관한 한 일본을 따라잡을 수 없다."는 말을 참 많이 듣고 자라왔다. 수십 년이 지난 지금까지도 그런 말을 많이 듣는다. 사실 일본의 기술은 여러 부분에서 세계 제일을 자랑하던 시절이 있었고 지금도 선두 그룹을 형성하고 있다고 봐야 할 것이다. 그러니 우리가 기술적으로 그들을 따라잡는 일은 불가능한 것일까? 우리의 기술에 관한 생각은 어떠하며 우리나라의 기술력은 어느 정도일까?

독일은 서양 최초로 금속활자를 만든 구텐베르크Gutenberg를 자랑한다. 직접 가본 적은 없지만 그의 이름을 딴 광장에 동상도 세워져 있다고 한다. 금속활자 이야기만 나오면 우리는 웃는다. 우리는 그보다 200년이나 앞서 금속활자를 만들었다며 어깨를 으쓱거린다. 그러나 그야말로 세계 최초로 금속활자를 만들었다고 자랑스러워하는 우리는 정작 그 금속활자를 만든 사람의 이름을 알지 못한다. 알려고 하지도 않았다. 천한 기술자의 이름을 누가 기억하여 역사에 기록해 두었을 것인가? 아니, 그 기술자들은 불릴 만한 이름이나 가지고 있었을까?

독일과 우리나라의 기술자를 대하는 모습이 이렇듯 다르다. 어디 금속활자뿐이던가? 비록 지금은 도자기를 차이나$_{china}$로 부르고 있지만 고려 시대에 지구상에서 도자기를 만들 수 있는 나라는 고려와 송나라밖에 없었다. 그러나 그런 도공들이 어떤 대우를 받았는지 우리는 역시 시간에 배워 알고 있다. 지금이야 도자기를 만드는 사람이 예술가로서 대접을 받고 있지만 고려 시대나 조선 시대나 도공은 천민이었다. 그런데 임진왜란 때 왜군들은 왜 그 천한 도공들을 잡아갔을까?

그렇다. 임진왜란 당시 왜의 기술은 우리나라를 따라올 수 없었다. 도자기는 물론이려니와 다른 기술도 조선이 월등히 앞섰다. 왜군은 소총(조총)을 수입해서 사용하였으나 이순신 장군이 이끄는 해군은 대포(천자총통, 지자총통)를 만들어 사용하였다. 해전에서 대포의 위력을 어찌 소총 따위에 비교할 수 있으랴. 더하여 충무공의 지략과 전술이 왜군을 압도한바 세계 해전사상 유례없는 23전 전승을 기록하게 된다.

그렇게 우리나라는 기술적인 면에서 단연 일본에 앞서 있었는데 어찌하여 왜란 이후 불과 300여 년 만에 일본에게 나라를 빼앗기는 수모를 당하게 되었을까? 수없이 많은 이유를 들 수 있겠지만 기술자들을 대하는 문화의 차이 또한 커다란 원인이 되었을 것이다. 일본인들은 도공들에게 합당한 대우를 해주었으리라. "조선 도공 심수관"의 이야기는 오래전에 우리나라의 한 방송에서 드라마로 만들어지기도 했거니와 정유재란 때 일본으로 끌려간 도공의 맥을 그 이름 그대로 지금까지 이어오는 그들의 문화에서 기술자를 대하는 인식을 충분히 느끼고도 남는다. 그처럼 그들은 기술을 중요하게 여기지 아니한가? 그러한 일본의 문화가 우리나라를 재차 침략하여 지배한 힘의 원천이 되었을 것이라고 나는 생각한다.

우리의 모습은 어떠한가? 세계 최고의 기술자들을 천하게 여기지 않았던가? 어찌 옛날뿐이랴. 국제기능올림픽에서 우리나라는 1977년부터 1991년까지 기능올림픽 사상 초유의 9연패를 달성한다. 그만큼 우리 민족의 기술력은 세계 제일이라고 해도 결코 과언이 아니다. 그러나 우리는 아직까지도 '기름'보다 '먹물'을 선호하고 있지 않은가. 중고등학교 때 성적이 우수한 학생은 거의 모두가 기술직보다 사무직을 택하고 있지 않은가?

독일에서는 고등학교 때 적성검사를 하여 기술에 소질이 있는 학생이 대학진

학보다는 기술 쪽의 직업을 택하도록 학교에서 권유하고 학부모들은 그에 따른다고 한다. 그런데 현재 우리나라의 경우 학교에서 "이 학생은 기술적 소질이 뛰어나니 대학에 진학하는 것보다 기술자의 길을 걷도록 하라."고 권유한다면 순순히 받아들일 학부모가 있을까? 만약 기술자에 대한 대우가 대학을 졸업한 사무직보다 좋아진다면, 적어도 사회적으로 둘 다 동등한 직업이라는 공감대가 형성된다면 가능한 일일 것이다.

문제는 그 공감대의 형성이 쉽지가 않다는 점이다. 유교 사상의 영향이라고 보아야 할까? 우리는 옛날부터 직업에 대한 귀천이 분명히 존재해 왔다. 사농공상士農工商! 선비와 농부와 기술자와 상인의 순서로 반상이 구분되고 귀천이 정해졌다. 선비는 굶어가면서도 공맹을 논하면서 배부른 상인을 천히 여겼고 생활에 필요한 물건을 만드는 기술자 또한 천시했다. 정신적 가치를 우선한 점은 긍정적일 수 있으나 물질의 필요성을 간과한 점은 비판받아 마땅하다. 자본주의가 절정에 이른 요즈음 모든 가치의 정점에는 "돈"이 자리 잡고 있어 상商이 맨 앞자리를 차지한 것으로 보이는데 기술자들은 아직도 제대로 된 대접을 받지 못하고 있다.

이러한 인식이 바뀌려면 어떻게 해야 할까? 방법은 간단하다. 기술자에 대한 대우가 지금보다 월등히 좋아지면 된다. 그러나 그 간단한 방법을 실행에 옮기는 것은 대단히 어렵다. 오랜 세월 동안 한 사회에 뿌리 깊게 박혀 있는 인식을 바꾸는 것은 결코 쉬운 일이 아니기 때문이다. 그래도, 기술자를 우대하는 것이, 적어도 직업에 귀천이 없다는 인식이 우리 사회에 뿌리내리는 것이 옳은 길이라면 그 길로 나아가야 하는 것이 마땅하지 않겠는가?

크든 작든 기술은 사회 발전의 원동력이며 나아가 국력의 기반이 된다. 1945년 세계 2차대전에서 일본은 패망했다. 그러나 그들은 당시에 항공기와 항공모함을 만드는 기술까지 보유하고 있었던바 불과 30~40년 후에 세계적인 경제대국으로 발돋움한다. 지금까지도 일본 제품은 세계 제일을 자랑하는 것들이 참 많다. 다시 강조하지만, 기술을 중히 여기는 그들의 문화 때문일 것이다. 그에 반해 1945년 해방은 되었지만 당시 우리나라는 아무런 기술적 바탕이 없었다. 말 그대로 맨 밑바닥에서 출발해야 했다. 그럼에도 불구하고 우리나라는 현재 반도체를 비롯한 전자분야에서 일본을 추월하고 있다.

신기하지 않은가? 기술적 바탕이 전무한 상태에서 더구나 기술자를 천시하는 문화 속에서 세계 제일을 자랑하는 일본의 기술을 추월하려 하고 있다니! 이는 앞에서 기능올림픽을 예로 들어 설명했거니와 우리나라 사람들의 기술력이 그만큼 우수하다는 반증이 아닐 수 없다. 이제는 기술에 관한 한 일본을 따라잡을 수 없다는 말이 틀렸다는 생각이 들지 않은가? 기술자에 대한 대우가 더욱 좋아진다면 그 결과는 또 어떠하겠는가?

물론 한두 가지 분야에서 일본을 따라잡았다고 해서 그들을 이겼다고 말할 수는 없다. 아직도 넘어야 할 산은 높고 또 많을 것이다. 불화수소 한 가지를 국산화했다고 해도 이른바 소부장(소재, 부품, 장비)의 여러 부문에서 일본은 여전히 저만치 앞서가고 있으며 그들을 따라잡으려면 참으로 많은 노력이 필요할 것이다. 그러나 그들의 기술을 따라잡는 것이 결코 불가능한 일이 아닌 것을 이제는 알 수 있지 않은가? 따라잡을 수 있다는 자신감을 가져도 되지 않겠는가?

일본을 따라잡고 싶은가? 장담하건대 기술을 중요하게 여기는 문화만 정착된다면 그것은 시간이 문제일 뿐이다.

47

47

노정호

—

goglewing@gmail.com

PROJECT

껍데기뿐이라도
당신의 삶을 사랑합니다

  달팽이가 집만 쏙 남겨두고 어디론가 가버렸나 보다. 홀연히 떠난 그 자리에는 조약돌만 한 집 하나가 덩그러니 자리 잡고 있다. 달팽이 집은 주인 달팽이가 다시 돌아와 주길 기다리는 것일까, 아니면 다른 달팽이를 새 주인으로 기다리고 있는 것일까. 입영열차 앞에서 시린 눈 저어내며 까치발로 한참을 손 흔드는 엄마처럼, 망부석의 달팽이 집은 모르긴 몰라도 한참을 그 자리에 있었을 것이다.

  남겨진 사랑은 굳이 따지자면 약자에 속한다. 상대를 좀 더 사랑한 약자이기에 그 자리에 좀 더 머물게 되고, 좀 더 오래 허공으로 시선이 향해 있었으리라. 그러나 사랑이라는 복잡하고도 미묘한 추상적 개념을 어디까지나 정확한 정량으로 비교할 수는 없을 것이다. 단지 누가 더 오랜 여운을 갖고 있느냐로 가늠해 볼 수 있을 뿐.

  이렇듯 남겨진 대상에게 사랑이란 매우 잔인하며, 때론 상실의 고통으로 한동안 힘들고 괴롭게 만드는 우환憂患 같기도 하다. 하지만 언제 그랬냐는 듯 한여름 밤의 고뿔처럼 가벼워 저마다의 묘약으로 치유할 수 있는 것이 사랑이기도 하다. 그러나 요즘은 사랑의 무게를 잘못 저울질하는 사람이 많은 것 같다. 세간에 사랑이라는 이름으로 데이트 폭력을 일삼고, 자해나 자살을 통해 육신의 껍데기를 버리고 도망치려는 비보를 접할 때마다 사랑의 오개념이 불러온 치명적인 결과에 아쉽고 애통한 마음을 이루 감출 수 없다.

  사랑의 깊은 자각은 실로 상대의 부재에서 극대화된다. 한동안 집을 비운 아내의 빈자리가 그리울 때, 매일 놀아주던 아빠가 몇 달간 출장으로 인하여 집에 없을 때, 그리고 교환학생으로 몇 개월 애인과 떨어져 있게 되었을 때와 같이 그림자처럼 내 곁에 익숙한 모습으로 함께하던 상대의 빈자리에서 우리는 문득 사랑을 깨닫는다. 물론 함께 있는 순간순간에도 사랑을 느끼긴 하겠지만, 영원할 것 같았던 사랑도 한쪽의 일방적 부재로 인해 한순간 슬픔과 고통으로 바뀔 수 있다.

사랑하는 대상으로부터의 상실감은 힘든 시련과 아픔을 낳는다. 그리고 이러한 시련과 아픔은 우리로 하여금 도대체 어디에 진정으로 머물고자 하며, 우리가 존재하는 이유는 무엇인지에 대해 숙고하게 만든다. 이를테면 그 옛날 아리스토텔레스가 말했던 것처럼 '행복'이라는 것을 좇아서이든, 아니면 태어나서 그저 숨 쉬고 있으니 이 자리에서 살아가는 것이든. 어쨌든 우리는 살아가고 있고, 그 이유는 천차만별이겠지만.

당신은 지금 왜 살아가고 있는가. 무엇이 당신을 숨 쉬게 만드는가. 혹시 죽지 못해 살아가고 있는 것은 아닌가. 삶은 그것을 얼마나 깊게, 그리고 오랫동안 바라보고 생각하느냐에 따라 개별적 생의 향기는 짙어진다. 단순하지만 복잡하게, 그러나 복잡하지만 단순하게 살아내는 우리네 삶은 그야말로 하루하루가 매우 다양하다. 이렇게 다양한 삶의 바구니는 과연 누가, 누구에 의해, 누구를 위해 뒤흔들고 있는 것일까.

혹자는 삶의 의미를 찾는 것이 과연 무슨 의미가 있나 하는 회의적이고 비관적인 태도를 보일 수도 있겠다. 사실 우리가 매일 마주하는 현실이 너무도 바쁘고, 치열하여 매 순간 힘들게 살아가는 이들에게는 삶의 의미쯤은 메마른 여름날의 안줏거리조차 안 될 수도 있다. 그러나 인문의 탈을 쓴 우리는 언젠가, 그리고 반드시 죽음이라는 실체 앞에 복종할 수밖에 없다. 삶은 곧 죽음이다. 삶과 죽음은 결코 다른 의미가 아니며, 매 순간 붙어 다니는 최고의 우정이다.

우리는 각자의 사생관을 가져야 하겠다. 죽음 앞에선 모두가 고개 숙이고, 겸허해진다. 대개 사람들은 죽음에 관한 이야기를 꺼내기 싫어하며, 이기적인 우리 인간들은 불행히도 타인의 죽음을 통해 자신의 생명과 살아있음에 깊은 안도감을 느끼는 정도이다. 죽음은 늘 부정적이며, 특히 아이들에게 죽음이라는 단어는 숨기거나 금기시된 것으로 작용할 뿐이다. 하지만 이러한 죽음에 대한 우리의 생각을 바꾸어야 한다. 우리는, 아니 모든 생물체는 언젠가 이생에 태어날 때만큼이나 고통스럽고 힘들었던 것처럼 죽음의 다리로 향해 가야만 한다.

나이가 지긋한 분들이 오히려 죽음에 초연할 수밖에 없는 이유는 오랜 세월을 살아온 탓도 있겠지만, 아무래도 죽음에 관한 고민과 준비를 계속해왔기 때문이지 않을까. 가끔 명절날 '빨리 죽어야지, 내가 빨리 죽어야지'라며 가족들 앞에서 자기 자신에게 저주에 가까운 말까지 하시는 할머니, 할아버지들의 모습을 볼 때면 과연 죽음도 초월한 생을 살고 계신 분들이라는 생각에 절로 존경심이 일어난다. 죽음이라는 주제는 생각보다 긍정적인 효과를 불러올 수도 있다. 물론 죽음 앞에서 회의론자가 되거나 무기력증에 빠지는 사람도 있겠지만, 이는 잘못된 공부로 인해 발생할 수 있는 오류에 지나지 않는다.

'신은 죽었다.'라고 외치며 인간들이 초인이 될 수 있는 길을 열어주었던 니체처럼, 상실감과 회의감에 젖어 한없이 나약해지기만 한 인간이 되기보다는 인간의 아름다운 무늬를 끝없는 물결에 퍼뜨릴 수 있는 파동 에너지를 만드는데 죽음이 그 길이 되어주지 않을까. 죽음 앞에서는 모두 허망할 것 같지만, 진실로 무엇이 중요하고 무엇이 덜 중요한지, 죽음은 일순간 깨닫게 만드는 놀라운 효과를 가지고 있다. 나이가 들면 세상에 대해 조금은 관대해진다. 젊은 시절에는 바늘 하나 찌를 곳 없을 정도로 완벽해야만 하고, 단 한 번의 실수도 용납할 수 없는 신조와 철학으로 점철된 삶을 지내왔다면, 나이가 들면서는 자신의 실수에도 박수를 보내고, 조언해줄 수 있을 정도로 삶의 지혜와 혜안이 넓어진다. 이렇게 보면 우리가 점차 나이 드는 것이 마냥 나쁘지만은 않은 것 같다. 다만, 어디까지나 잘 늙어야 하겠지만.

삶에서 사랑은 태어남과 동시에 시작되어 매사 지속되는 호흡과도 같은 것이다. 부모에게 받은 사랑은 내가 부모가 되면서 내 자식에게 대물려 주고, 부모에게 받은 사랑에 깊이 감사하게 되는 우리를 발견할 수 있다. 이 과정에서 우리는 아주 큰 슬픔을 많이 보게 되는데, 가령 어릴 적 천하무적이었던 아빠의 모습은 당신의 굽은 등이 자꾸 눈에 보이고, 현란한 말솜씨로 늘 재미있게 들려주시던 엄마의 옛이야기는 이젠 단어조차 잘 떠오르지 않는다는 당신의 텅 빈 눈빛이 대신한다. 또한 용돈 받고 뽑았던 할머니의 머리칼은 이제 얼마 남지 않은 생의 한 가닥, 가닥처럼 너무도 비어 보인다. 강하기만 할 것 같았던 먼 어른들의 나약해진 모습을 통해 약간의 인간미를, 동시에 세상의 이치를 절실히 느끼게 된다.

죽음의 목적은 끝내 무엇일까. 아무도 가 보지 못했고, 그러나 누구나 가야만 하는 그 길 끝에 우리 인간의 참모습은 가차 없이 드러나게 될 것이다. 그리고 그 순간 마주 앉은 자기 모습은 일평생 내가 살아온 발자취들의 끝일 것이며 더 이상 내디딜 곳 없이 우두커니 멈춰선 모습일 것이다. 우리들의 마지막 모습은 어떤 모습일지 상상해보라. 사랑하는 이의 품속에서 생을 마무리하고 있을지, 아니면 끔찍한 사고의 현장에서 서서히 의식을 잃고 점차 이 세상에서 사라지고 있을지.

죽음 앞에 선 나의 모습을 바라보고 있노라면 지금, 이 순간이 더없이 소중하고, 행복할 수밖에 없을 것이다. 비록 남겨진 하나의 빈 껍데기뿐일지라도, 자기와 함께 했던 몸과 마음, 그리고 수많은 기억으로 엮어진 당신의 삶을 사랑해야 한다. 죽음은 인간이 가장 아름답고 빛날 수 있게 만드는 기폭제이다. 더 이상 죽음에 관한 이야기를 망설이지 말고, 각자의 사생관을 정립하여 세상을 어떻게 살아갈 것인지, 또한 삶의 어떤 의미와 목적을 둘 것인지를 생각해야 할 것이다. 죽음은 말해서는 안 될 터부taboo가 아니라 오히려 사랑하는 사람과 자기 자신을 더욱 힘차게 보듬어 줄 수 있는 매개체이다.

47

47

모은우

—

eunwoo61@naver.com

PROJECT

진정한 나는 없다

'나를 찾는 여행' 혹은 '자아를 찾는 여행'

이런 캐치프레이즈들은 수많은 매체들을 통해 흔히 접할 수 있는 문구들이다. 수많은 여행사, 혹은 여행칼럼리스트 등이 여행의 콘셉트를 정할 때 꽤 많이 사용하는 키워드가 바로 '나' 또는 '자아'일 것이다. 이러한 캐치프레이즈에 담긴 의미는 다음과 같다. 진정한 '나'라는 것이 존재하며 그 진정한 나를 찾기 위해서는 현재 머물고 있는 공간에서 벗어나 새로운 세상을 접하는 기회를 만들어야 한다는 것.

그렇다면 진정한 나는 무엇일까? 진정한 나라는 것은 실재하는 것인가? 결론적으로 말해서 필자는 진정한 나라는 것은 존재하지 않는다고 생각한다. 인간은 '나'라고 하는 감각을 보유하고 있다. 인간은 스스로를 대상화할 수 있으며 나를 느끼고 있는 나 자신을 인지할 수 있다. 즉 인간은 자기 자신을 객관화해서 바라볼 수 있는 것이다. 그러한 인지는 필자 역시도 가지고 있다. 이렇게 스스로에 대해 인지할 수 있는 대상이 바로 '자아'이다. 자아는 오감으로 인지할 수 있는 대상이 아니기에 어쩌면 허상처럼 느껴질 때도 있지만 우리가 자아를 통해 '나'에 대한 감각을 보유하고 있는 것만큼은 분명한 사실이다.

그렇기에 필자는 개개인의 정신에 일관성을 유지하는 '자아감각' 자체를 부정하지는 않는다. 필자가 말하고 싶은 것은 '나'는 존재하지만 '진정한 나'는 존재하지 않는다는 것이다. 우리는 두 가지의 방식으로 자아감각을 유지한다. 하나는 육체적인 방법, 두 번째는 정신적인 방법이다. 육체적인 방법은 바로 피부 경계를 통한 구획 짓기이다. 우리는 피부 표면을 통하여 피부의 외부와 내부를 명확하게 구별한다. 이러한 피부의 표면에서부터 내부까지의 유기적인 연결을 통합적으로 인식할 때 우리는 자신의 육체를 온전히 '나'라고 파악한다. 그러한 과정에서 자아 감각에 대한 가장 기본적인 단위가 만들어지게 된다. 즉 '나'의 가장 기본 단위는 자신의 육체이다.

정신적인 방법은 바로 기억이다. 자아 감각을 유지하는 데 있어 중요한 요소는 연속성, 통일감, 일체감 등이다. 자아를 구성하는 요소들이 분절되고 끊임없이 뒤바뀐디면 인간은 자신의 자아감깃을 유지할 수가 없게 된다. 그렇기에 기억은 정신의 항상성에 크게 기억한다. 우리는 1초 전의 자기 자신을 기억할 수 있다. 기억력이 충분히 좋다면 10년, 20년 전의 자기 자신마저도 선명하게 기억하는 게 가능하다. 이러한 기억은 이전의 자신과 지금의 자신이 같은 인물이라는 사실을 담보한다. 이러한 기억들은 마치 서로 포개져 한 권의 책을 이루는 책갈피처럼 차곡차곡 쌓여 연속적인 시간 선을 이룬다. 그리고 인간은 그 시간 선을 통해 자아연속성을 유지한다. 심지어 기억은 미래에도 이러한 자아연속성이 유지될 것임을 보증한다. 결국, 인간은 자신의 기억을 통해서만 미래를 예측할 수 있기 때문이다.

자아감각은 위와 같은 요소들이 뒷받침하고 있으며 많은 이들은 그러한 자아를 기준으로 삼아 진정한 나를 찾아 나선다. 많은 이들이 자신의 자아감각을 실제 자신이 아니라 가면이라고 생각한다. 그들이 진정한 나, 진정한 자아를 찾는 이유는 인생이 원하는 대로 흘러가지 않기 때문이다. 기본적으로 인간은 주체적으로 태어나지 않는다. 인간의 탄생은 사실 세상에 막무가내로 던져지는 것에 가깝다. 부모, 환경, 성별, 기질, 건강 등 태어나는 이가 고를 수 있는 것은 그 어떤 것도 없다. 한 존재가 태어난 뒤 성장하는 과정에서 주변 환경들은 그에게 수많은 압력을 가한다.

살아가면서 만나는 존재들은 그에게 수많은 이상적인 인간상을 제시하며 그에 맞추어서 살아가기를 강요한다. 그러한 과정을 지속적으로 겪게 되는 이는 어느 순간 주체적이 아니라 수동적으로 살아가는 자기 자신을 깨닫게 된다. 그리하여 그들은 자신의 온몸에 주렁주렁 매달려 있는 타인들의 기대를 버리고 싶어 하게 된다. 즉 이제까지 자신이 해왔던 일들이 자기 자신을 위한 것이 아니라 타인들을 위한 것이 아니었는지 의심하게 되는 것이다. 그러면서 그들은 자연스럽게 지금의 자기 자신이 거짓된 존재라고 느낀다. 그 뒤에 이어지는 것은 거짓된 자신이 아니라 진정한 자신을 찾는 작업이다. 거짓된 자아가 있듯이 진정한 자아 역시 존재할 것이라는 기대감이 그들을 자아를 찾아 떠나는 힐링 여행에 몸을 맡기게 만든다.

필자는 진정한 자아를 찾고자 하는 이들의 노력을 긍정한다. 그렇지만 그 노력이 반드시 보답을 받는다고 생각하지는 않는다. 그 이유는 진정한 자아는 존재하지 않는다고 생각하기 때문이다. 자아는 존재한다. 하지만 한 개인이 마땅히 가지고 있어야 하는 개개인만의 유니크한 '자아상'은 존재하지 않는다고 생각한다. 우선 자아감각이라는 감각자체가 불완전하기 그지없다. 예를 들어 뇌를 크게 다쳐 기억에 손상이 온 이들은 자아감각을 온전히 유지하는데 어려움을 겪는다. 기억의 연속성이 해쳐지기 때문에 전후 인과관계를 연결시킬 수 없으며 그렇기에 자기 자신을 행동의 주체로 여기지 못한다. 뇌를 다치지 않은 정상인이라도 마찬가지이다.

우리는 기억을 통해 연속성을 유지하지만 그러한 기억들 중 일부는 환경적, 심리적인 이유로 인해 심하게 왜곡되어있으며 기억이 왜곡되어있다면 그 기억을 통해 만들어진 자아연속성 역시 왜곡될 수밖에 없다. 이렇듯 자아감각을 유지하는 기반이 유동적이라면, 고정되어있으며 필연적으로 타고나는 단 하나의 이상적인 자아상은 존재하지 않을지도 모른다. 일견 이러한 생각은 거부감을 불러올 수 있다. 진정한 나, 이상적인 자아상은 한 개인이 스스로의 가치를 가늠할 수 있게 하는 기준점이 되어준다. 고귀하며, 능력 있고, 무결점의 진정한 내 자신이 존재해야만 자신이 사랑받을 수 있으며, 행복한 인생을 살 수 있다는 관념이 대중들의 사이에 널리 퍼져있기 때문이다.

필자는 위와 같은 관념은 마케팅과 깊은 관계가 있다고 생각한다. 마케팅의 기본은 그 마케팅을 접하는 이들에게 그들의 현재 상황이 결핍으로 가득 차있다는 암묵적인 룰을 주지시키는 것이다. 이어서 그러한 결핍에서 빠져나오기 위해서는 반드시 얻어야 하는 무언가, 혹은 반드시 도달해야 하는 도달점, 반드시 찾아야 하는 이상적인 모습이 있다는 메시지를 대중들에게 제시한다. 이러한 마케팅에 젖어있는 대중들은 진정한 나를 찾기 위해선 돈을 아끼지 않는다. 그것을 찾지 못한다면 언제나 불행한 자기 자신으로 남아있어야 하기 때문이다.

그렇기에 필자는 말하고 싶다. 진정한 자기 자신, 진정한 자아는 존재하지 않는다는 사실을. 이러한 사실이 사람들을 불행하게 만드는가? 그렇지 않다. 오히려 그 사실은 축복 그 자체이다. 더 이상 사람들은 허상을 좇을 필요가 없다. 또한 모든 자아상을 받아들이고 실험해볼 수 있기에 우리는 그 무엇이든 될 수 있다. 도달하지 못할 것이 없으며 넘어서지 못할 존재가 없게 된다. 그것을 깨닫는 순간 인생의 방향을 비현실적 이상향에 맞추는 것이 아니라 눈앞의 현재 상황에 맞출 수가 있다.

이러한 삶의 태도는 더 건강한 사고방식을 가져다준다. 이상적인 자아상은 그 자아를 꿈꾸는 이에게 도달하기 불가능한 완벽성을 요구한다. 그러한 완벽성에 도달하지 못했을 때 자기 자신을 혹독하게 채찍질하며 스스로의 영혼을 망가뜨린다. 하지만 이상적인 자아상이 존재하지 않으며, 오로지 변화하는 자아만이 있다는 것을 알게 된다면 현재를 긍정하고 자신의 실수를 겸허히 인정할 수 있는 삶의 자세를 얻을 수가 있다.

47

47

박주열

—

yeol901251@gmail.com

PROJECT

손가락의 세계

    아침에 눈을 뜨고 잠이 드는 순간까지 몸의 일부라고 해도 과언이 아닌 이것. 손가락으로 터치 한 번이면 전 세계 여행은 물론 원하는 것은 다 얻을 수 있게 된 현시대, 바로 손가락의 세계이다.

    이 작은 손가락으로 모든 게 가능하게 되었고 작은 움직임의 여파는 마치 나비효과처럼 실로 엄청나다. 사실도 거짓이 되고 거짓도 사실이 되는 알 수 없는 세상에서 어떤 소신을 가지고 살아야 하는지 고민이 된다. 또한 무엇이 진짜인지 모르겠다.

    직접적으로 느끼는 세상과 손가락으로부터 느끼는 간접적인 세상. 우리는 이 중세계에 살고 있다. 서로의 눈을 보고 표정을 읽으며 목소리를 듣고 냄새를 맡고, 그 느낌, 그 상황, 모든 것은 직접적인 만남을 통해 이뤄져야 한다.

    현시대, 그리고 지금 이 시점, 점점 사람들은 비대면에 익숙 해지고 과연 손가락으로 이 모든 것들이 표현될 수 있는 건지 손바닥 안에서 펼쳐지는 소통과 공감, 만남 그것이 과연 진정성이 있는 것인가 하는 의문이 생겼다. 너무나도 편리한 세상에서 살고 있지만, 이 편리함이 사람을 사람답게 살 수 있게 하는 것인지 우리도 그저 로봇의 일부가 되어 가고 있는 것은 아닌지 생각에 잠겼다.

    사람들은 관념을 믿고 산다. 관념은 눈에 보이지 않지만 분명 있다는 건 안다. 모든 것에는 관념이 있듯이 손가락 세계에도 보이지 않는 관념이 자리 잡혀 있는 건지 모든 게 궁금해 졌다. 앞으로 우리는 어떻게 변할 것인가.

    이미 변화는 시작되었다. 처음에 VR이 나왔을 때의 그 충격은 잊을 수가 없다. 그곳에 가지 않아도 그곳을 느낄 수 있고 만나고 싶은 사람을 만난다는 것. 너무나 충격적이었다. 영화에서나 보던 가상세계를 이렇게 체험할 수 있게 되었다는 것에 충격이었고 앞으로는 현실세계가 사라질 것 같은 생각에 또 한 번 충격을 받았다.

물론 좋은 쪽으로 쓰일 수 있는 곳은 무궁무진하다. 하지만 이것들이 남용이 되었을 때의 여파는 어떨지 감히 상상도 안 된다. 그전에 느껴보지 못한 사건들이 많은 요즘, 손가락 세계의 영향은 아닐까?

손가락 세계에서는 보여주고 싶은 것만 보여주면 된다. 감정을 숨겨도 된다. 왜, 보이지 않으면 되기 때문에 감정을 숨긴다는 것은 진실성이 없다는 것이다. 그래서 무섭다. 우리가 계속해서 현실을 부정하고 가상세계를 지향하는 것 같다. 만지고 느낄 수 있는 게 현실이었다면, 지금은 그것도 가상으로 만드는 시대가 온 것이다. 존재하지 않아도 존재할 수 있게 된 것이다. 그것이 관념의 같은 기준이 될 수 있을까?

엄마의 뱃속에서부터 우리는 모든 것을 직접적으로 듣고 느끼고 자라왔다. 사람은 태생이 그렇다. 만남을 배제하고는 존재할 수도 없다. 혼자서는 살아갈 수 없는 사회성 집단이기 때문이다. 사람은 경험을 통해 성장하고 배운다. 제대로 된 인격을 형성하기 위해서는 가장 중요한 게 경험이라고 생각한다. 그리고 경험은 감정을 통해 전달된다. 사람이 사람일 수 있는 이유. 바로 감정이다.

나를 다스리고 감정을 조절하는 것은 중요하다. 감정이 없다면 그것은 로봇과 다름이 없다. 뫼비우스의 띠처럼 처음과 끝은 있지 않았을 수도 있다. 지금의 변화는 그저 당연했던 일이었을지도 모르겠다.

머리가 아프다. 우연히 비 오는 날 차 안에 앉아서 창문을 바라보았다. 빗방울이 하나둘. 방울방울 모여있던 것들이 어느새 물줄기가 되어 창문에서 또르르 떨어졌다. 창문을 열고 방울들을 이어보았다. 이어짐과 동시에 물줄기가 되었고 이내 흘러내렸다. 그리곤 곧 떨어지며 또 방울이 되었다.

방울이 모여 물줄기가 되는 것. 그것이 무엇을 의미하는지 그 순간 느꼈다. 방울이 될 것인가. 물줄기가 될 것인가. 우리는 앞으로 어떻게 변할 것인가.

47

47

박찬희

—

chpark4547@korea.com

PROJECT

'국가 폭력'이란 명제에 대하여

국가를 구성하는 기본 요소들이 영토 주권 국민이란 점에서, '국민'은 국가를 구성하는 필요조건 중 하나이다. '국민이 곧 국가'라는 명제는 국민이 국가의 주인이라는 선언적 의미로서는 명확하나 국가를 구성하는 충분조건을 조각하는 것은 아니다. "대한민국의 주권은 국민에게 있고, 모든 권력은 국민으로부터 나온다."라는 조항은 국가 운영과 그 운영을 위해 위임된 권력의 원초적 주권 소재를 말하는 것이다.

여기서 '국민'이 무엇인가를 정의할 필요가 있다. 국민은 특정인이나 특정세력을 배제하지 않는다. 한 국가에 속하여 법적 지위가 확인되고 의무 안에 있는 자들은 차별 없이 국민이다. 즉 어떤 정부는 국민이고 어떤 정부는 국민이 아니라는 전제, 어떤 이는 국민이고 어떤 이는 비국민이라 명제는 성립될 수 없다는 말이다. 분명히 모든 국민은 국가의 주인이다. 국민의 국가의 주인 됨은 법리상 국가에 의해 공민권을 박탈당하거나 자신이 국적을 버리지 않는 이상 변할 수 없다. 헌법의 제1조 2항에 의해 국가를 구성하는 국민에게는 주권(권력)이 있다. 다만 이 권력은 국가를 구성하는 힘이다.

그러면 이제 '국가'가 무엇인가에 대한 보다 진전된 논의를 해보자. 사실 이에 대한 불가침의 해답은 없다. 다양한 이론으로 '국가'라는 개념이 설명되고 있기 때문이다. 다만, 통용되는 국가에 대한 개념 정의에 있어서 막스 베버(Max Weber, 1864.4.21~1920.6.14, 독일의 법률가, 정치가, 정치학자)의 이론 하나를 가지고 설명하고자 한다.

막스 베버는 국가란 "독점적 강압력, 통일적 권위, 제반 법률적 행정적 장치를 기초로 일정한 영토와 그 영토 내의 주민을 배타적으로 지배하는 정치적 조직"(위키)이라 하였다. 또한 "국가는 일정 영토 내에서 물리력을 단독으로, 그리고 합법적으로, 사용할 수 있게 되는 상황 발현에 성공한 인간의 무리"(위키)

라고 하였다. 여기서 유의할 점은 베버의 말이 의미하는 바가, 국가가 특정 정당으로서의 정치조직을 지칭하는 것이 아니라 타 국가와의 상대성에서 배타적 지배를 행하는 주체로서의 포괄적 의미를 갖는다는 점이다.

국가는 기본적으로 국민 영토 주권이라는 요소를 갖는다. 국민은 제 정당 사회단체를 조직할 자유를 갖는다. 정권을 획득한 특정인이나, 특정 정당이나, 비교우위에 있는 단체가 국가가 아니라 국민이라는 포괄적 개념의 주체 중 하나로서 국가를 구성하는 수많은 요소 중의 하나라는 것이다. '국가'를 정의할 때, 국가가 하나의 민족으로 되어 있거나 각기 다른 민족들의 한 부분이거나 혹은 다양한 민족으로 구성되어 있다고 해도 국가는 하나의 민족 혹은 특정한 인간으로 정의될 수 없다. 각기 다른 성향의 사람들의 한 부분이거나 혹은 다양한 성향의 인간으로 구성되어 있다고 해도 국가는 하나의 성향 혹은 특정한 성향의 인간 집합으로 정의될 수 없다.

또한 국가는 사회의 생성물이지만 사회의 부속물이 아니다. 국가는 정부를 가지지만 단순히 어떤 특정한 정부를 말하는 것은 아니다. 왜냐하면 국가는 다양한 정부들을 갖기 때문이다. 현대의 국가개념은 근대 초기 유럽에서 기인한 근대 정치의 산물이지만 세계의 모든 곳에 존재해 왔다. 그럼에도 불구하고 정치조직의 새로운 형태로서 그리고 차별성을 전제하는 것으로서의 국가에 대한 가장 중요한 관점은 그것이 매우 집약적인 가치를 갖는다는 점이다. 즉 공동의 혹은 협동체적 전체성을 가진다는 것이다. 즉 국가의 행위라는 개념은 특정 집단의 행위가 또 다른 특정 집단의 행위와 별개의 행위로 인식되지 않는다는 것이다.

그렇다면 정부는 무엇인가? 정부는 국가의 항존성을 유지시키는 조직이다. 정부는 한 국가를 이끄는 인간 및 조직들의 집합이다. 정부는 존재를 시작하면서부터 곧바로 공적인 조직이 된다. 공적이라 함은 공공성과 대표성을 갖는다는 말이다. 한 가정의 가부장을 정부라고 말하지는 않는다. 정부는 국민이 공통의 관심을 가진 어떤 개인들의 권위를(선거에서 지지했든 안했든 간에) 공적으로 위임받은 집합체로서, 국가의 정부라는 집합체로서의 연속성은 어떤 경우에도 파괴되지 않는다. 다만 '국가'의 불의한(불법의) 정부인지 아니면 정당한 정부인지의 차이는 존재한다. 그 여부에 차별성이 있다고 해도 어떤 정부이든지 간에 국가라는 공공의 집합체에 예속된다.

예컨대, 어떤 정당이 획득하여 운용하는 정부(정권)가 집권하는 동안 한 국민을 불법체포, 구금, 고문하였다고 할 때, 그 정부가 실각하면 책임이 상쇄되는 것이 아니라는 사실 즉, 어떤 정부가 정권을 교체 획득하였어도 그에 대한 보상의 책임이 부가된다는 점을 생각할 수 있다. 국가의 배보상 책임은 정권의 향배와 상관없이 책임수행이 완료될 때까지 영속적인 것이다. 정권이 바뀌어도 국가의 배보상 책임을 부인할 수 없다는 말이다. 즉 집권세력의 행위는 그 세력의 행위가 아니라 국가의 행위라는 것이다.

한 가지 더 예로 들면, 나치 정권이 히틀러의 사망으로 몰락했으나 국제사회는 나치 정권에 전쟁 책임을 물은 것이 아니라 독일이라는 국가에 책임을 물어 전쟁 보상을 요구했다. 베버는 이런 점을 염두에 두고 국가를 정의하면서 "일정 영토 내에서 물리력을 단독으로, 그리고 합법적으로, 사용할 수 있게 되는 상황 발현에 성공한 인간의 무리"라고 한 것이다. 즉 어떤 정권이 폭력적 행위를 국민이나 국제사회에게 행했을 때, 그 폭력의 행위자는 그 정권으로 한정될 수 없고, '물리력을 행사할 상황 발현에 성공한 무리'인 '국가'라는 것이다.

국가의 폭력은 근대 국가론에서 가장 위험한 요소로 간주되어야 한다. 근대는 자유, 평등. 박애의 정신에 기반하는데, 국가의 폭력은 이 세 요소를 명백히 침해하고 위해하기 때문이다.

47

배보연

—

qoqhdus315@naver.com

PROJECT

우리는 365일 중
딱 하루 범죄를 저지르면,
악한 사람일까?

결론은 단정 지을 순 없다. 내가 악하다고 생각해도 법의 기준이나 사회적 합의가 옳다고 여기면 아닐 테고, 나는 악하지 않다고 생각해도 법의 기준이나, 합의가 이루어지지 않은 상황이라면 나는 악한 사람이 될 것이다.

우리가 365일 중 364일을 착한 일만 하고 살아갔다고 가정을 하자. 자 그렇다면 우리가 365일이 되는 날 가게의 물건을 훔쳤다. 학용품 가게에서 볼펜 한자루를 훔친 후 들키지 않고 나왔다. 그렇다면 나는 유영철, 조두순과 같이 악한 사람이라고 볼 수 있을까? 물론 예시로 든 인물들과 범죄의 형량과 가중치를 따지면 비교가 되지 않지만, 모두 범죄를 행했다는 것은 같다. 악의 기준을 정하기는 쉽지 않다. 심지어 법조차도 정확한 기준을 확립하지 못하기에 조례와 판례가 존재하는 것이다. 그래서 이러한 악을 보는 시각은 철학적으로 2가지 관점에서 볼 수 있다. 성선설과 성악설이 존재한다.

첫 번째로 성선설은, 인간이 태어날 때부터 선을 가지고 태어나며 주변 환경에 따라 악함을 배우게 된다는 것이다. 4단 7정의 가정 또한 성선설에 기반을 두고 있다. 인, 의, 예, 지는 배우는 것이 아니라 내재 되어 있는 4단을 가꾸는 과정이라고 봐야 한다. 성선설의 기준에서 질문에 대한 대답을 찾자면, 악하다고 볼 수 없다. 인간은 누구나 선을 지니고 있지만, 주변 환경, 즉 악한 행위를 저지른 당시의 상황을 고려해야 한다는 것이다. 만약 볼펜을 꼭 훔쳐야만 하는 급한 상황(가령 회의에 볼펜이 필요한 상사의 지시에 따라 행동한 경우나 불우한 가정의 아이가 돈이 없어서 볼펜을 살 수 없는 경우와 같은 상황이 있다.)에 의해 벌어진 타의성이라는 환경의 영향이 존재하기 때문이다.

하지만 이러한 성선설을 바탕으로 하루의 일탈을 정당하다고 정의할 수는 없다. 인간은 모방의 습성을 띠고 있으므로 착한 심성을 가지고 태어났다 해도 주변 환경에 의해 범죄행위를 하게 된다. "저는 어렸을 때 부모님에 의한 가정폭력으로 트라우마로 인하여 범죄를 저질렀습니다."라고 주장한다면 그 사람의 범죄의 정당성을 참작해 줄 수 있을까에 대한 질문에 아니라고 해야 한다. 선하게 태이났지만, 환경에 의해 악행을 지질렀다고 모두 무죄를 신고해주면 인간은 모든 행위에 정당성을 입증하려 할 테고 그렇게 되면 사회의 혼란을 일으킬 것이다. 그렇게 된다면 선과 악의 기준이 모호해진다.

두 번째, 성악설은 악이 내재하여 있고 선을 배우면서 악을 통제한다고 말한다. 그렇다면 범죄를 저지르는 사람이 일평생을 선하게 살다가 단 하루 범죄를 저지른다면 그 사람은 성악설 기준에서 인간의 본성을 끄집어낸 행위이기 때문에 악하다고 봐야 한다. 성악설 기준에서는 악한 사람이 자신의 본능을 억제하지 못하고 결국 범죄자가 된 것이기 때문이다. 즉 사회의 통제와 교육을 통해 선을 배웠음에도 이를 어겼다는 결론이 나온다.

성악설을 뒷받침하는 근거는 생물학적으로 악행을 저지를 수밖에 없는 인간들도 존재한다는 것이다. 가령 소시오패스나 사이코패스는 뇌의 전하 물질에 문제가 생겨서 범죄행위나 죄의식에 대한 인지가 없다고 한다. 하지만 모든 이들이 범죄를 저지르지 않고 교육이나 환경을 통해 개선하여 살아갈 수 있다. 이러한 관점에서 본다면 일평생을 선하게 살아온 사람이 단 하루 범죄를 저리를 경우, 그 사람을 악하다고 볼 수 있느냐에 대한 답으로 성악설 기준에서는 표본이 되는 경우이기 때문에 그렇다고 말할 수밖에 없다.

기본적으로 인간은 짐승과 같지만, 구분할 수 있는 기준이 자신의 욕망을 억제할 수 있느냐와 생각할 수 있다는 능력에서 차별된다. 성악설은 악을 인간의 본성이라고 정의하고 있으므로 이러한 악을 통제하지 못했다는 점은 짐승과 같으므로 악행을 통제하지 못한 인간은 악하다고 봐야 한다.

성악설의 근거는 악의 가장 기초적인 실험체가 되는 범죄자를 통해 알 수 있다. 과학적으로 접근해서 그들의 유전자를 채취하여 조사한 결과 폭력 유전자라 불리는 성분이 일반인에 비교해 높은 수치로 나타났기 때문이다. 두 번째로는 모든 인간은 욕구를 지니고 있다는 것이다. 인간은 3대 욕구를 기본적으로 지니며 그 외에도 매슬로의 욕구에 따르면 2가지를 더 지니고 있습니다.

이를 통해 기본적으로 지니고 싶어 하고 소유하고자 하는 마음이 크기 때문에 발생하는 것인 욕구는 동물과 다르게 자아실현의 욕구와 인정의 욕구는 인간만이 지닌다고 한다. 이는 인간이 자신의 권위를 인정받고 싶어 하며 존경의 욕구를 지닌다는 점에서 범죄자들이 자신이 약자들보다 우세한 위치에 있다는 점을 인정받고 싶어 한다는 부분을 알아차릴 수 있다. 그들은 이러한 욕구를 바탕으로 범죄를 저지르기 때문에 인간은 기본적으로 악함을 가지고 태어난다고 볼 수 있다.

이렇게 성선설과 성악설을 통해 우리는 사람의 본성을 바라볼 수 있다. 365일, 1년을 기준으로 사람을 악한지 선한지에 대한 판단을 내리기 어렵다. 또한, 죽기 직전까지 우리는 수많은 갈등을 통해 본능과 욕구 그리고 옳음의 기준을 사이에 두고 고민한다. 그런데도 인구 대부분이 범죄자보다 일반인이 많은 이유는 선하기 살기 위해 노력하거나 선하게 태어났다는 믿음에 의해 행하기 때문이다. 자신이 악하게 태어났다고 생각하면 나는 원래 이러하니 악한 행동을 해도 정당하다고 주장하기 때문에 성악설을 많은 이들이 주장하고 믿음에도 불구하고 자신은 악하게 태어났다고 인정하며 살고 싶지 않아서 한다.

나 또한 성악설에 가까운 입장으로 죽기 직전에 악한 행동을 통해 누군가에게 큰 손해를 끼친다면 그 사람은 악하다고 생각하는 쪽이지만 누구나 선한 행동을 하면서 살아갈 수 없다고 생각한다. 또한, 사랑에서는 질투라는 감정을, 그리고 생각만으로 누군가 아파서 내가 좋은 발표 기회를 얻게 되었으면 하는 생각들을 지님에도 불구하고 실행에 옮기지 않는 것은 선함이 악함을 이기기 때문이라 생각한다. 누구나 선함과 악함을 공존하며 가지고 있지만 이를 끝까지 통제하고 어떤 것을 우위에 두느냐에 따라 악한 자에게 잣대를 내릴 수 있는 기준이라 생각한다.

47

배선영

—

joker4408@naver.com

PROJECT

니체는 죽었다

허무주의는 편리하게도 근거가 없어도 된다. 신을 믿으라고 한다면 신이 있다는 것을 증명해야 하겠지만, 다 부질없고 허무하다는 것인데 그 이유를 댈 필요는 없다. 내가 이룬 것이 하나도 없고, 앞으로 이룰 수 있는 것도 더 없을 것 같을 때, 혹은 내가 이룬 것이 별것 아니고 앞으로도 이룰 어떤 것도 무의미할 것이라고 생각이 들 때, 혹은 이제 뭘 해야 할지 모르겠고, 어느 것이 옳은 것인지도 더 이상 모르겠을 때, 허무는 소리 없이 우리 곁에 다가온다.

허무가 가진 매력은 너무나 치명적이어서 한번 가까이 오면 최소 몇 날 며칠은 그와 함께 보내야 한다. 먹지 않아도 배고프지 않고, 1시간을 멍때려도 우울함에서 벗어날 수 없다. 날씨가 나쁘거나 비가 내리면 허무는 더 강력해진다. 너는 아무것도 아니다. 너의 인생은 무의미하다. 너는 왜 사는지, 이 단순한 질문에조차 대답하지 못하고 있겠느냐?

허무주의를 극복하는 방식은 사람마다 다양하다. 어느 다큐멘터리에서 본 물리학자는 지하 1,300m 연구시설에서 '암흑물질'을 탐구하며 3년째 생활하고 있었다. 그녀에게 물었다. 도대체 왜 이런 일을 합니까? 그녀는 천진한 표정으로 해맑게 웃으며 답했다. "궁금하지 않아요? 우리가 어디에서 왔는지, 우주의 시작을 알면 그걸 알게 될 거예요." 그녀의 연구는 무척 어렵고 복잡해 보이지만 질문은 나와 다르지 않았다. '우리는 어디에서 와서 어디로 가는가?' 이 질문에 답할 수만 있다면 삶이 이리 허무하지는 않을 것이다.

종교는 허무를 극복하는 강력한 수단을 제공한다. 모든 것의 근원에 神이 있으니까 허무는 애초에 배제된다. 신이 우리를 창조했고, 신의 말씀에 따라 살면 된다. 그러면 된다. 실제 인류는 꽤 오랜 시간 신에 의지해 허무를 극복하며 살아왔다. 때로 신은 인간에게 가혹했지만, 그마저도 신의 잘못이 아니라 신의 뜻을 잘못 이해한 인간의 잘못이었다. 신은 그럴 리 없으니까, 신은 당연하게 善

하니까.

그런데 과학의 발전과 계몽주의, 근대화와 함께 신은 약해졌다. 신의 말씀은 과학적으로 검증되지 않았고 가끔은 터무니없었다. 근대의 수많은 천재들이 보기에 인간과 세계는 그런 식으로 설명되지 않았다. 그럼에도 그들은 쉬쉬하며 꽤 오래 참았다. 니체라는 이단아가 '신은 죽었다'고 선언하기 전까지.

니체가 열렬하게 '신의 죽음'을 선언하고 나니까 보다 큰 문제가 생겼다. 어찌 보면 가장 곤란한 사람은 니체였다. 모든 허무주의를 처리해주던 신이 사라졌으니 누군가는 책임을 져야 했기 때문이다. 니체는 인간의 의지로 허무를 극복할 수 있다고 죽을 때까지 소리 높여 외쳤지만 그것으로 부족했다. 허무는 너무 강력했고 신이 사라진 자리를 대신 차지하며 악마처럼 속삭였다. "너희가 하는 모든 일이 부질없고 너희는 모두 가치 없는 존재니라." 홀연히 인간을 떠난 신은 비릿하게 웃으며 이렇게 말했다.

"니체는 죽었다."

스스로 운명을 창조하고 같은 삶을 몇 번이고 반복해서, 그것도 열심히 살아가라는 니체의 조언은 '신을 믿기만 하면 된다'는 말보다 더 공허했다. 실효성 있는 대안도 없으면서 성급하게 신의 퇴장을 종용한 니체를 원망하고 싶어도, 니체는 죽었다. 그것도 확실하고 무책임하게. 니체와 동시대를 살았던 다른 천재들은 '신이 없다'는 걸 알면서도 왜 가만히 있었겠나?

'나'의 존재에 대해 신이 보증 서주지 않으니 인간은 '구조주의'라는 대체재를 찾았다. 레비스트로스, 자크 라캉, 미셸 푸코 등 사물의 의미는 개별로서가 아니라 전체 체계 안에서 다른 사물들과의 관계에서 규정된다는 말씀. 명쾌하다. 그러니까 나는 내가 아니라 어느 회사의 직원이고, 누구의 친구이며, 어떤 사람의 애인이고, 또 누구의 자식이라는 뜻이다. 맞는 말이지만 이런 설명으로 만족할 수 있나?

평생을 누군가의 '무엇'으로 살다가 어느 순간 고독을 느끼며, '나'는 뭐지? 라는 허무에 빠진다는 말을 하고 있는데 계속해서 가족을 돌보고 회사를 다니며 사회의 구성원으로 성실하게 살아가라고 한다면 좀 너무하지 않은가? 당연히 구조주의는 그 구조부터 해체하라는 '해체주의'의 극심한 반발을 사게 된다. 차라리 우리가 믿어 왔던 것, 믿지 못하는 것 그 모든 것을 음절 하나까지 전부 해체해서 '확실한 것' 하나만 찾아보자는 움직임. 그것이 해체주의다.

해체주의는 해체에 목적이 있지 않고 신을 대체할 수 있는 확실한 '어떤 것'을 찾는 것이라고 했지만 한번 해체에 맛 들인 비평가들은 형이상학을 비롯한 서양의 철학, 사상, 지식체계 일반을 전부 박살 내 버렸다. 근거를 의심하고, 말의 꼬투리를 잡고, 질기게 물고 늘어져서 '보여진 것'의 내면에 있는 뭔가를 찾으려다 보니 일상어조차 믿을 수 없게 돼 이런 말을 하게 된다.

"용서할 만한 것을 용서하는 것은 용서가 아니다. 용서는 오직 용서할 수 없는 것을 용서하는 것이다."고 말한 자크 데리다처럼 뭔가 그럴듯해 보이지만 실생활에도 되지 않는 말장난처럼 여겨진다. 허무주의를 극복하는 도구로서도 부족하다. 폭풍 같았던 해체주의의 열풍은 양파의 껍질을 아무리 까도 진짜 양파를 찾는 데는 실패하는 것처럼 그 존립 기반마저 해체하고 스스로 해체됐다. 신은 떠났고, 구조주의는 실패했고, 해체주의는 자진 해산했다. 허무하게, 허무가 승리한 것이다.

현대에 와서 허무주의는 치료하기 힘든 질병이 되었다. 그나마 다행인 것은 현대에는 살기가 너무 빡빡해 허무를 느낄 틈이 많지 않다는 것. 우리는 마치, 허무라는 질병에 대항해 '바쁨'이라는 백신을 접종하고 늘 허무에 대한 면역력을 높인 상태가 되었다. 먹고 살기도, 혹은 놀고 즐기기에도 바쁜 인생이라 허무할 새가 없다. 좋은 일이다. 하루종일 한 번도 자신을, 인생을 돌아보지 않는다면 허무는 찾아오지 않는다. 돌아보고 싶어도 그럴 여유가 없다면 역시 허무라는 질병에 걸리지 않는다. 그래서 허무는 삶의 힘든 고비를 넘고 잠시 쉬는 틈을 타 슬쩍 찾아온다.

집중했던 일을 마치고 다음 일을 모색하는 사이, 더 높은 목표를 세우는 사이, 실패하고 좌절하는 사이, 다 놓고 뭘 할까 고민하는 사이, 그 짧은 방심하는 사이에 허무는 우리를 감염시킨다. 역사적으로 허무와 정면 승부를 벌여왔던 계층은 지식인이었다. 지식인들은 예술, 철학, 인문, 사상 등 인류의 필살기로 무장하고 허무에 대항해왔지만, 동시에 허무에 상시 노출돼 있는 고위험군에 속하기도 했다. 누구보다 자주 허무를 대하고, 허무를 느끼다 보니 툭하면 그 병에 걸리는 것이다. 허무는 전염성이 높아 지식인을 자주 대하는 사람도 걸리기 쉽고 다른 병과 달리 병을 인식한 순간 급속도로 증세가 악화되기 때문에 특히 유의해야 한다. 주변에 지식인이 있다면 멀리하자. 즐겁게 살고 있다면 더욱 가까이하지 말자. 허무가 옮는다.

다만, 허무를 제일 잘 아는 사람이 지식인이기 때문에 허무를 치료할 방법 역시 지식인이 그나마 잘 안다고 하겠다. 그동안 꽤 많은 허무 치료법이 개발됐지만 대부분 일회용이거나 개개인에게만 효과가 있는 맞춤형이라 대량생산과 보급이 어렵다는 단점이 있다. 역설적으로 허무는 낙천주의자들에 의해 쉽게 퇴치되기도 한다.

"난 허무하지 않아"

단순한 이 한마디에 허무는 여지없이 무너진다. 허무에는 애초에 근본이 없기 때문에 기초가 튼튼하지 않고 아주 사소한 것에도 쉽게 자리를 내주는 것이다. 재밌는 영화나 드라마를 찾아냈거나, 새로 사귄 사람이 있거나, 직장이 바뀌거나, 혹은 여행을 가기만 해도 허무는 쉽게 도망간다. 그러나 쉽게 떠나간 허무는 쉽게 돌아오는 성향을 보이기도 한다. 가출한 애인처럼 몇 달 만에 아무렇지 않게 돌아와 미소 지으며 내게 묻는다.

"Do you miss me?"

비가 내렸을 뿐인데, 그저 구름이 낮게 드리웠을 뿐인데, 노을이 붉게 타오를 뿐인데, 허무가 돌아왔다. 더욱이 이번에는 쉽게 떠날 것 같지도 않다. 책을 편다. 역사 속 천재들이, 지식인들이 기록한 어떤 책을 읽으면, 어느 페이지에 이 실없는 악마를 몰아낼 방법이 적혀있는지 찾는다. 그리고 주문을 외운다. 당장 꺼져버리라고.

"난 허무하고 싶지 않아. 허무하지 않아."

소용없다. 날씨는 쉽게 좋아지지 않는다.

47

47

서여름

—

tjdufma92@naver.com

PROJECT

외국인 노동자 봉사활동

패기와 열정이 넘쳤던 젊은 시절 대학 교수님의 추천으로 봉사를 시작했다. "교수님 제가 가진 재능을 나누고 싶어요! 혹시 제가 능력을 발휘할 수 있는 영역이 없을까요?" 순수한 마음으로 조언을 여쭸다. 교수님께서는 대답했다. "매주 일요일에 교회에서 하는 의료 봉사가 있어요. 사람들이 힘들다고 짧게 하고 관두는 바람에 난감해 하면서 인력을 충원해 달라고 온 부탁이 있는데 거기 한번 가 볼래요? 집이랑은 좀 멀 수도 있어요.", "네 의미 있을 것 같아요. 제가 한번 가 보겠습니다." 패기와 열정으로 매주 일요일마다 시작된 치과 봉사활동이었다.

서울 동대문구 장충동에는 아름다운 교회가 있다. 내가 하게 될 봉사는 이랬다. 외국인 노동자들의 치료를 옆에서 도와 어시스턴트 역할을 하고 그들에게 잇솔질 방법에 대한 치과위생사로서의 교육을 시키는 것이었다. 떨리는 마음으로 첫 방문을 했다. 아침 일찍 이었는데도 교회의 마당에는 외국인들이 길게 줄을 서 있었다. 마음속으로 놀랐다. '저렇게 많은 외국인들은 처음봐……'

교회 안 2층에는 치과뿐만 아니라 내과도 있었고 안과도 있었다. 교회 한편에는 치과 진료를 할 수 있는 체어가 몇 대 있고 낡고 무뎌진 기구들이 있었다. 외국인 노동자들에게 키와 몸무게 그리고 혈압을 잴 수 있는 시설이 있었고 그들은 이곳에서 간단한 건강 상태는 측정할 수 있었다. 교회 안에 치과 체어가 있는 것도 놀라웠고 치아를 뽑을 수 있는 기구들과 마취기구 잇솔질 교육을 할 수 있는 표본들은 대략적으로 마련되어 있었다. 하지만 소독기는 없었다.

알고 보니 치과 원장님들께서 조금씩 지원해 준 재료들로 구성된 봉사 공간이었다. 몸은 올 수 없지만 마음을 보내 타인을 돕고 싶어 하는 따뜻한 원장님들의 마음을 느낄 수 있었다. 최대한 많은 사람들을 돕고 싶었다. 하지만 시간이 정해진 관계로 일찍 줄을 선 사람들부터 순서대로 앞에서 잘랐다. 뒤로 줄을 서

있던 사람들은 어깨가 축 처진 채로 돌아갔다. 다음 주가 되어서도 또 선착순에 들어야만 치료를 받을 수 있기 때문이었다.

치과 치료를 받게 되는 사람들은 아마 공감할 것이다. 치통이 얼마나 고역을 주는지 치통을 참고 견디는 게 얼마나 힘들고 괴로운 일인지 말이다. 기약 없이 치료를 미루고 기다려야 하는 절망감이 담긴 그들의 눈빛이 아른거렸다. 대다수의 외국인 노동자들은 한국에서 병원을 가지 못한다. 의료비가 부담되어서다. 보험 적용이 되지 않는 의료비는 한국에서 그들이 받는 월급과 생활비에서 차지하는 비중이 매우 클 것이기에 아파도 참다 참다 주변인들에게 이렇게 무료로 진료를 받을 수 있는 곳을 알음알음 알아내어 찾아오는 것이었다.

마음이 아팠다. 같은 인간인데. 아픔과 즐거움 기쁨과 괴로움을 모두 느낄 수 있는 사람인데 어떤 국가에서 어떤 운명으로 태어나 어떤 삶을 사는지에 따라 상황이 달라지는 게 슬펐다. 대부분의 외국인 노동자들의 구강 상태는 매우 좋지 않았다. 거의 아픔을 참다 참다 못해 이제는 안 될 것 같다시피 할 때 그들은 도움을 요청했다. 아이가 있는 부부들은 더욱 문제가 심각했다. 치과 관련 지식이 거의 없다 보니 본인들의 구강 관리뿐만 아니라 아이들의 관리까지 전혀 되지 않은 상태에서 데려왔다.

기억에 남는 가족이 있다. 파키스탄인 가족이었다. 온 가족의 구강 상태는 최악이었다. 할머니와 엄마 아빠 그리고 아들 둘을 데려왔다. 눈이 참 반짝반짝 빛나고 잘생긴 아이들이었다. 하지만 그 아이들이 입을 여는 순간 놀람을 금치 못했다. 이가 거의 다 썩어 있었다. 이들의 미래가 막막했다. 어른이 되어서 씹는 맛을 즐길 수 있을까? 사탕은 얼마나 많이 먹은 것일까? 칫솔이 집에는 있기는 한 걸까? 이 닦는 방법은 알까?

아이들에게 눈짓 발짓을 해가며 잇솔질을 하는 방법을 알려줬다. 그 옆에서 부모가 보고 있게 했다. 아이들은 금방 가르쳐 줘도 잊을 것이고 결국은 부모가 칫솔을 사 주지 않는다면 나의 노력이 수포로 돌아갈 것이기에 샘플로 있던 칫솔과 치약을 손에 쥐여줬다. 아이들은 밝게 웃었다. 양치를 잘하기로 나와 약속했다.

이 열악한 공간에는 파노라마를 찍을 수 있는 기계가 없었다. 육안으로만 보고, 그들의 증상을 듣고 우리가 결정해서 간단한 치료밖에 해줄 수 없었다. 그들은 우리가 앓던 이를 뽑아주기만 하고 가장 저렴하지만 오래가는 튼튼한 재료인 아말감으로 충치 부위를 때워 주기만 해도 무척 감사해했다. 말은 통하지 않았지만 그들의 빛나는 눈빛과 웃음에서 감사함을 읽을 수 있었다. 더 많은 사람들을 돕고 싶었다. 그래서 내가 봉사를 시작한 후로 다음 주부터는 봉사 시간을 조금 더 앞당겼고 끝나는 시간을 좀 더 뒤로 미룬 다음 5명 정도씩을 더 보기로 했다.

나는 이곳에서 봉사를 2년 넘게 했다. 매주 일요일마다 황금 같은 휴일을 이곳에서 머물며 보낼 때 가족들과 주변 지인들은 나를 말렸다. "이만하면 됐어! 이제, 그만 봉사해 주말에는 좀 쉬고 해야지 평일도 내내 일하잖아" 하지만 그들의 눈빛이 생각나서 나는 멈출 수 없었다.

그들도 누군가의 소중한 가족이고 동료고 우리의 이웃이기 때문이다.

47

수에나(김주연)

—

neo9555@naver.com

PROJECT

달빛 소리

    화실의 조명 스위치를 켰다. 해가 지고 나면 자연스레 조명을 켠다. 어두우면 등을 켜는 것이 습관처럼 되어 있으니 당연하게 스위치에 손이 갔다. 화실을 밝히고 나니 바깥은 그저 어둠뿐이다. 밝은 곳에서는 어둠 속이 보이지 않는다. 빛이 있는 환한 화실 내부만 보일 따름이다. 나는 화실의 조명을 다시 껐다. 사방이 컴컴하다. 무엇 하나 잘 보이지 않는다. 나는 어렴풋이 보이는 탁자를 더듬어 만지며 의자에 앉았다.

    음악을 들으며 한 시간여를 앉아있었을까? 평화로운 시간이자 행복한 시간이었다. 이제 바깥은 어둠에 묻혔다. 어느새 어둠에 익숙해졌는지 처음보다는 환해진다는 느낌을 받았다. 사물을 볼 수 있는 것은 빛의 유무에 달려 있다. 어둠 속에서는 아주 미미한 빛이라도 큰 역할을 한다. 벽에 걸어 놓은 그림도 처음에는 검은색과 하얀색만 구분했는데 시간이 지나자 약간의 색깔 구분도 가능해진다. 어찌 된 일일까? 어떻게 더 환해질 수 있었을까?

    그것은 하늘에 떠 오른 달이 점점 빛을 내기 때문이었다. 밤이 되어야 펼쳐지는 달빛의 세상이 열리고 있었다. 나의 눈도 어느 정도는 어둠에 적응했겠지만 그림의 색감을 구분할 수 있었던 것은 거의 달빛 덕분이었다. 해가 지고 어둠이 내려오면서 달이 차올랐던 것이다. 나는 꿈속의 세상을 만난 듯 미소를 지으며 창가로 다가갔다. 어둠 짙은 검은 형체의 산머리 위에 둥근 달이 빛을 내기 시작했다. 밤하늘에 떠 있는 둥근 달을 바라보며 혼잣말을 했다.

    "달아. 오늘은 어떤 마음으로 왔니?" 나는 달의 대답을 생각한다. '나는 밤이 되어야 빛을 내는 존재니까 어둠을 따라 왔지.' 아니면, '너에게 밤도 괜찮은 거라고 말해 주러 왔지.' 또는, '네가 기다리고 있는 걸 아니까 왔지.' 그래, 이 대답이 가장 마음에 들었다.

초저녁부터 자연스레 맞이한 밤이었으니 내가 달빛을 기다리고 있었는지도 모른다. 자연스럽게 화실 벽면에 있는 [달빛 소리]라는 작품에 눈이 갔다. 한밤에 비리본 달과의 대화를 그림으로 님긴 직품이다. 그닐은 달빛 아래로 이따금 빗방울이 떨어지고 있었다. 달은 구름 속에서 숨바꼭질했었다. 달이 모습을 보이다가 슬며시 구름 뒤로 숨었다.

달과 내가 몇 번의 숨바꼭질을 끝냈을 때, 달빛이 내게 들려주는 말을 생각했다. '아무도 없다고 생각하지 말아. 안 보인다고 없는 건 아니야. 너의 곁엔 항상 밤하늘의 달처럼 가만히 널 보고 있는 사람이 있어. 너의 응원자가 말이야. 그러니 힘들어하지 말아. 너는 누굴 위해 사는 것이 아니야. 너 자신을 위해 살아가는 거야. 너에게 집중하고 너를 위해 칭찬해줘. 너는 이미 멋지게 살아가고 있으니까.'

내가 달에게 말했다. "오늘도 동그란 너의 얼굴을 내게 보여 줘서 고마워. 너와 만나면 언제나 좋은 말을 들려주는구나. 난 항상 믿고 있었어. 내가 혼자가 아니란 걸 말이야. 나에겐 언제나 나를 응원하는 수호천사가 있지. 내가 너와 함께 하는 순간에도 그렇고 혼자일 때도 마찬가지야. 나는 오늘도 잘해 내고 있어. 내게 힘을 주는 말을 들으니 더 용기가 나네." 달이 말했다. '그래. 잘하고 있어. 그러면 돼. 용기 있고 힘이 넘치는 모습이 우리의 공통점이야. 그렇다고 겉으로 티를 내는 것도 아니고. 너는 언제나 긍정적이고 밝아서 좋아. 그런 너를 비추는 내 빛이 의미 있구나.' 내가 말했다. "조용하지만 힘이 넘치는 에너지. 정말 멋지다. 그게 바로 부드러움의 묘미지. 그게 너의 장점이기도 해."

달빛은 이따금 떨어지는 빗방울을 보석처럼 빛나게 만들어주었다. 어두운 밤하늘이어서 더욱 빛나는 이 순간이다. 달을 바라보고 있으니 복잡한 것들을 잊게 되었다. 단순하게 생각하고 싶었고 나의 그림에 집중하고 싶어졌다. 달빛이 친구가 되어주는 밤이라면 나의 예술은 외롭지 않은 길이라고 생각했다. 작품 [달빛 소리]의 전체적인 구성은 간결함에 있다. 이날 밤, 아무런 비틀림 없는 심플함으로 달과의 대화를 그려냈었다.

사람은 누구나 홀로의 시간을 갖기 원한다. 이런 시간이 있어야 스스로의 생각과 일에 대한 정리가 가능해진다. 아침에 눈 뜨고 나서부터 바쁜 일과가 시작된다. 계획된 일이 있건 없건 하루가 시작되면서 여러 관계에 얽힌 일들을 풀어나가야만 한다. 밝은 태양은 우리에게 무슨 일이든 해야 하는 낮시간을 제공해 준다. 그러기에 분주한 아침은 저녁까지 이어지기 십상이다. 우리에게 주어지는 많은 일들 중에 자신을 돌아볼 만한 순간은 많지 않다. 이리저리 쫓기기는 쉬워도 내가 주체가 되어 나를 바라보기가 어렵다.

내가 한밤중에 만나는 달과 별, 그리고 어두움은 오로지 나에게만 집중할 수 있도록 해준다. 특히 어둠 가운데 빛나는 그들의 존재는 내 마음속의 아름다운 벗들이다. 그들과의 대화는 나의 피곤한 낮을 쉬게 하며, 새롭게 시작될 저녁의 출발에 생기를 불어넣어 준다. 나의 그림은 언제나 조용한 공간에서 그려진다.

오늘 밤의 달도 밝다. 그런데 달빛은 많은 것을 보여주려 하지 않는다. 나의 눈에 보이던 많은 것을 살며시 가려주고 품어주는 역할도 한다. 마치 깊은 애정을 지닌 어머니의 포근한 가슴처럼 말이다. 그리고 달빛은 소곤소곤 말한다. 나와의 대화에서 그렇다. 그러기에 달빛은 세상을 은근하게 비춰주는 빛이다. 소란스럽지 않고 은근한 힘의 모습이다.

내가 창가나 밖에서 달과의 밀어를 나눌 때, 화실에서는 하얀색의 캔버스가 나를 기다린다. 나와 달과의 이야기를 궁금해하는 녀석이다. 나 역시 어서 이야기를 풀어내고 싶어진다. 손가락이 간질거리고 말하고 싶은 것들이 가슴에서 꿈틀거린다. 무엇부터 먼저 꺼내줄까? 우선 음악의 볼륨을 낮춘다. 그리고 캔버스를 마주한다. 이제 완전한 나의 시간과 세상이 되는 순간이다.

47

신정근

—

hoelun23@naver.com

PROJECT

검은 눈물

　보글보글, 뽀골뽀골. 마치 봄기운에 기지개 켠 개구리가 합창하듯 커피포트에서 물 끓는 소리가 요란하다. 뜨거운 김이 주입구를 통해 생물처럼 기어 나온다. 그리고 잘 볶아지고, 빻아진 커피 가루를 두 스푼 건져 올린다. 어부가 바다에서 물고기를 길어 올리듯. 이내 뜨거운 물이 커피 위로 쏟아지고 또르르륵, 또르르 맑은 소리를 내며 한 방울 두 방울씩 오늘의 커피가 아래로, 아래로 떨어지기 시작한다. 낯선 여행지에서 잠든 여행자를 깨우는 호텔의 모닝콜처럼.

　우리에게 커피는 어떤 의미일까. 혹자는 고작 커피 한 잔에서 너무 많은 의미를 찾으려 하는 것이라고 생각할지도 모른다. 하지만 적어도 나에게는 어제의 꿈에서 오늘의 현실을 자각시키는 하루의 시작임과 동시에 쌉싸름한 향과 맛을 닮은 지독한 삶의 파편과 같다. 정확히 언제부터 커피를 좋아하게 되었고, 자주 마시게 되었는지 기억나지 않는다. 남들처럼 나이를 먹고, 육체적으로 성인이 되어 약간의 밥벌이를 하고, 자유롭게 나라 밖으로 여행과 작업을 병행하는 동안 새로운 사람을 만나듯 각 지방 고유의 커피도 함께 만나게 된 것이리라. 맵거나 짠 음식을 싫어하고, 저염식을 즐기며 초콜릿을 제외하고 당분이 많은 음식도 피하는 나에게 커피의 쓴맛은 그 색깔만큼이나 매혹적이었다. 그리고 수년간 인도네시아에서 체류하면서 그것에 더 중독되고야 말았다.

　수많은 섬들로 이루어진 인도네시아는 여러 지방과 지역 특유의 향과 맛을 가진 커피가 많이 있다. 그곳은 그야말로 지구상에서 몇 남지 않은 '커피공화국', '커피의 민주주의'라고 할 수 있다. 발리Bali, 플로레스Flores, 수마트라Sumatra, 아체Ache, 자바Java, 또라자Toraja등 맛은 조금씩 다르지만 커피라는 이름으로 사람들의 코끝을 자극하며 유혹한다. 1년간 거주했던 족자카르타에서는 유난히 달달한 커피를 많이 마셨다. 자바인 특유의 식성이기도 했지만 진한 블랙이나 에스프레소만 고집하는 나에게는 곤욕스러운 맛이었다.

인도커피나 코피루와 같은 대중적인 브랜드의 인스턴트커피도 많이 있었는데 가끔 마시는 것은 괜찮았지만 입맛에 맞지는 않았다. 인도네시아는 브라질, 베트남 등에 이어 세계 4위의 커피생산국이다. 한국사람들에게는 허니문 휴양지 발리만 많이 알려져 있지만 좀 더 자세히 들여다보면 커피는 그들의 삶에서 빼놓을 수 없는 부분을 차지한다. 전통의 커피 강국답게 각 가정과 동네 어디서나 손님을 대접할 땐 아라비카와 로부스타가 적절히 혼합된 커피를 건넨다. 그런 문화는 상대방에 대한 예의이자 자부심으로 표현된다.

족자카르타 생활을 마무리하고 인도네시아에서도 외지에 속하는 마카사르에서 살 무렵, 나는 설탕 한 스푼 넣지 않은 블랙커피를 마셨는데 그중 또라자 지방에서 생산되는 또라자커피와 마카사르 브랜드인 우중커피가 입맛에 맞았다. 커피 가루를 거름종이에 걸러내거나 내려 마시지 않고 가루를 듬뿍 넣어 더 진하게 우려내고 가라앉은 가루는 따로 건져내지 않고 그대로 두어서 흔히들 싱킹커피Sinking Coffee 즉, 가라앉은 커피라고 부르는데 그 맛이 일품이었다.

인도네시아를 비롯해 세계 각지, 그러니까 지도상에 적도를 중심으로 그 주변에 있는 수많은 열대기후의 나라들은 소위 커피벨트를 이루며 많은 커피를 생산한다. 부끄러운 일이지만 나는 커피농장에 가 본 적이 없는데 아마도 그들의 노동을 본다면 다시는 커피를 마시지 못할 수도 있다는 책임회피이지 않았을까. 그곳에서는 커피콩 한 줌에 한국돈 300원 정도면 넉넉히 살 수 있다. 산간지방 또라자의 재래시장에 가면 사람들은 연신 허름한 기계에 신선한 커피콩을 넣고 그것이 까맣게 될 때까지 볶고 또 볶았다. 그들의 피부처럼 콩은 점점 까맣게 변했다.

적도의 태양에 피부가 타들어 가듯 커피도 익어갔다. 그렇게 하루하루가 저물어 가는 것을 나는 보았다. 문득 반복되는 일상이 지루해졌다. 그런데 그들은 그 일을 매일 반복하고 있었다. 어느샌가 그 고된 노동과 저임금을 소비하고 있는 나를 발견했다. 그것은 소위 선진국이라는 사람들의 전유물이 되었고, 지겹도록 커피 열매를 따고, 볶고, 가는 일을 마다하지 않는 이들의 땀과는 반비례하는 것이었다.

나는 전형적인 커피퍼슨Coffee Person이다. 한국으로 돌아와서도 보통 하루에 4잔 정도의 커피를 마신다. 그러면서 멍하니 인도네시아에서의 시간을 곱씹고, 추억을 회상하기 바쁘다. 하지만 커피노동자들의 거친 손바닥에 패인 애달픈 삶에 비한다면 그것은 어리석고, 비생산적인 망상과 허영에 불과한 것이었다. 그래서 오늘도 내가 마시는 한 모금의 커피에는 필시 그 한 방울의 검은 커피가 내려질 때마다 그들이 삶의 현장에서 쏟아야 했던 수많은 땀과 눈물이 흘러내림을 기억해야 한다. 낮고, 낮은 절규에 귀 기울이는 것만이 내가 할 수 있는 유일한 애도이자 예의일 것이다.

모든 우아한 호사는 적도의 어느 커피노동자가 그토록 바랐던 마지막 지상낙원은 아니었을까. 하루를 마무리하는 커피잔에서 무명의 울음소리가 들린다. 그들의 흐느낌에 나는 정신을 차리고, 얼른 찻잔을 내려놓았다.

47

안상욱

—

asam8@hanmail.net

PROJECT

절대 행복론

'행복공포증Cherophobia'이라는 말이 있다. 행복한 일이 일어난 다음에는 반드시 불행한 일이 찾아온다는 생각 때문에 행복을 두려워한다는 뜻이다. 이는 어린 아이가 생존을 위해서 엄마가 행복한 만큼만 행복하겠다고 결심하는 상황과 연결된다. 남편의 사랑을 받지 못한 엄마는 행복하지 않다. 하지만 아이는 행복하다. 엄마는 아이에게 질투를 느낀다. 아이는 가장 오랜 시간을 보내는 엄마가 자신을 시기하자 본능적으로 생존의 위협을 느낀다. 결국, 아이는 살아남기 위해서 엄마의 행복 수치만큼만 행복하기로 결심한다. 이 상태로 머물게 된 아이는 나중에 커서 자신의 아이에게 이러한 행복공포증을 대물림시킨다.

문제는 이 행복 공포증 때문에 우울증까지 걸려서 생을 포기하는 사람들이 있다는 것이다. 생을 포기하지 않더라도 이로 인해 무력하게 살아가는 사람들이 많다는 사실은 월요일 아침 출근길을 5분 정도만 지켜본다면 확인할 수 있다. '행복'이라는 말의 뜻은 무엇일까? '복된 좋은 운'이라는 사전적 의미의 명사로, 영어로는 'good, luck'으로 표기된다. 삶에서 만족할 정도의 행운에서 얻는 것을 뜻한다. 여기서 행운은 행복한 운수를 가리키는데, 운수는 이미 인간의 힘으로는 어쩔 수 없는 하늘이 정해준 운명과 기운을 뜻한다. 즉, 행복은 하늘이 정해준 우리의 운명과 기운에 만족하는 것이라 풀이할 수 있겠다.

조금 더 깊이 알아보기 위해 어원을 찾아봤다. 동양의 관점에서 '행복幸福'의 '행幸'은 원래 수갑 모양의 상형자로 '헤어 나오다' 혹은 '(맑게) 개다'의 축약형이었다고 한다. 유추해본다면, '벌을 받다가 풀려 나온다'는 의미로 볼 수 있다. 반면, 서양의 관점에서 영어인 '행복happiness'의 어원은 우연한 일이라는 뜻의 'happ'에서, 라틴어인 '행복felicitas'의 어원은 '(엄마의 젖 등을) 빨다'라는 뜻의 단어에서 왔다고 한다.

아이는 하루에 400번을 웃지만 성인은 15번을 웃는다고 한다. 아이는 뭔가를 하지 않아도 행복하다. 하지만 성인이 되면서 원하는 것을 성취하지 않으면 불행하다는 생각을 갖게 된다. 눈에 보이는 것으로는 돈, 자동차, 집 등이 있겠고 눈에 보이지 않는 것으로는 사랑, 명예, 권력 등이 있겠다. 주식이 오르고 예쁜 여자나 잘생긴 남자를 만나 결혼을 하거나 성공을 하면 행복할 것이라 생각하기에 우리는 목숨을 걸고 이것들을 추구한다. 그렇다면 과연 원하는 것을 성취하면 행복할까? 그리고 그 행복은 지속될까? 이 질문의 답은 각자에게 있을 것이다.

어쨌건 이러한 행동들이 결국, 우리가 행복하기 위해서 추구하는 것이라는 것만은 동의한다. 불행하고 싶어서 사는 사람은 없을 것이기에 말이다. 혹여나 불행을 택한다고 하더라도 그 사람에게는 지금 그 선택을 하는 것이 가장 행복하다고 판단한 결과일 것이다. 반면 누가 봐도 위의 조건들을 충족하는 사람들이 우울증이나 여타 다른 이유로 인해 스스로 목숨을 끊는 경우를 볼 수 있다. 남부러울 것 없는 유명인이나 재벌, 혹은 연예인들의 자살이 바로 그러하다.

『사랑의 기술The Art of Loving』(1956)의 저자이자 철학자인 에리히 프롬Erich Fromm은 '무조건적인 사랑'을 '어머니의 사랑'으로, '조건적인 사랑'을 '아버지의 사랑'으로 표현했다. 전자는 성숙한 행위이고 후자는 미성숙한 행위라는 해석이다. 추상적인 관점으로 볼 때 '사랑'과 '행복'을 비슷한 위치에서 연결해보면 행복이 무엇인가에 대한 답을 조금이나마 유추해 볼 수 있다. 무조건적인 행복과 조건적인 행복 중에서 어떤 것이 옳고 어떤 것은 그른가의 이야기는 논외로 둔다. 행복을 이렇게 무 자르듯이 이분법적으로 나눌 수 있는가에 대한 비평도 마찬가지이다. 여기서 중요한 점은 우리는 이 두 가지의 행복 중의 하나를 선택해서 살고 있다는 사실이다.

저명한 심리학자 프로이트Sigmund Freud는 '이드Id'와 '슈퍼에고Superego' 사이에서 인간은 갈등한다고 했다. '이드'는 하고 싶은 것을 하려는 충동적인 욕구를, 슈퍼에고는 옳은 일을 하는 도덕적인 양심을 가리킨다. 여기서 생존은 인간에게 있어 가장 중요한 충동이라고 할 수 있다. 예를 들어서 배가 고파서 살기 위할 때와 배가 부른데 맛있어 보이는 음식이 앞에 있을 때 먹는 행위는 다르다. 굶어 죽기 전에 밥을 먹는다면 어린아이가 엄마의 젖을 빨 때의 행복과도 같은 느낌을 가질 수 있겠다. 하지만, 과식으로 인해 배탈이 났다면 행복할 수 있을까? 가학적인 행복의 관점이라면 모를 일이지만 말이다.

영국의 전설적인 가수 비틀즈The Beatles의 12번째이자 마지막 앨범인 <Get back>(1970)에 수록된 노래 'Let it be'와 디즈니Disney의 애니메이션 <겨울왕국Frozen>(2013)의 주제곡으로 아카데미 주제가상을 수상한 'Let it go'는 시간이 지난 지금까지도 남녀노소를 가리지 않고 인기를 누리고 있다. 두 노래 내용의 공통점은 '그냥 흘러가는 대로 내버려 두라'는 것이다. 어찌 보면 우리는 원래부터 행복했을지 모른다. 하지만 성인이 되면서 '행복 공포증'으로 인해서 자신도 모르게 행복을 추구의 대상으로 여기고 이를 성취하는 존재로 생각하게 됐다.

문제는 이렇게 되면 있는 그대로의 자기 자신을 받아들이거나 믿지를 못하고 외부의 누군가에게 통제를 당하며 살게 된다. '엄마 말을 잘 들어야 착한 사람이다'는 잘못된 신념을 갖고 자신을 스스로 책임져야 하는 사회로 나간다면 분명히 누군가의(강자나 혹은 소수의 기득권의) 노예처럼 살게 되는 잘못된 결과를 초래하는 것이다. 물론, 엄마가 자신의 아이가 이렇게 자라기를 바랐던 것은 아니었지만 말이다.

10년 전에 유명한 행복 전도사가 자살을 한 소식은 많은 사람들을 안타깝게 했다. 어찌 보면 행복이라는 개념은 우리가 추구해서 얻을 수 있는 것이 아닌 것 같다. 러시아의 대문호인 도스토예프스키Fyodor Dostoevskii는 '인간은 자신이 행복하다는 사실을 알지 못하기에 불행하다'라는 아이러니한 명언을 남겼다. 만약, 인생이 B와 D 사이의 C라고 한다면(탄생Birth과 죽음Death사이의 선택Choice) 나는 이런 삶을 선택을 하고 싶다. 행복을 찾기 위해 노력하는 삶보다는 우리가 원래 행복한 존재라는 사실을 깨우치는 삶을 말이다.

47

안창식

—

ahnacs@daum.net

PROJECT

한글의 미스터리를 찾아서

　한글은 현재 시대적인 흐름에서 그 어느 때보다도 커다란 변화와 혁신을 맞이하고 있다. 이 말은 알파벳을 제외한 언어 중에서 컴퓨터 자판에서 자국어문자를 구현할 수 있는 거의 세계 유일의 언어라는 것이다. 즉 정보화시대의 가장 과학적인 문자로 유네스코에서도 인정하고 있다. 이러한 사실이야말로 우리문화에 대한 자긍심과 아울러 전율까지 느껴지게 해주는 위대한 업적인 것이다.

　표음문자인 한글은 낱말과 문장을 형성하는 방식에서 알파벳보다 직관적이고 효율적이다. 즉 자음과 모음의 결합이 훨씬 자유롭다. 내가 한글 탄생에 대해 커다란 미스터리를 갖는 것이 바로 이 대목이다. 한글이 가지는 이런 엄청난 장점과 특징을 볼 때 그 짧은 기간 안에 문자의 모양과 사용방법에 이르기까지의 제반 요소를 갖춘다는 것은 관련된 인프라가 작용을 했을 것이란 점 때문이다. 무릇 한 민족의 언어나 문자는 수많은 시간이 흐르는 사이에 형성이 되는 것이기 때문에 한글발명의 배경이 자못 궁금해질 수밖에 없다. 우리말은 중국말과 달라서 한자에만 의존하던 시대의 백성들은 우리말을 적을 수 있는 글자가 없어서 한자를 빌어다가 변형하여 쓰거나 그대로 썼다. 그러다 보니 우리말을 정확하게 적을 수가 없어서 그 고충은 이루 헤아릴 수가 없었을 것이다.

　한글은 창제 당시부터 세종대왕이나 집현전 학자 같은 엘리트층의 축복만을 받아온 것은 아니었다. 한글 창제는 새로운 것으로의 변화로써 이른바 기존 질서를 뒤흔드는 굉장히 위험한 도박과도 같았다. 당시 한글 창제는 기존의 문자 기득권 체제에 반하는 것이었다. 따라서 성리학으로 무장한 최만리를 비롯한 당시 기득권이 갖고 있던 지식과 정보의 독점권이 무너진다는 의미에서 다수 집현전 지식인들은 한글 창제는 오랑캐나 하는 짓으로 상스럽고 무익한 글자를 왜 만드느냐고 극구 반대했다. 우리말 고유의 문자가 없어서 허덕이는 백성들을 위한 노력의 이면에는 최만리와 같은 수많은 기득권층에게는 변화와 혁신 새로운 것은 두려움의 대상이었다. 따라서 한글 창제는 사대부가 쌓아 올린 중앙정부의 견고

119

한 기득권 통제체제를 허물 수 있는 아킬레스건과도 같은 것이었다.

한글 창제 이전에는 우리말을 적을 수 있는 글자가 없어서 한자를 빌어다가 변형하여 쓰거나 그대로 쓰는 이두라는 문자 체계를 이용하여 왔다. 흔히 설총이 만든 표기체계라고 알려져 있으며 이런 기록은 제왕운기나 대명률직해 등의 여러 고서적에서 찾아볼 수 있다. 그러나 이런 방대한 차자표기체계를 한 개인이 만들었다고 보기에는 무리가 있다. 또 설총 이전에도 이두 비슷한 표기법이 발견되는 것을 보아 설총은 이두의 창시자라기보다는 그동안 쓰이던 차자표기법을 집대성한 사람이라고 보는 것이 적절하다. 이두를 가장 먼저 창제한 사람은 기록으로 남아있지는 않지만 대부분의 문자가 그렇듯 서서히 자연 발생했을 것이다. 이점이 문자의 발생과 발전과정이며 한글 탄생의 미스터리를 찾는 역사적 과제인 것이다.

한글 창제의 원리가 훈민정음해례본의 발견으로 사람의 발음기관을 본떠 만들었다고 밝혀졌으며 세종친제설이 굳어지긴 했으나 그렇다고 모든 궁금증이 속 시원하게 풀린 것은 아니다. 세종실록을 보면 28자는 옛 전자를 본받았다는 기록이 있는데 이 옛 전자가 무엇인지 명시하지 않았기 때문이다. 그래서 훈민정음반포 이후 지금까지 수많은 추측을 낳았다. 따라서 세종 이후 언문으로 그 사용이 답보를 해오는 동안 이 전서의 존재는 미궁으로 빠져버려 미스터리의 실마리가 되었다.

훈민정음창제의 비밀이란 논문을 펴낸 김봉태 박사는 훈민정음은 집현전 학자들의 주도로 만들었지만 그들의 텍스트는 경전 언어인 산스크리트가 확실하다고 주장했다. 산스크리트어는 인도유럽어족 인도이란어파 인도 아리아어군에 속하는 대다수 인도 언어들의 조상이며 정교한, 잘 정돈된 이라는 뜻을 가지며 한자로 범어라고 하기도 한다. 윌리엄 존스라는 영국인 문헌학자는 라틴어, 그리스어와 무척 닮았다는 사실을 알고 깜짝 놀라 학회에서 산스크리트를 유럽 고전어와 비교하여 발표하였다. 그 결과 산스크리트는 라틴어, 그리스어와 같은 어족임이 밝혀졌다.

우리나라에서도 불교가 전래되면서 고대부터 알게 모르게 산스크리트어의 영향을 많이 받았다. 한역을 거치긴 했지만 나찰, 미륵 같은 단어나 신라의 화랑 사다함의 이름 등 특수외국어에 포함된 언어 중의 하나였다. 성종의 어머니

인수대비인 소혜왕후가 이 언어에 능통했다고 한다. 아무래도 평소 불교를 신봉했다가 불교서적 원본들을 배우는 과정에서 명나라를 통해 들어온 중국 스님 등을 통해 산스크리트어를 배웠다는 말이 있다. 중국에서 산스크리트 불경을 번역하면서 산스크리트어는 중국어에 상당수 어휘를 제공했고 중국에서 다시 불경을 수입한 우리나라도 산스크리트어에서 비롯된 낱말들이 한자라는 필터를 거쳐 들어왔다.

그리하여 성종 때는 옛 전자를 인도의 산스크리트문자로 보았고 산스크리트문자 자음 35자와 모음 13자를 비교 분석한 결과 음운체계는 물론 조음방식과 조음위치도 거의 비슷해 산스크리트어를 기초로 만들어진 것으로 봐야 한다는 주장이 강해졌다. 즉 불교 전래와 함께 들어온 산스크리트문자는 많은 승려들에 의해 연구 활용되고 조선시대에도 세종이 많은 경전을 간행했던 사실로 미루어볼 때 산스크리트와 밀접한 관계를 갖는다는 것이다.

또 다른 주장도 있다. 영조 때의 학자 이익은 성호사설에서 원나라의 파스파문자라고 했으며 파스파가 만든 문자는 그 형태가 네모꼴이어서 방형문자 혹은 몽골문자라고도 했다. 사실 이 문자는 파스파의 고국인 티베트문자를 기초로 만들어진 것으로 앞에 나온 두 문자를 비교해 보면 너무 다르다. 그러나 곰곰이 살펴보면 티베트문자를 네모꼴로 변형시킨 것이 파스파문자임을 확인할 수 있을 것이다. 파스파문자는 이후 몽골의 공용문자가 되었으나 일반인들은 이 문자를 그다지 선호하지 않았다. 몽골인들에게는 위구르문자가 있었으며 문자 없이도 잘 살던 몽골인들에게 이런 복잡한 문자를 익혀야 할 까닭이 없었다. 그래서 파스파문자는 오래지 않아 세상에서 사라지게 되었다. 그러나 파스파문자가 지닌 장점 또한 적지 않았으니 소리글자로서 그 무렵 동아시아 언어의 표현에 뛰어난 능력을 지니고 있었다.

그렇다면 많은 세상의 문자 가운데 이미 사라져 버린 파스파문자가 우리의 이목을 집중시키는 까닭은 무엇일까? 1269년 반포된 파스파문자가 1443년 창제되고 1446년 반포된 훈민정음 즉 우리 한글의 기원이라는 설이 분분하기 때문이다. 그런 주장에는 여러 이유가 있다. 우선 두 문자 모두 소리글자고 고려시대부터 몽골어가 도입되었기 때문에 몽골의 영향을 받았을 것이라는 점과 성삼문이 한글창제 작업과정에서 명나라학자들의 도움을 받았다는 점 등이다.

고대 근동지역 언어와 역사 전문가인 조철수 박사는 여기서 한 걸음 더 나아가 훈민정음 음운체계가 유대교 신비주의 기본서에 나오는 히브리어 음운체계와 비슷하다고 주장한다. 히브리문자는 말소리를 기호로 나디낸 표음문자이자 낱소리를 표기하는 음소문자이지만 한글이나 로마자와는 다르게 자음만을 표기하는 자음문자이다. 이러한 자음문자를 아브자드라고 부르기도 하는데 히브리문자도 모두 22개의 문자가 모두 자음의 음소만을 나타낸다.

니쿠드라는 기호를 이용해 모음을 표현하기도 하지만 일상적인 표기에는 사용하지 않고 히브리 성서를 낭독하는 방법을 가르칠 때처럼 교육을 위한 용도로만 사용한다. 히브리문자는 기원전 10세기 이후 아시리아왕국의 행정언어로 메소포타미아 전역에서 사용되었던 아람문자의 영향을 받아 네모반듯한 형태를 지니게 되었다. 이때의 히브리문자를 방형히브리문자라고 한다. 유대인의 전통에서는 기원전 5세기 무렵에 유대사회를 재조직한 에즈라가 그러한 방형히브리문자의 형성에 기여했다고 여겨왔다. 물론 일본도 신대문자를 내세워 문화의 왜곡을 드러내고 있다.

최근엔 단군세기에 나오는 정음 38자 즉 가림토문자가 전자라는 주장이 새롭게 제기됐다. 당시에는 풍속이 하나같지 않고 지방마다 말이 서로 달랐다. 형상으로 뜻을 나타내는 진서가 있다 해도 열 집 사는 마을에도 말이 통하지 않는 경우가 있고 백 리 되는 나라의 땅에서도 통하지 않는 일이 많았다. 이에 삼랑을 을보륵에게 명하여 정음 38자를 만들게 하니 가림토라 하였다. 가림은 가려낸다는 뜻으로 가림다문이라고도 한다. 필사로 전하는 환단고기에 나오는 글자로 그 글자의 모습이 한글과 유사하여 한글의 전신이라고 말하는 사람도 있으나 믿기는 어렵다.

가림토문자는 기원전 2181년 단군조선시대에 만들어졌다고 여겨지는 환단고기라는 책에 쓰인 문자이다. 총 38개로 구성되어 있어서 그 수가 제한되어 있다는 것은 그것이 음소문자임을 의미한다. 그중 24개가 한글과 완전히 일치하며 나머지 14개도 모양이 매우 유사하다. 기원전 이천 년대는 문자발달사적으로 그림문자나 상형문자의 단계에 해당한다. 이러한 그림문자나 상형문자 대부분이 굉장히 복잡한 형태를 띠고 있는 것에 반해 가림토문자는 매우 간결한 부호로 구성되어 있어 상형의 특징을 찾아볼 수 없다는 것이다. 그러나 훈민정음과 너무도 많이 닮은 두 문자이기에 그 진위를 떠나서 소개 자체만으로도 충분한 관심거리가 되어왔다.

그러나 이 모든 가설에 따르면 한글처럼 누군가가 뚜렷한 목적을 가지고 새로운 문자를 만든 게 오히려 세계사적으로는 특이한 경우이기 때문에 그 흔적을 그리 멀리서 찾을 필요는 없다고 본다. 모든 문화는 결국 세월을 통해서 조금씩 유입되고 서로 영향을 끼치면서 조화를 이루어 가기 때문에 나는 우리 민족의 원류인 가림토문자에 그 무게를 두고 깊게 고찰을 해야 하지 않을까하고 생각한다.

또한 집현전의 학자들이 아무리 위대해도 사람의 입과 목을 이용해 발음하는 것을 보고 수년 사이에 훈민정음을 만들어내기란 결코 쉬운 일이 아니었다. 문자는 쉽게 창안할 수 있는 게 아니기 때문이다. 위대한 학자들도 무엇인가로부터 힌트를 얻어야 역사적인 창조를 할 수 있다. 한글을 사랑하는 학자라면 한번쯤 환단고기의 진위부터 한글의 근원까지 모든 것을 연구해봐야 한다고 주장한다. 하나의 닮은꼴인 전자의 형상에서 출발한 한글 탄생의 배경을 찾는 미스터리이지만 훈민정음 원류본이 진짜 있었고 그 진품이 발견된다면 우리나라의 문자 역사는 다시 쓰여야 한다.

고작 1443년에 만들어져 육백 년 가까이 이른 글자가 아니라 단군시대에 만들어져 사천여 년을 넘긴 문자라는 게 밝혀지면 우리 한글의 유구한 역사성은 세계에서 다시 한번 그 가치를 인정받을 수 있다. 문자의 역사는 바로 그 문자의 값어치를 나타낸다. 거슬러 보면 우리나라의 문화를 화려하게 태동시킨 무령왕릉이나 직지의 발견 또는 가야의 고분 등을 통해 우리가 모르고 있었거나 묻혀있었던 수많은 과거사가 발견된 후에 우리의 역사가 다시 씌어져서 그 빛을 발하던 예가 어디 한 둘이던가.

47

양영상

—

diddudtkd@naver.com

PROJECT

관자의 목민에 대한 나의 견해

관자는 인간 행동에 대한 아주 단순하고 현실적인 통념을 인간관으로 가지며 그를 바탕으로 자신의 정치철학을 구성한다. 그가 가진 인간관에서 인간은, 간단히 말하면, 물질적인 부분에 대한 충족이 있어야 정신적인 부분이 가능한 존재이다. 그리고 이를 바탕으로 한 그의 정치철학은, 간단히 요약하면, 민중들이 생활을 안정적으로 만들어준 다음에, '사유'로 상징되는 이데올로기적 통치를 수행해야만 한다는 식으로 구성된다. 즉 인간관과 마찬가지로 물질적인 면을 채워주고 나서 정신적인 면을 이야기해야 한다는 것이다.

이러한 정치철학은 결국, 국가와 군주의 강력한 힘을 만들겠다는 것을 목표로 한다. "민중을 잘 길러 생육해 주면, 민중은 그 때문에 생명의 끊어짐도 감내한다."라는 말에서도 알 수 있듯이, 민중을 만족시키는 것도 결국 민중 자체를 위한 것이 아니라 정치적 힘을 얻기 위한 것이며, 예의염치와 같은 이데올로기를 강조하는 것이나 종교적 행사를 하는 것, 가족 논리에서 벗어나 군주와 백성의 직접적 관계를 강조하는 것도 모두 마찬가지의 목표를 위해 모인 것들이다. 이렇듯 관자는 그의 인간 행동에 대한 이해를 바탕으로 자신의 정치철학을 구성한다.

나는 이러한 관자의 정치철학을 두 가지 면에서 비판하고 싶다. 첫 번째는 일관된 진술이 가능하게끔 하는 형이상학적 원리가 없다는 것이다. 그의 정치철학은 앞서 봤듯이, 상위의 형이상학적 원리로부터 그 논리를 연역적으로 내려받는 방식이 아니라, 인간 행동에 대한 통념적 이해를 모아 귀납적으로 인간관을 구성하고 그것을 정치에 접목시키는 방식으로 구성된다. 이것이 문제가 되는 이유는 후자의 경우에는, 그 진술의 논리적 일관성을 확보하기가 어렵기 때문이다. 형이상학적 원리를 토대로 한 정치사상의 경우에는 이미 논리적으로 일관적이도록 추상화된 형이상학적 원리를 정치에 그대로 접목시켜서 정치사상을 마련하기 때문에 논리적으로 일관되게 진술될 수 있다.

관자 시대의 중국 철학에서 그와 같은 추상화된 제1원리, 즉 형이상학적 원리의 역할은 '화'의 원리나 '동'의 원리가 담당하는 듯하다. 이들은 물론 사회 체제를 정치원리로써 범주화시킨 것이다. 하지만 이들은 단순한 정치 시스템의 범주라는 측면을 뛰어넘어서 사회 체계와 인간 행동 전반에 대한, 논리적으로 일관된 해석의 틀을 마련한다는 점에서 제1원리 역할을 맡기에 형이상학적 원리로서도 볼 수 있다.

하지만 관자의 [목민]을 토대로 봤을 때, 관자는 화, 동의 원리 둘 다 따르지도 않고, 그것들을 아우르거나 초월할만한 형이상학적 원리를 만들지도 않는다. 단지 자신의 인간관에 맞게 그러한 원리들을 섞어서 정치에 접목시키고 있을 뿐이다. 그래서 논리적으로 일관되지 않고, 때에 따라 좋아 보이는 것들을 산발적으로 섞어서 정치사상을 구성하는 꼴이 되어버린다. 어떤 상황에 대한 인간의 행동은 논리적 일관성이 없으며 산발적으로 일어나기 마련인데, 이를 바탕으로 사상을 구성했기 때문에, 사상도 마찬가지로 일관성을 가지기 힘든 것이다.

하지만 이러한 비판점에 있어서는 사실 나쁘게 생각할 것만은 아니다. 현실의 일이라는 것이 어떻게 인간의 불완전한 통찰로 정의 내린 제1원리에 따라서만 논리적이고 일관적으로 이루어질 수 있겠는가? 그런 걸 시도하는 철학자들은 일관되고 완전한, 결함이 없는 철학을 완성했다고 본인이나 본인의 추종자들은 생각할 수도 있을지 모르겠지만, 애초에 그런 철학은 불완전한 이 세상과 부조리한 인간의 삶을 제대로 담지 못하는 것처럼 보일 때가 더 많다. 이런 점에서 볼 때, '관자'는 논리적으로 완벽한 제일 원리에 대한 집착으로 현실을 보지 못하고 논리의 성에 갇혀버린 위대한 철학자들보다 훨씬 더 난세에 필요한 전략가가 아니었을까 하는 생각도 든다.

내가 더 중요하게 생각하는 비판점은 두 번째 것이다. 앞의 비판을 넘어가고서라도, 애초에 관자의 정치철학은 국가의 힘을 위한 것일 뿐, 개체의 삶을 위한 것은 아니다. 그의 정치사상 속에서 개체로서의 민중은 그저 수단으로 전락할 뿐이다. "잘 살도록 해주면, 백성은 군주를 위하여 생명을 희생하는 것도 감수한다."라는 말에서 알 수 있듯이 관자의 철학에서 군중으로 설정된 개체들은 그저 국가라는 거대 공동체를 돌아가게 하기 위한 부품에 불과하며, 결국 중요한 것은 국가의 안정과 군주의 힘일 뿐이다. 이러한 관중의 정치철학에서 민중의 삶은 그저 지능이 필요한 업무를 해낼 수 있는 가축과 다름없다. 민중의 삶 속에서 그런 면을 제외한 '인간'으로서의 삶에 대한 존중은 사라지고, 오히려 그러한 '인간적인' 것에 대해 말하면 "배부르게 해줬더니 다른 소리를 한다."라는 말을 듣게 되는 구조를 만들어 버린다.

물론 관자는 "정치가 흥하는 것은 민심을 따르는 데 있고, 정치가 피폐해지는 것은 민심을 거스르는 데 있다."고 말하지만, 여기서 관자에게 민심은 "근심과 노고를 싫어하는", "가난하고 천한 것을 싫어하는" 등의 속성으로 상정된 군집으로서의 민중일 뿐이다. 생명 보존을 제1가치로 여기는 단체로서 설정된 민중에 대한 존중 때문에, 오히려 개개의 인간으로서 존재하는 민중의 삶은 철저하게 짓밟힐 수밖에 없는 것이다.

47

윤동현

—

ydh2002003@naver.com

PROJECT

여성들이 인스타그램에
올리는 사진을 보고
내가 불편함을 느낀 이유에 대해

최근에 인스타그램 피드 게시물을 자주 본다. 피드에는 다양한 콘텐츠 게시물과 인기게시물이 올라오는데 그중에는 특히 많은 여성들이 등산을 하거나 헬스를 하거나 요가나 필라테스를 하거나 수영을 하거나 자전거를 타는 등 운동을 즐기는 모습이 보인다. 그리고 그 게시물에 나오는 여성들이, 모두라는 말을 써도 틀리지 않을 정도로, 레깅스를 입거나 비키니를 입거나 자전거 슈트 등 건강한 몸매가 그대로 드러내는 옷을 입고 운동을 한다. 아무래도 몸에 착 달라붙는 옷을 입고 운동을 하는 모습이 섹시하고 매력적이기 때문에 눈이 가는 것은 사실이다.

비단 나만 그럴까. 온라인에서 간단히 관련 글이나 기사를 검색해봐도 '레깅스는 선정적이기 때문에 레깅스만 입고 등산하지 말라'라는 반대 입장과 '레깅스는 편하고 내가 좋아서 입겠다는데 뭐가 문제인가'라는 찬성 입장이 논쟁하고 있다. 나뿐만이 아니라 많은 사람들의 눈에 띄는 것이 사실인 듯하다.

게시물을 눌러보면 하나같이 광고를 하고 있다. 사진들을 세네 장 걸어놓고 보면 꼭 앞의 한두 장은 자신의 몸매를 여실히 드러내는 사진을 걸어두고 뒤에는 건강식품이나 화장품을 소개하고 있다. 위에서 가리킨 모든 게시물들이 그렇다고 일반화시키기에는 어려운 면도 있지만, 광고가 없는 게시물도 보면 결국 팔로우나 좋아요를 유도하거나 자신들이 활동하는 분야에 있어 또 다른 관심을 부르고자 하는 목적이 있다. 예를 들어 어떤 여성이 러닝을 하는 모습만 찍어올렸다고 가정한다면 자신이 속한 러닝 크루를 홍보하여 또 다른 상업적 목적을 이루기 위함이거나 아니면 자신이 모델로 활동하고 있는 러닝 이벤트에 참여를 유도하는 목적이 있는 것이다. 그들의 의도를 순수하게만 받아들이기에는 어려움이 있다.

왜냐하면 그들이 올리는 게시물에 악성 댓글이 달리면 '나는 이런 의도가 아닌데 왜 그럴까요?'하면서 그 사람들이 단순히 질투나 열등감 때문에 하는 것으로 보고 자신을 팔로우하는 사람들에게 감정에 호소하여 글을 써서 올리는 것도 보면 가관이고, 애초에 그런 모습을 찍어 올릴 때 사람들이 민감하게 부고 이해할 수 있다는 점을 스스로도 이해하고 있을 터인데 계속 그렇게 하는 이유는 반드시 성취해야할 다른 목적이 있거나 아니면 그런 논쟁의 여지가 있는 점을 감안하면서 상황 자체를 즐기기 때문일 것이다. 그냥 "나 노출증 걸린 여자예요. 마조히스트에 관심종자라구요!"라고 말하면 쉽게 이해해줄 수 있을 것 같은데 말이다.

대놓고 그런 상황을 즐기는 여성도 있다. 일상적인 모습을 보여주며 쫄티처럼 몸에 달라붙는 옷이나 허벅지 윗부분까지 드러날 정도로 짧은 치마를 입기도 하고, 끈으로 만들어진 옷 또는 트임 있는 옷 등 노출이 많은 옷을 입기도 하고, 비싼 옷, 비싼 가방, 비싼 차와 함께 호화로운 모습을 보여준다. 최근 유명인들의 뒷광고 논란 때문에 인스타그램에서는 '#광고'라는 해시태그를 첫 줄에 달아서 보여주는 것이 트렌드인데 마치 '나 이런 것도 받는 사람이야'하고 과시하는 듯하다.

남자의 입장에서 봤을 때 뭐, 꼭 남자라서 그런 것은 아니겠지만, 그런 게시물에 대단히 민감하고 시선이 쏠릴 수밖에 없다. 그런 게시물이 나쁜 것은 아니지만 얼마든지 여러 관점에서 비판할 수는 있다. 지금도 많은 사람들 사이에서 논란이 되고 있는 성(性)적인 문제에 대해서도 먼저 짚고 넘어가고 싶다. 노출이 심한 옷을 반대하는 입장에서 생각해보면 선정적이고, 아이들에게 유해하며, 보는 사람도 민망하고, 안 본다고 해서 안 볼 수 있는 것이 아니라 일단 창출이 되고 나면 일상 어느 곳에서나 자꾸 보이고 드러나는데 그들의 입장도 좀 생각해 달라는 것이다.

나도 이러한 성적 문제에 대해서는 충분히 공감하는 바다. 일단의 이와 관련한 어느 재판에서의 판결 내용을 살펴보면 대법원은 레깅스를 입은 하체가 성적 수치심(주. 2021년 검찰은 '성적 수치심'이라는 표현을 '성적 불쾌감'으로 바꾸기로 했다.)을 유발할 수 있는 신체에 해당한다고 밝혔는데 성적 수치심을 유발할 수 있다는 사실을 뒤집어 생각해보면 그것은 처음부터 성적인 영역에서 벗어날 수 없는 문제라는 것이다. 다시 말해 노출은 그 자체로 논란의 여지가 있을 수밖에 없으며 노출하는 당사자도 그 문제의 대상에서 어긋나지 않는다는 것이다. 하지만 이 주장에 대해서는 한 가지 큰 문제점을 안고 있는데 바로 개인의 자유를 심하게 침범한다는 것이다.

　이러한 방식의 비판과 비슷한 일례로 어떤 사람들은 연예인이라는 직업이 공인公人이기 때문에 사회적으로 욕을 먹든 성적으로 이용하든 싸다, 따라서 악성 댓글을 달거나 몰래 촬영을 해도 문제가 되지 않는다는 식의 생각을 하기도 하는데, 나는 전적으로 개인 사생활을 침해하는 일은 잘못이라고 생각한다. 노출하는 당사자 개인의 자유고, 자기들이 편해서 입고, 그들을 나쁘게 말하는 사람들이 질투나 열등감에서 비롯되었다고 말하는 것까지 전부 떠나서 프라이버시를 간섭하고 건드는 일은 반드시 지양해야 한다. 어디까지나 그들이 가진 신체 또한 그들 스스로의 것이며 그들의 마음에 따라 쓰이는 것이 도덕적으로나 법적으로나 응당 옳은 일이다.

　그러나 내가 강하게 지적하고 싶은 문제는 '공동체적 가치'의 영역이다. 처음 이 말을 듣고 생각해보면 대체 몇몇 여성들이 노출하는 사진을 올리고 상품을 광고하는 일과 공동체적 가치가 무슨 관련이 있는지 의아해할 것이다. 솔직히 말해서 지금부터 내가 주장할 내용이 합리적으로 보일지 걱정이기는 하지만 차근차근 설명해보겠다. 우선 내가 말한 공동체적 가치는 넓게 봤을 때 개인보다 공동체를 지향하는 공동체주의 사상으로 이해할 수도 있고, 좁게 봤을 때 평등과 같은 개념이나 환경과 같은 미래지향적 가치로 이해할 수도 있다.

　그런데 이 공동체적 가치에 어긋난다고 말하는 이유는 첫 번째로 가지지 못한 사람들이 개인 취향의 문제든지 빈부 격차 등 사회 구조적 원인이든지 어떠한 이유에서든지 소외감이나 박탈감을 느낄 수 있다는 것이다. 앞서 말했듯이 인스타그램 피드에 올라오는 게시물 중에는 사람들의 이목을 집중시키는 사진과 함께 상품을 간접적으로 광고하는 형태를 띠는 것들이 많다. 그리고 사람들은 그런 간접 광고 게시물을 보고 상품을 사게 될 것이다. 그런 광고는 사람들의 소비를 유도하고, 소비되는 상품은 하나의 문화이자 유행이 되며, 결국 상품을 소유하는 것을 기준으로 가진 자와 가지지 못한 자 사이에는 구분이 생길 것이다. 이 점에 대해서 나는 문제가 일어난다고 본다. 두 번째로 소비는 화석연료와 같은 자연물이나 동물 가죽 같은 이 세상에 있는 일련의 에너지를 사용하는 일인데 그 자체로 환경오염의 주범이 된다는 것이다. 환경을 중요시하는 사람들이 왜 그렇게까지 제로웨이스트Zero Waste를 실천하며 동물 살해를 반대하는지를 생각해 보면 쉽게 이해가 될 것이다.

하지만 이러한 나의 주장 역시 문제가 있다. 우선 나의 주장이 너무나도 보수적이고 극단적이기 때문에 '그럼 아무것도 먹고 쓰지도 말라는 말이냐?'라고 말하는 사람들에게 이러한 반례에 대한 공격의 빌미를 줄 수 있다는 점이고, 본래 소비와 공동체적 가치가 어떻게 관련이 있을 수 있으며 이러한 생각은 너무나도 심오하고 공감하기 어려울 수 있다는 점이다. 아니나 다를까 지금 2021년 대한민국에서 사는 사람들은 집도 갖기 어렵고 애도 낳기 힘들고 자기 혼자 먹고살기도 바쁜 형편인데 무슨 가정이고 국가고 사회고 공동체에 대해서 고민할 여유가 있겠는가. 지금 당장의 행복과 즐거움이 가장 시급한 문제인 것이다. 앞에서 내가 내 주장이 합리적으로 보일지 걱정이라는 말도, 바로 이 점에 대해서, 내가 지향하는 이 공동체적 가치를 처음부터 결론에 두고 이 결론으로 이끌어가기 위해 나에게 필요하고 맞는 말을 가져다 쓴 것처럼 보일 수 있기 때문에 한 말이었다. 그리고 역시나 지금 이 문장을 쓰는 순간에도 내가 하는 말이 맞는지 잘 모르겠다.

다시 맨 처음으로 돌아가서, 나는 인스타그램에 어떤 여성들이 올리는 특정 게시물이 불편했고 나는 내가 불편함을 느낀 이유에 대해서 생각해봤다. 이 느낌을 갖게 된 뒤에 나는 내가 운영하고 있는 유튜브 채널에서 '역사논문 읽어주는 남자'라는 콘텐츠를 진행하고 있었기 때문에 관련 역사논문을 찾아서 읽어보고 그 논문의 분석 과정을 참고하여 내 방식대로 분석해보려고 했다. 그리고 그 결과는 그야말로 참상(慘狀)이었다. 글을 다 쓰고 나서도 끝이 아득할 정도로 답답했다. '뭐, 내가 대체 뭘 만든 거야? 프랑켄슈타인이냐?' 그냥 개한테 밥으로 줘야 할 정도로 처참하고 지저분한 글이었다.

그 글에 썼던 내 결론을 여기에 살포시 얹혀보자면, 나는 현대에 우리가 '신여성'이라고 일컫는 사람들이 대개 대학 교육 과정까지 고등 교육을 받은 여자나 페미니스트 또는 페미니즘을 주장하는 여자보다 비싼 명품을 쓰거나 노출 심한 옷을 입은 여자(개방적인 여자)에 더 가까운 것으로 생각되지는 않은지, 그러한 생각이 지나치게 현대인의 개인주의와 결부되어 있고 또한 남성 중심의 시각에서 신여성을 정의한 것은 아닌지 지적을 하면서, 현대인이 소비를 통해서 정체성을 찾는다는 말도 일리는 있겠지만 그것보다 함께 살아가기 위해 지켜야 할 것들이 있지 않은지 물었다. 하지만 나의 생각은 참고한 논문의 내용과도 사실 크게 동떨어져 있었고 서로 관련이 없는 문제를 억지로 끌어다 쓴 느낌이 다분해서 그 글은 폐기해버렸다.

 이 글을 다 쓰고 난 뒤에도 아직까지 내 마음의 허전함은 여전하다. 불편함은 느껴지는데 당최 그 불편함의 원인을 모르겠어서, 그나마도 단순한 감정적인 이유에서보다 합리적인 이유를 찾고 싶어서 내가 항상 갖고 있던 사상을 기초로 생각을 풀어나갔지만 결론이 마음에 들지는 않는다. 사진을 올리는 여성들도 다 자랑하고 싶고 보여주고 싶고 이유가 있고 목적이 있을 수도 있는데 나도 마음 편하게 그냥 보고 즐겨도 되는지 정말 다른 사람들과 함께 살아가는 삶이 전부가 아닌지 깊은 고민이 드는 밤이다.

47

이경희

—

zion3000@hanmail.net

PROJECT

신이 나를 부르기 위한 미끼

　대학에 입학한 4월 초, 어느 날 좋아하는 책을 펼쳤다. 펼쳐진 곳에 할머니의 사진이 꽂혀있었다. 새하얀 머리를 단정하게 빗겨 비녀로 쪽지고 한복을 입으신 할머니의 모습, 고3, 8월에 할머니가 돌아가셨다. 할머니를 사랑해서 할머니의 사진을 좋아하는 책 속에 넣어 두고 할머니 보고 싶을 때 언제든지 보려는 마음이었다. 늘 펼쳐서 봐도 그리움이었다.

　할머니가 돌아가신 그때도 마음은 슬펐지만 인간은 한 번 태어나면 반드시 죽는다. 세상 모든 생물은 소생하고 소멸의 원칙이 당연하다는 의식에 저항하지 않았다. 할머니와 함께한 행복한 추억이 여전하고 할머니의 사진도 그대로 있는데 할머니의 발걸음이 끊어졌다. 기억과 사진을 남겨 놓고 육체는 사라지고 없는 이 무서운 현상을 어떻게 설명하는가? 죽음이란 무엇인가? 갑자기 죽음에 대한 저항이 일어났다. 불과 일 년도 안 된 시간에 나의 의식에 변화가 생겼다.

　나는 죽음 앞에 무엇을 할 수 있는가? 죽음 앞에 인생의 목적은 무엇이고 죽음 앞에 인간은 왜 태어났는가? 인생은 늙어가고 죽으러 가는 길목이다. 죽으러 가는 인생에 무슨 기쁨이 있는가? 나는 지금 죽으러 가는 길 위를 걷고 있다. 죽음 앞에 삶이 무슨 소용인가? 시간 위의 하루살이다. 굳이 그 죽음의 순간까지 기다렸다가 죽을 필요는 뭐 있는가? 죽음의 길을 다 걷고 난 후 그때 죽어야 한다는 것은 인생의 고문이다. 죽으러 가지 말고 내가 죽음을 선택하자. 태어날 땐 내 뜻 없이 태어났지만 죽음은 내가 선택하자.

　친구들에게 죽음에 관해서 물었다. 대학 갓 입학한 청춘들은 하나같이 죽음 따윈 생각하지 않았다. 현실의 즐거움에 최선을 다하고 죽을 때 되면 죽으면 된다는 아주 간단한 이야기를 했다. 그들과 난 이미 정신의 세계가 달라졌다. 더 이상 이야기하지 않았다. 내가 죽음을 선택한 것을 아무에게도 말하지 않았다.

대학에 입학할 때 찬란한 청춘을 꿈꿨다. 시간의 자유를 누리고 사랑도 하겠다고 생각했다. 그런 내가 대학 입학한 지 겨우 한 달이 지난 어느 날 왜 갑자기 죽음의 토네이도가 나를 휘말아 갔을까? 죽음을 선택하고 난 후 사후세계가 궁금했다. 선택한 사후의 세계가 길 위의 죽음보다도 못하면 굳이 먼저 죽을 필요는 없다. 사후의 세계를 알고 죽자. 한 번도 생각한 적이 없는 사후세계가 궁금했다. 편식하지 않고 읽은 많은 책 중에 사후세계에 관한 책은 한 권도 없었다. 그런 책이 없어서, 아니면 관심이 없어서 읽지 않았는지도 모른다.

책을 좋아했다. 중학교 입학하면 도서관을 먼저 찾아가서 이곳의 책을 다 읽겠다는 목표를 가졌고 고등학교에 입학하면 도서관을 먼저 찾아가서 이 책을 다 읽겠다는 목표를 가졌다. 대학 입학해서 도서관을 먼저 찾아갔다. 중, 고등학교에 비해 웅장한 도서관에 가슴이 설렜다. 가슴을 설레게 한 도서관에 가서 사후세계에 대한 완벽한 책을 찾은 데 없었다. 누가 그 세계를 말할 수 있을까? 죽음을 선택했는데 사후세계를 몰라서 죽지 못했다. 그러나 이미 내겐 삶이 아닌 죽음의 길이어서 삶에 대한 의욕은 하나도 없었다. 호흡하는 시체였다.

그렇게 좋아하던 책들은 죽음조차 이길 수 없는 나약한 인간들의 생각 찌꺼기였다. 모든 지식은 죽은 자의 지식이었다. 의미 없는 책을 완전히 끊었다. 교수님의 강의도 해마다 똑같은 목소리를 내는 앵무새처럼 너무 초라했다. 웃고 떠드는 사람들은 생명 없는 인형이었다. 과학이 아무리 발전하면 무엇 하는가? 그건 역시 죽음이란 문제를 해결할 수 없다. 죽지 못하고 죽음의 시간 위에서 서성거렸다. 눈을 뜨면 허무하고 눈을 감으면 모르는 죽음의 세계가 나를 짓눌렀다. 밤에 누우면 잠은 오지 않고 쇠약한 신경에 헛것이 보였다. 천장에 가득 매달린 머리들이 끔찍했다. 눈을 감으면 저 땅속 밑으로 꺼지는 몸을 일으킬 수 없는 가위에 눌렸다.

꿈 많았던 대학 시절은 암흑천지가 되었다. 2년 반 동안 호흡하는 시체로 살면서 정답 모르는 고민을 했다. 생각은 가장 고된 정신적 노동이다. 생각을 벗어 버리고 싶은데 습관처럼 생각은 스스로 시작되고 끊임없는 허무의 사슬 고리가 맺혔다. 나는 왜 멈춰지지 않고 이런 생각의 고통을 당해야 하는가? 아무도 고민하지 않는 고민을 왜 하고 있는가? 답 없는 이 고통을 벗어 버리고 싶은 만큼 더 생각이 나를 괴롭혔다. 허무의 생각은 이미 나의 호흡이었다.

생각의 늪에 시달려 정신적으로 곤고하고 괴로운 자리에 앉아있을 때마다 약속이나 한 듯 꼭 내 옆에 앉는 이들이 있었다. 그땐 그들이 기독교서클 학생이란 것을 몰랐다. 그 많은 책을 읽었어도 성경책은 몰랐다. 그들은 내게 자신의 신을 이야기했다. 황당했다. 그래서 나의 모든 울분을 그들에게 토했다. 그들이 말하는 신의 모든 것들을 비판했다. 당신의 신이 나를 태어나게 하고 또 죽음의 길 위에 세운 까닭이 무엇인지 말해라. 그 신을 믿으면 천국 가고 믿지 않으면 지옥 간다고 했는데 당신은 지옥과 천국을 가 봤느냐? 나는 지금 죽으려고 하는데 천국과 지옥을 보여 달라. 죽어서 가는 곳이라면 지금 여기 살고 있는 당신이 어떻게 그곳을 확신하느냐? 확신의 증거를 보여라.

신이 선악과를 따 먹을 줄도 모르고 심었더냐? 알고 그랬다면 당신의 신은 인간을 가지고 장난을 치는 아주 교활한 사기꾼이다. 신이 말하는 사랑은 뭐냐? 이 세상 어디에 신의 사랑이 있느냐? 신의 사랑은 불공평과 불평등이냐? 어떤 사랑인지 증거를 보여라. 신을 믿는 당신들이 내가 죽음 앞에 태어난 목적과 죽음 앞에서 살아가야 할 방향을 제시해라. 이상한 당신의 신을 내 앞에 데리고 오너라. 그럼 내가 믿을 테니……. 등 그들이 내 앞에 앉아서 하는 모든 말을 꼬투리 잡아서 그들의 신을 모욕했다.

어느 날, 수업을 마치고 시내 가는 버스를 탔다. 버스는 발 디딜 틈 없이 만원이었다. 나만 빼고 모두 화사한 청춘을 즐기며 행복하게 웃고 떠들었다. 나도 그렇게 화사하게 웃고 떠들고 싶었다. 차라리 미쳐서 편안해지고 싶었다. 그때였다. 갑자기 그 시끄럽던 버스가 순간 텅 비고 나 혼자 서 있고 환한 빛이 들어와 나를 비췄다. 그리고 편안하고 따스한 음성이 들렸다.

"너의 모든 무거운 짐은 나를 주고 너는 편하게 쉬어라"

귀로 들리는 것도 아니고 가슴으로 들리는 것 같기도 하고 한 번도 경험해 보지 못한 음성이었다. 그 음성에 마음이 편안해지고 나의 모든 고민이 사라지는 듯했다. 정말 내가 미쳤구나! 미쳐서 이렇게 편안하다면 난 당연히 미치고 싶다. 생각에 너무 시달려서 나는 생각을 내려놓고 편안해지고 싶었다. 그 순간 갑자기 모든 것은 사라지고 버스는 다시 혼잡하고 웃고 떠드는 소리가 들렸다. 햇볕 쨍쨍한 오후 버스에서 눈 뜨고 꿈꾼 것도 아니고 그 짧은 순간은 너무 생생했다. 미치는 시초라고 생각하고 미치는 것을 받아들이기로 했다. 목적지가 다가와서 버스 출입문으로 나갔고 버스가 정차하기 전까지 눈 둘 곳이 없어서 자연스럽게 버스 출입문 위를 쳐다봤다. 그 출입문 위에 붙여져 있는 글귀를 보는 순간 번개 맞은 듯 내 온몸으로 전율이 흘러내렸다.

"수고하고 무거운 짐 진 자들아 다 내게로 오라 내가 너희를 편히 쉬게 하리라."

그 글귀는 내가 조금 전에 본 환상의 목소리가 들려준 말이다. 내 짐을 다 주고 너는 편하게 쉬라고 한 그 목소리였다. 내가 환상을 본 것도 아니고 미친 것도 아니었다. 난 분명히 그 목소리를 들었다. 누구의 목소리인가? 생각에 잠겨서 걸었다. 사람은 자기의 짐조차 감당할 수 없는데 짐을 주고 내게 편히 쉬라고 한 말은 사람의 말이 아니다. 사람은 저런 말을 할 수 없다. 도와줄 수는 있어도 마음을 편히 쉬게 할 수는 없다. 내가 그렇게 모욕하고 악담을 한 그들이 말한 신인가? 내게 나타나면 믿겠다고 한 그 신인가?

알아보니 욕하고 악담하고 저주했던 신이 정말 나를 찾아왔다. 내가 한 모든 말을 다 들었을 텐데 화내시고 따끔하게 벌하시고 자신의 능력을 과시해서 나의 코를 납작하게 하고 나를 무릎 꿇려 잘못을 받아내야 할 텐데 그렇게 인자하고 따스한 목소리로 "너의 모든 무거운 짐은 나를 주고 너는 편하게 쉬어라"라고 말할 수 있는가? 신은 인간과 다르다. 나는 이 신을 알아봐야겠다. 이 신은 뭔가 내게 답을 줄 것이다.

자취 집에 한 마리의 토끼가 있었다. 작은 집에 갇혀서 생산적인 하루의 성과도 없이 살기 위해서 열심히 풀을 먹는 토끼, 죽으려고 먹이를 회피하지 않는 토끼를 보면서 사는 것은 모든 생명체가 가지고 있는 본능이라고 생각했다. 저 미물인 토끼도 사는데 사는 본능에 먼저 충실하자. 그 순간 죽음에 관한 생각의 고리가 끊어지고 삶에 대한 전환이 일어났다. 그 신을 알기 위해서 교회에 나갔다. 그 신의 이름은 하나님이었다. 신의 말씀이란 성경을 읽었다. 신의 창조 세계, 인간의 태어남과 죽음의 답이 있었다. 죽음은 끝이 아닌 영생이었다. 죽음이 끝이 아니라면 인생은 살만한 희망이다. 나는 서서히 신을 알아갔다. 인간에게 주어진 자유의지로 인간은 불공평하고 불평등한 세상을 만든다. 신이 세상을 악하게 만드는 것이 아니다. 인간이 만들어 놓은 악한 세상을 모두 신의 탓으로 하소연을 한다.

내게 죽음의 토네이도가 휘몰아친 것은 하나님이 나를 부르기 위한 미끼였는가? 나는 그 미끼를 덥석 물었고 하나님은 가장 보잘것없고 능력 없고 겁과 두려움이 많은 한 인간을 낚으시면서 모든 것을 다 보살피고 위로하고 사랑해 주어야 할 막중한 의무와 책임을 가지셨다. 대학 시절의 아름다운 청춘을 반납하고 하나님을 만난 것은 내 인생의 가장 큰 축복이었다.

"하나님, 사랑합니다."

47

이영민

—

y_ongmm@naver.com

PROJECT

당신은 열등감이
무엇이라고 생각하나요?

글이라는 흔적을 남기기에 앞서, 만나는 모든 이들에게 묻고 싶다.

"당신은 열등감이 무엇이라고 생각하나요?"

나는 인간이 지닌 당연한 감정이라 생각한다. 자기 분야에서 뛰어난 성과를 얻는 사람, 두려움 없이 기꺼이 도전을 사람, 좋은 곳에 놀러 간 사람, 돈 많이 버는 사람, 맛있는 음식을 먹는 사람. 누가 부럽지 아니한가. 누구나 가지고 있는 부러움이라는 감정이 우리 마음속에서 시작되면 감정은 두 갈래 길에 놓이게 된다. 한쪽 길은 부러움에서 추진력으로, 또 다른 한쪽 길은 부러움에서 열등감으로 말이다. "나도 하면 되지!"라고 생각이 드는 사람은 부러움을 추진력으로 이끌 수 있는 건강한 사람이다. 이러한 사람들은 그저 가고 있는 데로 잘 가기만 하면 된다.

그렇다고 해서 열등감으로 느껴지는 사람들이 건강하지 못하다는 이야기는 아니다. 열등감이라는 감정이 과연 나쁜 것이라고 생각하는가? 나는 절대 아니라고 말해 주고 싶다. 열등감은 더 잘하고 싶은 나의 욕망일 뿐이다. 조금 날카로운 부분을 다듬다 보면 나를 더 발전시킬 좋은 기회가 될 것이다. 친구의 성공을 인정하고, 부러운 마음을 인정하면서 어제보다 나은 나 자신을 만들어나가면 이보다 더 좋은 것은 없을 것이다. 하지만 이러한 과정은 결코 쉽지만은 않다. 누군가의 성공에 진심으로 축하하는 일은 내가 겪어 본 일 중에 가장 어려운 일인 것 같다.

나도 10대, 그리고 지금 20대에 있어서 또래 친구들에게 부러움을 많이 느꼈다. '나는 왜 그렇게 하지 못할까?', '나는 지금까지 뭘 했을까?', '나만 멈춰있는 것 같아' 이러한 생각들이 넘쳐흘러 결국 무기력함에 빠지고, 끊임없이 나 스스로를 깎아내렸으며, 성격이 신경질적으로 변했었다. 한동안 아무것도 하지 않고 집에서만 지냈다. 그러다 문득 전신거울에 비친 내 모습을 보게 되었다. 정말 못 봐줄 모습이었다. 헝클어진 머리, 우울한 얼굴, 축 처진 어깨. 그 순간 나가야 겠다는 생각이 들었고 찬찬히 동네 한 바퀴를 돌았다. 시끌벅적한 시장을 지나 바닷길로 향하는 중에 깨닫게 되었다.

나는 내 걸음걸이의 폭이 있고, 목적지가 있음을, 그리고 다른 사람들도 각자의 폭이 있고. 나와 다른 목적지가 있음을. 나보다 뒤에 있던 사람들은 나를 앞서 편의점을 찾아 들어가는 것이었고, 나보다 앞선 사람은 미용실을 찾아 들어갔으며 또 누군가는 집으로 가던 중이었을 것이다. 그런 사람들을 지나쳐 나는 유유히 내 길을 걸어갔다. 누가 먼저 앞서있고 누가 뒤처져 있느냐는 중요한 것이 아니었다. 나는 그저 내 페이스대로 걸어가면 되고, 내 목적지를 찾아가면 되는 것이었다.

이러한 생각이 들면서부터 나는 나부터 열심히 가꾸어 보자는 생각이 들었다. 외적인 요소가 아니라 내적으로 단단해지고 싶었다. 내 스스로가 당당한 마음을 가져야 다른 사람의 기쁨에 내 진심을 전할 수 있다고 생각했다. 차근차근 내가 생각하는 나의 장점부터 적어보았다. 웃는 얼굴이 예쁘다. 주변사람들을 잘 챙긴다. 무엇이든 도전하려는 열정을 가지고 있다. 글을 잘 쓴다. 감성이 풍부하다 등 아주 사소한 것부터 하나씩 써 내려갔다. 생각했던 것보다 나의 장점을 찾기가 힘들긴 했지만, 막상 써 내려가다 보니 나도 참 괜찮은 사람임을 알게 되었다. 그 다음으로는 나의 목표를 찾아 적었다.

이번 주 토요일에 방 청소하기. 이번 주 안에 책 한 권 읽기, 다음 달부터 운동 다니기, 27살이 되기 전에 독립하기 등 사소한 일부터 큰 목표까지 쭉 적어 내려갔다. 마음 한켠에서 불이 지펴지고, 금세 열정이 다시금 돋아나기 시작했다. 아주 작은 일이지만 하나하나씩 목표를 지워가면서 뿌듯함이 올라와 무너져있던 자존감이 살아나기 시작함을 느꼈다.

그때부터 다른 사람들의 성공에 기쁜 마음으로 박수를 쳐 줄 수 있게 되었다. 부러운 마음은 여전히 가지고 있다. 그러나 나 스스로를 비난하는 감정은 없어지게 되었다. 진정으로 친구들의 성공을 기원하고, 무엇인가를 이룬 친구들을 보며 '부럽다! 대단하다!', '이 친구들이 내 친구여서 너무 좋다', '나도 열심히 해야겠다' 그리고 '진심을 다해 축하해 줄 수 있음에 감사하다' 내 모든 마음이 진심이었고, 친구들에게 좋은 말을 건네고 그 말에 웃는 친구들의 모습이 좋았다. 내 자존감이 올라간 만큼 나와의 인연을 맺고 있는 모든 이들이 행복하기를 바랐다.

불운한 상황 속에서도 기쁨을 전해 줄 수 있는 사람이 되고 싶었고, 이 세상 사람들에게 힘이 되는 사람이 되고 싶었다. 친구들은 나에게 말한다. "너는 참 나를 잘 띄어주는 거 같애, 내 얘기를 믿고 할 수 있어, 배우고 싶은 사람이야." 스쳐 지나가듯 툭 던진 말이었지만, 아직도 나는 이 말을 해준 친구들에게 감사하다. 덕분에 내가 얼마나 많이 성장했는지를 알 수 있었던 계기도 되었다.

이처럼 열등감이라는 것은 나쁜 감정이 아니다. 나를 더 성장시켜주는 데 큰 일등공신이다. 열등감이라는 감정을 인정하고, 묵묵히 내 페이스를 가지고 움직인다면 나도 모르는 사이에 우뚝 성장해있는 나를 발견할지도 모른다. 그러니 우리 자신을 깎아내리는 버릇을 버리고 나를 칭찬할 줄 수 있는 사람이 되자. 사람이라는 생명체는 너무나도 약하고 이기적일지도 모른다. 그럼에도 불구하고 우리는 행복할 권리가 있으며, 하고 싶은 일은 할 수 있고, 맛있는 점심 메뉴를 선택할 권리가 있다. 누가 이러한 권리를 빼앗아 가겠는가?

남들이 기분을 상하게 한다면, 또 누군가가 나의 권리를 침해한다면 내 잘못이 아니라 그 행동을 하는 사람이 잘못됐기에 우리는 가볍게 썩소를 날려주면 될 것이다. 분명 글을 읽게 되는 사람들 주위에는 좋은 사람들이 많이 남게 될 것이다. 가족들도 그렇고, 친구들도, 직장동료도, 그저 스쳐 지나가던 사람들 중에서도 내 주위에 남게 될 것이다. 마음 가볍게 먹고 내 길을 따라 한 발자국씩 나아가다 보면 언젠가는 꼭 목적지에 닿아있을 것이고, 나와 동행하는 사람들이 곁에 있을 것이다. 목적지에 도착하면 먼저 와있는 사람들에게도 큰 웃음을 보낼 수 있고, 다른 시간에 도착하는 사람들에게도 큰 박수를 줄 수 있을 것이다.

아등바등 살아가는 힘든 이 시기에 나와 같이 취업난에 허덕이는 20대 30대 모든 청춘들, 그 외 모든 세상 사람들이 열등감을 딛고 목적지로 향하는 그 날까지 찬찬히 걸어갈 수 있기를!

당신은 아직도 열등감을 나쁜 것이라고 생각하십니까?

47

이정미

—

ljbeauty@hanmail.net

PROJECT

귄터 그라스의 〈양철북〉을 읽고

20대에 영화로 본 〈양철북〉은 가히 충격 그 자체였다. 할머니의 치마가 영화에서는 네 벌이 더 되었던 것처럼 느껴졌다. 그 치마 사이로 기어들었던 콜야이 체크가 할아버지가 되었고 둘 사이에서 어머니가 태어났다. 그 어머니에게서 나, 성인이 되어서도 94cm인 오스카가 만들어졌다. (물론 스스로가 세 번째 생일날 사다리에서 고의적으로 추락하여 성장이 멈추었지만)

〈양철북〉은 1999년 노벨 문학상 수상작이자 귄터 그라스의 대표작이다. 그라스는 2차 대전 당시 독일군에서 복무하다가 1946년까지 미군 포로 생활을 했다. 이때의 경험을 바탕으로 〈양철북〉을 집필했으며, 1959년 출간했다. 나치 무장 친위대대원이었다고 2006년 8월에 한 잡지와의 인터뷰에서 고백했다. 왜 작가는 94cm의 난쟁이인 오스카를 내세워서 양철북을 치면서 그것도 마음만 먹으면 유리를 산산조각으로 만들어 버리는 재능을 주어서 무엇을 말하고 싶었을까? 문학이나 다른 분야의 예술에서 무엇을 강조하기 위한 가장 두드러지고 편리한 장치 중의 하나가 희화화인데 그 우스꽝스러움을 통해서 무언가를 강조하게 되면 그 효과가 훨씬 명징하기 때문이다.

일반인의 기쁨이나 서글픔을 묘사하는 것보다 사회에서 대접받지 못하는 난쟁이의 그것을 묘사하는 것이 훨씬 강렬한 것은 자명한 이치인데, 이것은 시대적 배경과도 맞물릴 수밖에 없다. 2차 세계대전이라는 것은 그야말로 괴물과도 같은 것이어서 2차 세계대전 자체가 비정상적인 난쟁이로 상징될 수도 있고, 2차 세계대전이라는 이 엄청나고 무서운 전쟁 분위기 속에서 우왕좌왕하며 살아가는 소시민들의 삶이라고 할 수도 있고, 그 전쟁의 와중에서 헤게모니를 쥔 것처럼 보이는 나치 정권의 집단 권력자들의 모습일 수도 있다. 사실 난쟁이 오스카는 어느 진영, 어느 편 입장에서 본다고 해도 다 가능한 다방면, 다심리 투영 조명이 가능한 어쩌면 이 세상의 모든 것들의 조망이 가능한 神의 또 다른 설정이 바로 이 못난 94cm의 장애를 지닌 오스카인 것이다.

물론 <양철북>에서 신에 반항하고 도전하기 위해 성당의 예수상이나 마리아 상을 훼손하고 연극을 통해 '내가 예수다'라고 외치는 장면도 <그리스도 승계>와 <먼지떨이들>그리고 <예수 탄생극> 챕터에서 상세히 묘사되고 있다. 즉 이미 고의적으로 사다리에서 떨어져 성장을 멈추겠다고 작정했던 자체가 이 세상의 기존의 질서나 체제에 대한 반항이며 더 나아가서는 신에 대한 반격이기도 한 것이다.

하지만 작가 또한 속 시원한 해결이나 대답이 있을 수 없는 혼돈의 아수라장인 이 세계 자체가 신의 영역이라고 보고 있는 건 아닐까 하는 생각이 들었다. 불과 70여 년 전에 이 지구상에서 일어난 일이라고는 믿기 어려운 600만 유태인 학살이라는 어마무시한 일이 자행되고 있었을 때 작가는 내면의 분노를 가장 소외된 계층인 한 난쟁이를 내세워 전쟁이라는 괴물에 맞서 조롱하고 우스꽝스럽게 만들고 싶었다. 혼돈의 아수라장인 제2차 세계대전이라는 시공간에 갇혀 있는 모든 인간들의 나약한 조건을 적나라하게 고발하고 또 천재작가 자신도 그러한 혼돈의 도가니를 주인공 오스카를 통해 관조할 수밖에 없었으리라고 생각한다.

즉 한쪽에서는 미군과 일본군이 루손섬에서 횃불 춤을 추고 있는 동안에 다른 한쪽에서는 버마의 코끼리들에게 온갖 구경의 총알을 퍼먹이고 있었고, 태평양 한가운데에서는 두 척의 거대한 항공모함이 서로 접근하면서 비행기를 발진시켜 상대를 격침시켰다. 이러는 와중에도 하루의 일과를 끝낸 약혼자는 프라이팬에 두 개의 달걀을 깨뜨려 넣고 있었다. 당연한 일이지만 전면에서 사건의 실마리들이 서로 얽히고설키면서 비극적 역사의 사건을 만드는 동안에 배후에서는 또 다른 평범한 일상적인 이야기가 또 다른 빛깔의 역사의 씨줄과 날줄로 짜이는 것이다. 이런 것처럼 오스카는 유리를 깨뜨리는 능력을 통해 세상을 조롱하고 우스꽝스럽게 만들어 보임으로써, 태연함을 가장한 온갖 부조리를 낱낱이 드러내고 파헤쳐서 독자들에게 한 치의 한눈팔기도 허용치 않는 집중력을 선사할 뿐만 아니라 그런 태연한 서술의 상황이 반복되면서 '인생은 어차피 이런 것'이라는 뒤죽박죽의 온갖 세상 모습을 여과 없이 쏟아붓고 있다.

<양철북>에서 주인공 오스카가 난쟁이임에도 불구하고 패배자의 입장에서 염세주의나 비관주의에 빠지지 않고 주어진 환경에서 좌절하지 않고 生을 즐기

며(앞부분에서의 여성 편력은 돈판이나 카사노바에 버금가는 느낌이었고) 아들 쿠르트에게서 아버지임을 인정받지 못하고 걷어차이고 심지어 돌을 맞고 혹이 생겨서 머리가 기형으로 커지면서도 그 부분에 심각하게 매몰되지 않는다. 이 것은 인생이 어떤 위기와 비참함이 닥친다 해도 그것을 받아들이는 자세에 따라 얼마든지 즐겨 볼 수 있는 것이라든가, 혹은 세상의 이치는 아무리 역사적 비극이 일어난다 해도 다른 한쪽에서는 그것에 편승하여 더 낫거나 아니면 순항을 하는 반대급부의 일들이 무심하게 일어나고 돌아가고 있는 것을 보여주는 하나의 장치가 아닐까 하는 생각이 들었다. 작가는 난쟁이 오스카를 통해서 양철북을 치면서 노래를 부르거나 소리를 지르면 모든 유리들을 깨부술 수 있는 능력을 줌으로써 세상을 조롱하고 희화화하고 싶었을 것이다.

오스카가 마리아와 구스테(마리아 언니)와 아들 쿠르트를 떠나 새로운 집으로 방 하나를 얻어 이사한 집에서 뚱뚱이 클레프 앞에서 자신의 전 역정- 할아버지 콜야이체크가 뗏목을 타고 도망을 하고, 감자밭에서 비가 오던 10월에 할머니의 네 벌의 치마와 콜야이체크 사이에 어머니가 태어나고 등등 전력을 다한 오스카의 연주를 듣고 시체 냄새를 풍기던 클레프가 일어나서 목욕재계하고 재즈악단의 결성을 제안하고 오스카는 다시 드러머로 태어날 결심을 한다. 타악기인 드럼을 연주하게 함으로써 우리의 심장에 박동을 빠르게 가함으로써 오스카 인생의 변주만이 아니라 이 책을 읽는 독자들이 체험하고 있는 세계에 대한 깨달음의 변주는 분노의 표출을 통해 유리를 깨부수어 파편으로 만드는 장치와 그 궤를 같이하고 있다고 느껴진다.

오스카는 그가 난쟁이로서의 핸디캡을 안고 고난받는 삶 속에서 양철북을 울리며 양파극장에서 일반인들의 희로애락에 동참하여 그들의 눈물을 닦아 주고, 개가 물어 온 도르테의 손가락을 병 속에 보존하여 그것으로 자신도 정신병원에 감금되는 처참함을 겪게 된다. 하지만 그것으로 인해 억울한 도르테의 죽음도 밝혀지는, 예기치 않은 일들로 인해 선행을 베푼 결과도 맞게 된다. 그러나 어머니의 죽음, 당 배지를 줌으로써 질식사를 맞이하게 된 마체라트씨, 배브론스키의 죽음 또 오스카가 의도한 것은 드러나 있지 않지만, 그의 기행으로 인하여 불행한 일들을 당했던 수 명의 인물들, 반대로 그의 북소리가 구원이 되어 시체 냄새를 떨치고 일어섰던 그 기다란 복도의 월세방에 사는 옆집의 인물 클레프가 있다.

이처럼 수많은 기행과 악행과 선행이 짜여 오스카의 30세 인생을 만들어내고, 한 인간의 인생역정이 이렇게 다채롭고 깊이 있게 서술된 작품은 일찍이 본 적이 없다.

47

47

이정용

—

jylnz@hanmail.net

PROJECT

꿈의 탐욕

　순수한 동경으로 사모하던 꿈이라는 그리운 마음이 실제로 가닿을 수 있는 인공위성의 여행산업 시대가 되었다. 비로소 우주관광이 실현되는 시점에 도달하게 된 것이다. 자본화의 꽃인 우주관광 시대로의 경쟁이 시작되는 시대를 맞이하게 되었다. 우주여행과 하늘을 날아다녀 보고픈 동심의 상상 세계가 현 세계에 현실화하였다는 데에서 놀라움을 느끼지 않을 수 없다.

　과학기술이 빚어낸 문명의 발달은 획기적 인류의 기적 사항이니 비전이니 계획이니 등 어떠한 수식어를 붙여도 모자람이 없다. 이에 대한 부정의 시각조차 꺼내기 힘든 상황이 아니겠는가 하는 아쉬움이 든다. 인류 모든 분야가 지금은 업적을 두둔하고 칭찬하기에 바쁘다. 이렇게 마음이 설레고 가슴 두근거리는 것이 당나귀가 홍당무 맛 색에 길들여 가는 것처럼 그렇게 진행되어 가고 있다.

　이는 지구를 살리고 블루오션으로 일자리 창출효과와 같은 이득이 많다고 한다. 지금은 모두가 기대되고 현혹되어 있는 새로운 세계에 대한 심정이기에, 이에 대한 사려 깊음의 반대 입장 론을 내놓아도 이 말에 대한 강조와 설득력은 미약해지고 마이동풍 식이 되어갈 염려가 많이 있다고 봐야 할 것이다.

　그러나 진정 미래의 꿈과 미래의 발전을 위해서는, 당 시대만의 발전과 건설 계획은 아주 옹졸하며 그 잠깐의 당 시대에만 통용되고, 후엔 흐지부지 사라져 갈 유행성임을 절대 잊어서는 안 되겠다. 이런 측면에서도, 우리 현존 인류는 후세대들에 이런 즐김의 흥밋거리에 돈놀이 여행비를 낭비해가며, 일부 소수의 독과점 자본주의 체제에 배나 불려주는 곳에 마음을 두는 것보다는, 자연의 순수성처럼 땅에서는 나무와 숲과 강물들이 있고, 우주에는 때 묻지 않은 순결 체 그대로의 공간 터와, 여백의 공간 마음을 그대로 나눔 있게 해주고 상상의 날개를 펼 수 있게끔 마련 주고 이끌어가야 한다는 뜻이다.

영원히 깨지지 않게 하는 미지의 자연 대대로의 세계로서, 수백 억 년 전의 탄생 존재 그 자체인 우주 기원으로부터의 원 핵심체 그대로를 보전 보존해가는 것이, 오히려 디욱 값이치 나고 진가가 빌휘되는 의미가 있다 하겠나. 보고의 생명체 마음과 영혼성에서의 참 빛남은, 비교도 할 수 없을 정도의 큰 이슈 적 대두점이라 여겨야 한다. 심오하게 고려하고 심사숙고로서 마음을 다잡아가야 할 가장 중요한 핵심 사항이다.

이 영원한 보물들을 기껏 즐기는 대상으로 또는 당대의 쾌락적 유행거리로 소비하고 말 것인가. 혹은 영원무궁함의 하늘 보석체로 존속시켜 갈 것인가 하는 운명 길은, 바로 곧 현 인류가 판단하고 결정해야 할 엄숙함과 중차대함의 기로 선상에 놓여있는 시기이기도 하기 때문이다.

인류는 눈물 시대를 겪었던 때를 반추 내어야 할 것이다. 또한, 우리는 명심해야 할 것이 있다. 바벨탑이 그렇고 잉카제국과 마야문명이 그렇고 로마문명이나 인류의 모든 흥행해왔던 과학 세상들이 어느덧 다 흔적 없이 사라져 버렸던 사실을 잊어서는 안 될 것이다. 인간재앙과 천재지변을 만들어냈고 널 불씨를, 제발 지피지 말기를 당부해두고 싶은 것이다. 인간의 현명함은 우주와 천체들에 손대거나 행동하지 않고, 자연보호, 우주보호의 겸손함과 경건성을 잃지 않도록 하는 데에 있는 것이다.

돈과 황금보다도 고귀하고 귀중함의 생명 원을 인류와의 신비감으로 벗하게 하여야 한다. 코로나19가 창궐한 21세기에서 바라보고 있는 우리의 삶이 마냥 우울성으로 지속되어야만 한단 말인가? 거룩한 우주와 하늘의 천체들이 쓰레기장이나 금전 환거래상이나 되고, 재밋거리로 오염이나 되고 전염성으로 넘치고 범람 되어가는, 정결치 못한 부정의 시장터나 식당이 되어가기를 바랄 것인가?

인간 능력상 안 되는 것은 안 되는 것이고, 정도에서 머물 것은 머물러야 하며, 인간 한계성은 있게 되어있다는 점을 새롭게 다시 각성해가고, 겸허하고 숙연하게 신중한 자세로 되돌아와야 하는 마음만이 긴급히 요구되고 필요한 때라고 사료되는 것이다. 그래야 신으로부터의 선량한 선물을 또한 달고 감사히 받게 되며, 평화로운 환경에서 자유로운 기쁨으로 행복이 넘쳐나는 인간 생활상들이 되고, 청결과 순수의 행복감으로 넘쳐나는 삶 활동이 더욱 드넓게 펼쳐지지 않을까를 곰곰 미리 생각해 보며 예견해 봤을 뿐이다.

47

47

이지훈

—

power_lifter@naver.com

PROJECT

삶과 비판적 사고

삶은 굉장히 난해한 개념이다. 이를 정의하기란 불가능할지도 모르며, 이에 대한 완벽한 합의는 아직까지 존재하지 않는다. 물론 앞으로도 존재하지 않을 텐데, 삶이란 경험적인 것이고 귀납적인 것이기에 전제로부터 필연적으로 결론이 도출되는 연역법칙과는 다르기 때문이다. (같은 이유로 삶에 대한 나의 정의는 전칭명제, 정언명령과는 결이 다르다는 점을 명시한다.)

그렇기에 비판적 사고는 인생에 있어 필수적으로 갖추어야 하는 요소라 할 수 있다. 무비판적으로 일관하면, 타인이 정한 기준에 함몰될 수 있기 때문이다. 28살의 나이로 삶과 비판적 사고를 논한다는 것이 많은 사람들에게 건방져 보일 수 있으나, 진화론, 철학, 과학, 사회학 등의 학문을 읽고 사색한 결과와 미숙하나 나름대로의 경험을 바탕으로 고찰한 것을 가감 없이 펼치고자 한다. 이를 바탕으로 우리가 살면서 부딪히는 문제들의 본질을 밝히고 본인의 결론을 논증할 것이다.

과학적으로 접근했을 때 삶의 목적은 존재하지 않는다. 진화론에 근거하면, 우연히 우주 속에 지구는 생성됐고 엄청난 우연으로 원핵세포를 넘어 진핵세포가 탄생했고 거기서 인류가 발생했다. 이런 생명체의 생성 진화과정에서 우리는 인간의 실존에 객관적인 목적을 발견할 수 없다. 그저 우연히 태어난 삶에 유전자에 각인된 살고자 하는 욕망에 따라 살아가는 것이다. 그렇다고 삶을 포기해야 하거나 무가치한 것으로 여길 수는 없는 노릇이다. 이왕 태어난 김에 우리는 자아실현을 하지 않아야겠는가? 최소한 자신의 삶의 의의를 본인이 만들어내는 것이 후회 없는 삶일 것으로 생각한다.

그러므로 삶에 대한 고찰은 과학이 아니라 철학적일 수밖에 없다. 삶에 대해 가장 많이 고민하고 성찰한 사람들도 단연컨대 철학자들일 것이다. 그중에서도 니체를 소개하여 논의를 심화시키고자 한다. 철학 계보에서 상당한 사유의 전

환을 가져온 사상가로 그의 주저에서 추구하는 인간상과 철학적 의의는 삶의 의미와 실존을 탐구하는 데 도움이 된다. <차라투스트라는 이렇게 말했다>에서 니체는 일자를 극복하는 초인이 되는 것을 강조한다. 책 전반에서 초인과 비교되는 기존의 성직자들, 권력자들은 이미 형성되어 있는 관례를 앵무새처럼 따라 하는 존재들이지만, 초인은 재래의 선악, 담론에 휘말리지 않고 새로운 가치, 삶의 의미를 창조하는 인물상이다. 또한, 초인은 어린아이처럼 긍정적이며, 수많은 고난에 부딪혀 부서져도 굳건한 자세로 일어서는 존재다.

실존을 탐구하는 현존재로서 이러한 초인의 특징은 한 번쯤 고민해봐야 한다. 일반적으로 사람들은 대중의 사고, 감정에 이끌리는 경향이 있다. 무분별하게 선과 악을 구분 짓고 특정 행동들을 악의 테두리에 자의적으로 집어넣으며 이 범주에 속하는 행동이나 사상은 경멸한다. 대부분의 사람들은 선악 구별 짓기에 대한 비판적 사고를 수행하지 않기 때문일 것이다. 물론 선동에 취약하고 대중의 정의에 따르는 인간의 경향성은 인류 탄생 이래 생태계에서 최상위 포식자로 군림하는데 유리하게 작용했다는 점에서 장점도 있다. 무리 지어 공격하고 도구를 사용하고 정치를 통해 집단을 이루고 범죄를 혐오하는 기제로 공격성을 억제하여 사회에 안정성을 가져다주었기 때문이다. 그렇더라도 이제는 비판적 사고를 바탕으로 이런 진화기제를 넘어설 필요가 있다.

본질을 따지고 비판적 사고력을 길러야 하는 이유는 삶의 양태 변화에서도 찾을 수 있다. 현대인의 삶은 우리 조상들의 삶과는 현저히 다르다. 기껏해야 부족, 동네, 지역 내에서만 소통했던 조상들의 삶과 달리 우리는 전 세계적으로 소통할 수 있는 SNS를 가지고 있다. 전자기기는 우리의 삶의 방식을 완전히 바꾸었고 계층형성 방식도 달라졌다. 과거에는 노예와 주인의 관계, 왕과 신하의 관계 등 관습적으로 형성된 사회적 관계가 타자를 규정하고 이는 거의 비가역적이었다면, 현대에는 유튜브, 인스타, tv같은 광범위한 매체로 본인 노력 여하, 사회적 운 등, 이전보다 가변적인 요소를 통해 사회적 위치가 바뀔 수 있고 영향을 주는 사람이 될 수도 있다. 즉, 우리에게는 조상들은 상상도 할 수 없었던 막대한 자유가 주어져 있다. 그러나 이 자유는 진정으로 자유라고 할 수 있는가? 몸은 자유로울지라도 지성이 대중의 담론을 수동적으로'만' 받아들인다면, 자유롭다고 할 수 없다.

그렇기에 더욱 우리는 초인의 자세를 본받아 세상을 능동적으로 파악하고 주관을 확립할 필요가 있다. 초인은 정답을 찾는 존재가 아니다. 자신만의 창의적인 길을 생성해내는 긍정적인 존재다. 초인이 아닌 자들은 사조의 경향에 함몰되기 쉽다. 급속도로 변화하는 현대사회에서 수동적인 지성은 도태되기 쉽지만, 초인은 능동적인 지성으로 세상이 당위적으로 말하는 정의, 덕목의 본질을 꿰뚫을 줄 안다. 우리도 이런 비판적 시각으로 문제를 바라보고 주체적으로 사안을 검토하고 그릇된 가치는 거부할 줄도 알아야 한다.

비판하고 싶은 담론은 많지만, 이번 지면에서는 하나만 선정하여 비판하고자 한다. 현재 대중들이 가장 거부하기 힘들지만, 당연하게 받아들여지는 담론 중 하나는 '행복'이다. 행복의 긍정적 가치를 부정하는 사람은 거의 없다. 초중고의 교육자, 대학강의, 매스컴, SNS, 주위사람들에게서 행복 하라는 말을 항상 들을 수 있다. 마치 우리가 행복하기 위해 태어났다고 믿을 만큼 교육을 받아왔다. 그러나 과연 행복은 긍정적인 가치만을 지닐까? 먼저 남들에게 행복하라고 말하는 사람들의 기저에 깔린 심리의 음울한 측면을 살펴보자.

동의하지 않을 확률이 높겠지만 행복이라는 개념을 천착하면, 사회통제 담론이라는 결론이 나온다. 먼저 이 주장이 확실할 정도의 객관성을 담보한 건 아니라는 점을 밝혀둔다. 그러나 여러 정황과 진화기제, 인간의 직관, 호르몬 작용들을 종합하면, '최선의 설명으로의 추론'이 될 수 있다. 먼저 행복의 범주부터 설정해봐야 할 것이다. 예외도 있지만, 대게 행복의 범주 안에 들어가는 건 체제 안에서의 '온순함'이다. 가정의 화목, 연인 간의 사랑, 친구 간의 우애, 공동체의 충성, 개인의 성공 등 여러 가지 가치들이 행복의 요소로 꼽힌다.

그런데 이때 우리는 왜 행복을 느낄까? 세로토닌, 엔돌핀 등의 호르몬 발생을 행복으로 간주하기 때문이다. 가정이 화목하면 우리는 원인 모르게 행복함을 느낀다. 연인과 환상적인 데이트를 할 때에도 마찬가지다. 시험에 합격하거나, 복싱 경기에서 우승할 때도 적용된다. (사실 이런 것들은 대게 유전자를 후대로 보낼 가능성을 간접적으로나마 높일 때 발생하는 감정들이다. 아닌 경우도 있지만, 많은 경우 그렇다는 거다.)

반면에, 이 범주 밖의 요소들은 행복의 요소로 취급되지 않는다. 사회전복, 논쟁, 갈등, 극도로 심한 경쟁, 스트레스는 행복과 거리가 멀다. 이런 것들을 의도적으로 배제함으로써 인간은 행복이라는 담론을 무의식적으로 추구하게 만든다. 그 결과 우리는 체제에 순응하고 사회가 규정한 행복을 '선'이라고 믿는 것이다. 그렇기에 행복 담론은 상당한 모순을 내포하고 있다. 진화적 관점에서 인간은 행복과 거리가 멀게 설계되어 있다. 앞서 말한 것처럼 화목, 사랑, 우애, 충성, 성공 같은 요소가 충족되면 일시적으로 우리는 행복감을 느끼나 이 순간은 지속되지 않는다. 인간은 언제나 부족한 부분에 주목하고 항상 더 나은 지점에 시선을 둔다. 즉, 오늘 성공으로 인해 기쁨을 느끼더라도 내일엔 기본값이 된다. 인간이 이렇게 설계된 이유는 유전자의 입장에서 바라보면 명징하다. 만약 우리가 깨어있는 내내 행복할 수 있다면, 개선을 위한 별다른 노력을 하지 않을 것이다.

불만이 느끼지 않고 자신의 상황을 더 나은 상태로 만들 필요가 없을 확률이 높다. 또한, 현재의 처지를 개선하고자 노력하지 않는 사람들은 과거에 유전자 경쟁에서 밀려나 도태되었기 때문에 지금까지 살아남은 인류는 대부분 이런 진화기제를 지니고 있다. 그래서 현재 상황을 벗어나야 한다는 압박과 현실 간의 괴리 때문에 고통, 우울 등의 감정을 행복보다 더 빈번하게 느끼는 것이다. 더욱 무서운 건 우리 모두는 행복의 감정을 알기에 갈구하고 이 때문에 오히려 멀어진다는 것이다.

심지어 이 행복이라는 담론은 상대적 박탈감을 강화시킨다. SNS를 보면 자신보다 잘 나가는 사람들이 굉장히 많다. TV는 어떤가. 빛나는 연예인을 보며 동경하지만 마음 한켠에 박탈감을 느끼는 것이 인간이다. 연예인, 인플루엔서들은 본인들과 달리 행복으로 가득할 것이라고 무의식적으로 믿는다. 그러나 이는 행복 담론이 가져온 허구일 뿐이다. 앞서 말했듯이 인간은 누구나 행복함을 항상 느낄 수는 없게 설계되어 있다. 연예인도 예외가 아니다. 언젠간 죽을 수밖에 없는 인간인 이상 그들도 그들만의 박탈감과 불안, 고통이 행복보다 조금이라도 우세할 수밖에 없다. 만약 우리가 애초에 행복 담론을 수용하지 않았다면, 상대적 박탈감을 덜 느낄 수도 있었을 것이다.

우리는 삶과 그 본질에 대해 깊이 고민할 필요가 있다. 세간의 판단과 대중의 사고를 무비판적으로 수용한다면, 우리 인생에 치명적인 결과를 만들어 낼 수 있다. 가장 극명한 예시가 나치이며, 현대에도 무비판적 사고방식을 가진 사람들이 수없이 많다. 당연한 것이 비판적 사고능력은 갖추기가 굉장히 힘들고 심지어 많은 지식은 자신의 믿음에 대한 확증편향을 만들어내기까지 한다. 그러므로 치우치지 않은 비판적 견해는 대중이 소유하기 힘들 수밖에 없다. 그렇더라도 인류 공통의 이익, 자기 자신을 위한 삶, 가족 혹은 주변 사람들을 지키기 위한 힘을 기르는데 이런 사고는 현대인에게 꼭 필요할 것이다.

47

임계성

—

kesung59@hanmail.net

PROJECT

영화 〈동주〉를 읽고, 부끄러움을 말하다

2016년에 개봉된 영화 〈동주〉는 윤동주 시인의 삶을 그려낸 작품이다. 영화는 윤동주가 일제 식민지라는 암흑의 역사 속에서 시를 통해 자기 내면에 있는 부끄러움에 대한 고백과 함께 행동하는 지식인의 여정을 흑백 영상으로 담았다. 윤동주는 1917년 북간도 명동촌에서 태어나 1945년 2월, 광복을 몇 달 앞두고 후쿠오카 감옥에서 병사하였다. 나중에 밝혀진 기록에 의하면 생체실험의 영향이었다고 알려졌다.

북간도는 원래 조선 땅이었다가 1909년 청과 일본의 간도협약으로 중국 땅이 된 지역이다. 그는 빼앗긴 땅에서 태어나 타국에서 28년의 짧은 생을 마감하였다. 영화는 윤동주와 그의 고종사촌 형 송몽규 두 사람을 대비시키며 식민지 지식인으로서의 갈등과 저항을 보여주고 있다. 송몽규는 조선의 독립을 위해 투쟁해야 한다는 신념으로 중국 남경의 독립운동단체에서 활동하고 일본 경찰에 잡혀 투옥되기도 했던 행동파였다. 영화 속 몽규의 대사는 동주 내면의 소리이기도 했을 것이다.

> 동주 : 시도 자기 생각 펼치기에 부족하지 않아. 사람들 마음속에 있는 살아 있는 진실을 드러낼 때 문학은 온전하게 힘을 얻는 거고 그 힘이 하나하나 모여서 세상을 바꾸는 거라고
> 몽규 : 그저 세상을 바꿀 용기가 없어서 문학 속으로 숨는 거밖에 더 되니
> 동주 : 문학을 도구로밖에 보지 않는 사람들 눈에 그렇게 보이는 거겠지. 애국주의, 민족주의, 공산주의 그딴 이념을 위해 모든 가치를 팔아버리는 거, 그거야말로 시대의 조류에 몸을 숨기려고 하는 썩어빠진 관습 아니겠니.

161

흑백의 영상은 윤동주와 송몽규의 입장을 대조對照하는데 어쩌면 암흑기를 흑으로 미래의 희망을 백으로 표출했는지도 모른다. 영화에는 윤동주의 시 중 여

러 편을 보여준다. 윤동주의 대표작 <서시>와 <참회록>, <쉽게 쓰여진 시>에는 공통적으로 '부끄럽다'는 표현이 나온다. 그는 일본 유학을 위해 '하라누마 도쥬'라는 이름으로 창씨개명을 하게 되었는데 조선인이 이름을 버렸다는 사실이 한없이 부끄러웠다고 고백한다. 그리고 자신이 조선의 독립을 위해 무엇을 할 수 있을까라는 회의에 빠지기도 하였다. <참회록>은 식민지의 현실과 부끄러운 과거를 고백하고 있지만 '손바닥으로 발바닥으로 닦아 보자'는 대목에서 독립의 희망을 갖고 실천하고자 하는 의지를 드러내고 있다. 일본 유학 시절 교련을 거부해서 구타와 삭발당하는 모습은 그러한 변화를 보여주는 장면이다.

참회록懺悔錄

파란 녹이 낀 구리거울 속에
내 얼굴이 남아있는 것은
어느 왕조의 유물이기에
이다지도 욕될까.
나는 나의 참회懺悔의 글을 한 줄에 줄이자.
—만滿이십사 년 일 개월을
무슨 기쁨을 바라 살아 왔던가.
내일이나 모레나 그 어느 즐거운 날에
나는 또 한 줄의 참회록懺悔錄을 써야 한다.
—그 때 그 젊은 나이에
왜 그런 부끄런 고백告白을 했던가.
밤이면 밤마다 나의 거울을
손바닥으로 발바닥으로 닦아 보자.
그러면 어느 운석隕石 밑으로 홀로 걸어가는
슬픈 사람의 뒷모양이
거울 속에 나타나 온다.

그는 <서시序詩>에서 '죽는 날까지 하늘을 우러러/ 한 점 부끄럼 없기를/ 잎새에 이는 바람 도/ 나는 괴로워했다고 토로하였다. <쉽게 쓰여진 시>에서도 '시가 쉽게 쓰여지는 것이 부끄러운 일'이라고 하였다. 동주가 정지용 시인을 찾아갔을 때 창씨개명을 하고 일본 유학을 한다면 부끄러울 것 같다고 하자, 정지용은 '부끄러움을 아는 것은 부끄러운 것이 아니야. 부끄러움을 모르는 것이 부끄러운 거지.'하고 말한다.

쉽게 쓰여진 시

인생은 살기 어렵다는데
시가 이렇게 쉽게 씌어지는 것은
부끄러운 일이다
육첩방은 남의 나라
창밖에 밤비가 속살거리는데
등불을 밝혀 어둠을 조금 내몰고
시대처럼 올 아침을 기다리는 최후의 나
나는 나에게 작은 손을 내밀어
눈물과 위안으로 잡는 최초의 악수

  태평양전쟁이 막바지에 이르자, 일본은 조선인 징집령을 내린다. 유학생들을 규합하여 항일조직을 결성하던 몽규에게 동주는 자신도 끼워달라고 하는데, 몽규는 '너는 시를 계속 써라. 총은 내가 들 테니까.' 하면서 말린다. 몽규와 동주가 소통하는 장면이다. 몽규가 유학생들을 모아놓고 조선인 혁명을 부르짖던 중에 일본 경찰들이 기습을 해오고, 학생들은 잡히거나 흩어져서 도망친다. 송몽규는 '재교토 조선인학생민족주의그룹사건' 혐의로 먼저 검거되고 동주는 나중에 잡혀 같이 재판을 받는다. 후쿠오카 형무소에 수감된 후 주 3회 정기적으로 주사를 맞는 두 사람은 사후에 생체실험을 해도 좋다는 신체 포기각서에 서명을 강요받는다. 몽규는 절망하면서 서명하고, 동주는 부끄러워서 서명을 못 하겠다며 서류를 찢어버린다. 그 이유를 말하는 장면은 평생 그가 갈등하고 고뇌했던 내면의 심정을 응축시켜놓은 듯했다.

  "이런 세상에 태어나 시 쓰기를 바라고 시인이 되기를 원했던 게 너무 부끄럽고 앞장서지 못하고 그림자처럼 따라다니기만 한 게 부끄러워 서명을 못하겠습니다." 영화 속에 주사 맞는 장면은 생체실험 대상이었음을 암시한다. 한편 영화 속에서 다카마쓰 교수가 동주에게 질문하는 장면이 나오는데 다카마쓰 교수는 실존 인물로 윤동주가 존경하던 일본의 양심적인 지식인이었다. 영문학을 가르친 것으로 설정하였는데 실제로 다카마쓰 교수가 가르친 과목은 기독교사, 기독교 경전학, 그리스어로 알려져 있다. 영화에 나오는 두 사람의 대화 중 다카

163

마스의 대사는 큰 울림을 준다.

"결국 세상을 움지이는 건 개개인의 깊은 내면의 변화들이 모이는 힘이야."

영화 <동주>는 윤동주의 생애를 역사적 사실에 근거하여 실화에 상상력을 더해 설득력있게 전개하였다. 그리고 그의 갈등을 통해 저항시인으로 나아가는 과정에 포커스를 맞춘 듯이 보인다. 그러나 한 인물에 대한 조명은 다각적인 관점에서 깊이 있게 들여다볼 필요가 있다. 윤동주 시의 키워드는 '부끄러움'이고 이는 자신에 대한 내면 탐구에서 오는 것으로 저항시로 알려진 작품들도 뛰어난 서정성으로 많은 이들에게 감동을 주었다.

그의 저항시는 단지 항일정신에 국한된 것이 아니라 더 깊은 내면을 향한 성찰에서 오는 부끄러움을 표출한 것이었다. <별 헤는 밤>에서 시인 라이너 마리아 릴케를 언급한 이유는 번뇌, 고독, 불안, 죽음, 사랑 등에 대한 명상적, 신비적 시를 썼던 시인을 소환함으로써 자신의 내면을 드러내고자 했기 때문이다. 윤동주는 문학이 세상을 바꾸는 힘이 될 수 있다고 믿었고 그 힘은 자기 자신에 대한 반성에서 출발한다고 생각했던 것 같다.

공자가 '자신을 이기고 예로 돌아가라'克己復禮를 강조한 것과 같은 맥락脈絡이다. 윤동주의 부끄러움은 여기서 출발하였다고 본다. '부끄러움', 언젠가부터 우리 사회는 부끄럽다는 말이 자본주의의 포화 속에서 산화된 느낌이 든다. 짐승과 인간의 차별점은 부끄러움에 있다고 한다. 일제 36년이 끝나고 광복이 된 후 친일파 (반민족 매국노)였던 지식인들이 참회한다고 고백한 일이 있었던가. 부끄러움을 한자로 하면 염치廉恥라고 하는 데 염치가 없는 사람을 얌체라고 하였다. 자기 이익만을 따져서 행동하여 부끄러움을 모르는 사람이란 뜻이다.

일제의 암흑기에 살다 별이 된 윤동주의 삶이 우리에게 화인火印처럼 다가오는 것은 부끄러움을 잃어버린 얌체족이 발호跋扈하는 현실 때문일까. 나의 부끄러움은 무엇으로부터 오는지 자문해 본다.

47

47

임정우

—

9jeongwoo6@gmail.com

PROJECT

살아가는 것인지
죽어가는 것인지

개인적으로 많이 생각하게 되는 주제이다. 인간의 삶은 살아가는 것인지 죽어가는 것인지 이 생각을 가지게 되었던 건 내가 자주 지나다니던 산책길을 바라보며 느끼게 되었다. 나는 집에서부터 혜화 쪽으로 산책하는 것을 좋아하는데 그 길을 지날 때마다 마주하던 강아지가 한 마리 있다. 아마 한 4~5년은 그 길을 지나다녔다. 물론 지금도 그렇다. 지나다닐 때마다 강아지는 나를 신경 쓰고 관심을 가졌다. 나는 강아지를 좋아하기에 마주치면서 나름대로 관찰하였다. 그렇다고 해서 다가가지는 않고 지나가며 눈을 마주치는 정도였다.

2~3년쯤 되었을 때는 이제 신경을 쓰지 않으려고 하였다. 마주하더라도 잠깐 눈을 마주치거나 아니면 나를 쳐다보지 않았다. 그러다 강아지는 이제는 성견이 되었다. 확실한 것은 아니지만 아마 아이를 가졌던 것 같았다. 배가 불룩해지고 조금은 예민해진 상태였다. 3~4년쯤 귀여운 강아지들과 함께 그 친구는 함께였다. 강아지들은 활기가 넘치며 나를 호기심 가득하게 쳐다보지만, 그 친구는 아니었다.

4년쯤 되었을 때 그 친구는 이제 항상 누워있다. 아마 더운 날씨를 겪는 와중일 수도 있고 비가 엄청나게 올 때도 있다 보니 주인집에 들어가 있을 때도 많았지만 나와 있더라도 이제는 사람들이 지나다니는 거리도 등을 돌리며 누워서 잠을 자고 있는 경우가 많았다. 현재의 그 친구의 모습은 힘겨워 보인다. 물론 작년과 자주 누워서 쉬고 있는 것은 마찬가지지만 그 자세나 호흡 눈빛이 달라져 있다. 나이가 많이 든 것이다.

이 모습을 바라보며 생각이 든다. 삶은 과연 살아가는 것인가 죽어가는 것인가 동물들을 바라보면 삶은 죽어가는 것 같다. 사람도 어찌 보면 같은 동물로 이 생각이 맞는 것 같기도 하지만 인간은 다른 것인가라는 생각이 들기도 한다. 개인적으로는 이런 생각을 가질 때마다 스스로 힘들어진다. 이것도 어찌 보면 나에겐 잡념 같은 것들인데 무언가 몰입하지 못한다는 것이 안타깝다. 아마 이런 생각을 가진 나와 같은 사람들에게는 죽어가는 것이라는 생각을 가질 가능성이 크다고 생각한다.

　마치 우주를 연구하는 학자들이 너무나 큰 방대한 우주에 비해 인간은 아무것도 아니라고 생각하여 정신적으로 힘들고 자살을 많이 한다는 이야기처럼 삶에 있어 살아가는 것인지 죽어가는 것인지에 대한 생각을 가지는 것도 삶에 대한 회의적인 생각들이 좀 더 지배적이기 때문이다.

　나도 이제 20대 중반이라는 나이가 되면서 스스로 나이가 들고 있다는 생각을 크게 하지는 못하지만 주변을 보며 그 체감을 하게 된다. 앞서 말한 강아지의 이야기도 그렇고 내 가족, 내가 알고 지내던 사람들, 마트 아주머니, 치과 원장님, 미용사 아주머니 등을 이야기할 수 있고 특히 내 시대에서의 엄청난 활약을 하던 스포츠 선수들을 보면 나이에 따른 기량 하락과 이제는 은퇴를 하는 선수들도 많아지고 은퇴를 해야 할 시기가 되었다는 것을 보며 많은 생각이 들었다.

　한 2~3년 전만 해도 위에 말한 사람들에 대해 별다른 생각이 없었다. 그런데 최근 들어 세월이 흐르고 있다는 것을 그들을 통해 알게 된다. 당연한 것이지만 시간이 흐르고 있다는 생각을 하게 되고 나도 나이가 들고 있는 것이 맞구나 라는 것을 체감하게 된다. 그 사람들의 생각은 들을 수 없고 나는 그들의 외관만 보며 그러한 것을 느낀다. 그러다 보면 괜히 울적해진다. 물론 이와는 반대되는 살아가는 것인가에 대한 생각도 할 수 있다. 세월의 흐름은 자연스럽게 보이게 되지만 그렇다고 해서 지병이 아닌 이상 사람에 대한 죽음에 다가왔다는 판단은 누구도 내릴 수 없기 때문이다.

　죽음은 어차피 찾아오게 될 것이고, 그전까지 나는 열심히 살아가고 있다는 생각을 아마 대부분의 사람들이 할 것이다. 가끔 매체에서 보이는 장수하는 분들의 모습들을 보면 나이가 의심이 갈 정도로 건강하신 분들도 많이 보이고 삶을 살아가는 데에 있어서도 행복해 보이는 분들이 많다. 그들의 삶은 아마 살아가는 것이 아닐까 생각한다. 아마 그러한 고민들을 가지지 않고 긍정적인 생각을 통해 삶을 즐기는 것이다.

사고할 수 있는 인간들에게 삶은 어떤 존재이며 이는 각자의 생각에 따라 다를 것이라는 답을 가지면서도 과연 정의 내릴 수 있을지에 대해서 많은 의문이 생긴다. 이에 대한 의견을 공유하면 좋지만 큰 고민을 하지 않았으면 한다. 자신의 삶에 있어 크게 도움이 될 고민은 아닐 것이다.

47

장기웅

—

cappein@naver.com

PROJECT

무(無)스펙 4년제 지방캠퍼스 졸업,
그가 대기업에 입사해
해외 주재원까지 될 수 있었던 비결

사회의 장벽을 자신의 경험으로 뛰어넘은 장기웅 이사
- 스펙은 혈액형처럼 바꿀 수 없는 것. 그래서 수혈을 택했다.

'졸업학점 3.49, 자격증 없음, 토익 점수 없음, 동국대학교 경주캠퍼스 관광경영학사' 이것이 그가 대학을 졸업하는 해에 가지고 있던 전부였다. 누가 보더라도 대기업은커녕 취업 자체가 어려워 보이는 스펙이었고 그 스스로도 대학 4년이라는 시간 동안 아무것도 준비하지 않았다는 것에 대한 후회와 두려움이 밀려왔다. 게다가 더 심각한 것은 지방캠퍼스 출신의 관광 계열 전공자에게 취업의 문은 더욱 좁을 수밖에 없었다. 먼저 취업을 한 선배들 역시 이런 현실의 벽을 넘지 못하고 살아가고 있었다.

"그때 생각했습니다. 학교나 전공은 혈액형처럼 바꿀 수 없는 것이라고. 그래서 반드시 수혈을 해야 한다고 결심했죠." 그는 이런 결심으로 2006년 졸업과 동시에 중국 베이징으로 홀로 넘어가 중국어 공부에 매진한다.

- 1년 반만의 귀국, 하지만 냉정한 현실

2007년 5월. 그는 중국어 수혈을 마친 후 취업에 대한 큰 기대를 안고 귀국한다. 그러나 수혈을 했어도 혈액형은 바뀌지 않듯 냉정한 현실은 조금도 바뀌어 있지 않았다. 그는 이력서를 200군데를 넘게 넣었지만 면접의 기회조차 쉽게 생기지 않았다. "수없이 좌절만 하는 고통스러운 날의 연속이었습니다. 하지만 현실만 탓하며 있고 싶지는 않았어요. 일단 제가 할 수 있는 것들을 찾아서 했습니다. 회사에 들어갈 수 있을 때까지 그냥 손 놓고 앉아있을 수는 없잖아요" 그는 중국에서 갈고 닦은 중국어 실력을 바탕으로 중국어 과외와 방과 후 교사를 하며 용돈을 벌며 글을 썼다.

"어릴 때부터 글짓기를 좋아해 상을 많이 탔어요. 이 재능으로도 뭔가 해보려고 노력했습니다. 그래서 서울시, 부산시 시민 리포터를 하면서 원고료도 받고 글 공모전에 참가해 상금도 기끔 받아 생활비에 보탰습니다. 그러다 보니 계간지에 수필이 당선돼 등단까지 하게 되더라고요." 하지만 사람들이 그를 바라보는 시선은 바뀌지 않았다. 세상의 눈에 그는 여전히 회사를 다니지 않는 무능한 사람이자 쓸데없는 일을 하며 허송세월을 보내는 청춘이었다.

- 세상에 쓸데없는 경험은 없다.

2009년 가을. 그는 이력서가 통과되어 면접을 준비하라는 한 식품 대기업의 문자를 받는다. "너무 기뻤죠. 중국에서 귀국 후 거의 2년이 넘는 시간을 기다렸으니까요. 게다가 그 당시 제 나이가 29세였기에 이번이 정말 마지막 기회라고 생각했습니다." 1차 면접 날. 그는 면접장에서 놀라운 일을 겪게 된다. 면접 자리에서 면접관이 그에게 명함을 건네주는 에피소드가 생긴 것이다. "면접의 마지막 즈음에 마지막으로 하고 싶은 말을 짧게 해보라고 하시더라고요. 그래서 저는 제 경험을 얘기했습니다. 등단한 작가이기 때문에 남들보다 창의력이 좋다고 했죠. 그랬더니 면접관님이 대뜸 명함을 주시며 제 글을 보내 달라고 하시더라고요."

그 명함이 합격증이었을까? 그는 4차 면접까지 무난하게 합격하며 (주)SPC 파리바게뜨 하반기 공채 신입 사원으로 당당히 합격한다. "제가 글을 쓴다고 할 때 대부분 그랬어요. 쓸데없는 일 하지 말고 빨리 회사나 들어가라고 말이죠. 하지만 그 쓸데없는 일이 가장 중요한 순간에 쓰였습니다." 그리고 그는 주장한다. "세상에 쓸데없는 경험은 없다. 다만 그렇게 바라보는 편견만 있을 뿐"이라고. 그래서 무엇이든 경험해야 하고 그 경험이 언제 어떻게 쓰일지는 모르기 때문에 지금 자신이 할 수 있는 일이 있다면 뭐든지 해야 한다고 한다.

- 준비된 자에게 온 기회

주위 사람들은 그가 대기업에서 잘 버티지 못할 것이라고 우려했다고 한다. 왜냐하면 대기업이라는 조직 내에는 좋은 스펙을 갖춘 똑똑한 사람들이 넘쳐나기 때문이다. 하지만 그런 우려는 기우였다는 것을 깨닫게 해주듯 그는 회사에서 괄목할만한 성과를 낸다. 그리고 입사 2년차에 싱가포르 주재원으로 발탁이 되어 모두를 놀라게 한다. "회사에 난리가 났었죠. 2년차 밖에 안 되는 애송이가 해외 주재원으로 뽑혔으니까요. 그래서 회사 내에 소위 말하는 백이 있냐는 의심 섞인 질문도 많이 받았습니다."

그 당시 그는 영업팀 내에서 유일하게 중국어를 유창하게 할 수 있는 사람이었다. 싱가포르는 중화권 국가이기 때문에 회사에서 사내 영업 경험이 있으면서 중국어를 잘 할 수 있는 사람을 찾았고 그 모든 조건을 충족시키는 사람은 그가 유일했다. "사실 제가 중국어를 공부하러 갈 때만 해도 친구들이 많이 걱정했어요. 중국은 위험한 나라라는 인식이 강했고 중국어보다 영어를 잘해야 한다는 의견이 지배적이었거든요." 기회도 준비된 사람에게만 온다고 한 것과 같은 맥락이었다. 그가 준비되어 있었기 때문에 기회가 그를 찾아온 것이다. 아니, 그를 찾을 수밖에 없었던 것이다.

- 회사원의 로망 해외 주재원

그는 향후 다니던 식품 대기업 (주)SPC를 떠나 2012년 화장품 대기업 (주)아모레 퍼시픽으로 이직을 한다. 그리고 새로 이직한 회사에서도 싱가포르 브랜드 론칭 프로젝트 리더가 되어 2013년 다시 싱가포르로 파견된다. 이번에 그는 팀이 아닌 혼자 싱가포르로 파견되어 현지 직원 두 명을 채용한다. 이 셋은 의기투합하여 2013년 11월 싱가포르에 '이니스프리' 브랜드를 성공적으로 론칭 시키며 그룹 내 오픈 매출 신기록을 달성한다. 그렇게 사업은 매년 급성장하며 세 명으로 시작했던 직원 수는 그가 싱가포르를 떠나던 2019년 12월에 이미 100명이 넘어있었다. 게다가 이니스프리는 싱가포르 내 16개 매장, 연 매출 350억, 브랜드 선호도 3위의 명실상부한 글로벌브랜드가 되어있었다. 그리고 2020년 그는 중국 상하이 주재원으로 발령이 나면서 근무지를 옮기게 된다.

"사실 회사원이라면 누구나 주재원을 해보고 싶어 합니다. 그 이유는 일단 연봉이 국내에서 근무하는 것보다 높다는 것과 자신의 커리어에 상당한 플러스가 된다는 점이죠." 이런 큰 혜택이 있기 때문에 사내 주재원 근무 기간이 4년으로 제한이 되어 있었지만 회사에서 그의 업적을 높게 평가하며 임기를 연장, 이니스프리 싱가포르 조직을 5년 6개월 동안 이끌었다. 첫 직장의 주재원 기간을 포함하면 이미 주재원으로만 8년 차가 된 것이다.

- 그는 또 변화하고 있다.

중국이 또 그를 원했다. 2019년 1월, 그는 중국 상하이 법인으로 이동해 주재원 생활을 이어갔다. 중국의 넓은 시장 곳곳을 누비며 신사업을 펼쳤고 그의 역량을 다시 한번 쏟아부었다. 그렇게 근 1년이 훌쩍 지나갔고 2019년 말 코로나라는 신종 바이러스가 창궐했다. 그는 중국에서 코로나 상황을 겪으며 많은 생각을 했다. 안 그래도 빠르게 변하는 세상이 더 급박하게 변하고 있었다. 예전의 시스템이 급속도로 쇠퇴하고 새로운 것들이 등장하고 급성장했다. "이제 저도 변화를 가져와야 한다고 생각했습니다. 코로나 같은 새로운 위기가 또 언제 닥칠지 모른다는 생각이 들더군요. 그래서 결심했어요. 귀국을 해서 내 사업을 하자고요."

그는 2020년 12월 크리스마스에 한국행 비행기를 타고 귀국해 2021년 퇴사를 단행한다. "주변에서 저보고 미쳤다고 했어요. 그 좋은 직장을 왜 제 발로 나오냐고 했죠. 하지만 회사는 언젠가는 나와야 하잖아요? 저는 언젠가 나와야 하는 걸 조금 더 빨리 나왔을 뿐이라고 생각했습니다. 그리고 예전처럼 지금 내가 할 수 있을 것을 하기로 했어요." 그는 지금 강단에 서고 있다. 그의 지식과 경험이 필요한 사람들에게 그의 이야기를 들려주고 있다. 그는 취업, 창업 같은 비즈니스 분야의 강의를 통해 지식을 공유할 뿐만 아니라 글쓰기 강의를 통해 사람들의 꿈을 이룰 수 있도록 돕고 있다.

"세상이 바뀌었더라고요. 예전에는 회사를 안 다니면 할 일이 없는 사람이었는데 이제는 할 일 없는 사람이 회사를 다니는 세상입니다. 자신이 할 수 있는 것이 있으면 뭐든지 할 수 있는 시대가 온 거죠."

- 그가 전하는 메시지

"계획하라. 계획을 실행하라. 실행한 경험을 사용하라." 그는 말한다. 실행하지 않은 계획은 무의미하고 사용하지 않는 경험은 무용하다고. 결국, 뭐든지 실행을 해봐야 하고 실행을 통해 얻은 것을 써먹어야 한다는 것이다. "취업도 창업도 모두 생계를 위한 활동이기에 모두에게 절실한 문제입니다. 게다가 이 두 문제 모두 단 한 번도 쉬운 적이 없었죠. 하지만 불가능한 것은 아닙니다. 제 이야기가 많은 분들에게 어렵다는 생각보다 불가능한 것이 아니라는 생각을 더

강해지도록 하는 계기가 됐으면 좋겠습니다."

　그는 말한다. 자신은 대단한 사람도 성공한 사람도 아니라고. 그저 많은 사람들이 어려워하는 것을 해본 사람일 뿐이라고. 코로나 시대를 살아가는 지금, 우리는 갑작스레 우리를 덮친 수많은 난관에 봉착해있다. 이런 난관을 극복하는 시작점은 어떤 대단한 아이디어나 시발한 전략이 아니라 지금 당장 내가 할 수 있을 것을 실행하는 것이 아닐까? '장고長考 끝에 악수惡手를 둔다'는 말처럼 말이다.

47

장철호

—

jang1524@naver.com

PROJECT

편견의 오류

회색 도시에서 살고 있다. 전국에서 봇물 터지듯 생겨났다는 혁신으로 포장한 도시! 정부의 시책이라고는 하지만 마치 우후죽순처럼 번져서 내가 사는 동네의 분위기를 완전히 바꿔 버렸다. 조용한 시골 마을 같던 전원도시는 공사장의 연기와 소음들로 가득해졌고, 새소리와 바람 소리로 가득했던 뒷산 언저리는 아파트와 관공서들이 속속 들어와 자리를 빼앗아 갔다.

특히나 이곳의 직원들은 서울이나 수도권에 있다가 거의 반강제적으로 내려와 있는 터라 주말이나 금요일만 되면 다시 자신의 원래 보금자리로 되돌아가는 밀물과 썰물이 반복되는 듯한 자연 현상도 목격할 수 있다. 무엇보다도 나의 생활패턴에도 작은 변화들이 일어나기 시작했다. 그렇게 이주해 온 수많은 사람과 뒤섞여 살아가면서 발걸음이 전보다 빨라지고 마음의 여유도 조금씩 잃어갔다.

자의 반 타의 반으로 지방으로 내려올 수밖에 없는 심정을 그 누가 알겠는가? 무표정한 표정, 무슨 내용인지는 알 수 없으나 항상 이어폰을 귀에 꽂고 백미터 달리기를 한다. 처음에는 다들 쌍둥이인 줄 착각이 들 정도였다. 뭘 그렇게까지야? 내가 좀 민감할 수도 있겠다. 도시에서 사는 생활이 다 그렇지 않은가?

하지만 그전 동네 분위기는 만나는 사람들끼리는 서로 인사 정도는 하고 지내는 나름의 정이 있는 동네였으니 하는 말이다. 원래 동네 주민들 중엔 자신의 땅과 집을 팔고 나가버린 영향 탓도 있겠지만, 예전의 분위기가 새삼 그리워지곤 했다. 그렇게 고층 아파트가 즐비하게 들어서고 단독주택들이 지어지고 있지만, 사람들은 여전히 똑같은 표정과 발걸음으로 바삐 움직인다. 마치 자신이 그린 루트에 줄을 긋고 자석에 끌리듯 이동한다. 색깔로 표시하라고 한다면 회색빛이 정답일 것이다.

시간은 무심한 수레바퀴처럼 잘도 굴러갔다. 변하지 않을 것 같던 단단한 껍데기의 장벽은 우연한 기회에 살짝 균열이 가기 시작했다. 여느 때처럼 퇴근하고 있는데 새끼 고양이 한 마리를 만나게 되었다. 다가가려고 한 발짝 움직이니 그대로 멀리 도망가 버렸다. 예전부터 근처에 살던 것 같은데 도둑고양이나 들고양인 것처럼 보였다. 예전엔 눈여겨보지 않던 것들에게 어느 순간부터인지 관심이 가기 시작했다. 그래서일까? 귀엽고 앙증맞은 것도 있지만 그 녀석의 모습이 자꾸 떠올랐다.

다음날 똑같은 시각 근처 울타리 옆에서 녀석을 다시 만났다. 눈치만 보고 있길래 마침 가지고 있던 핫도그 조각을 조금 떼서 던져 주었다. 그랬더니 살금살금 다가와서 혀를 날름날름하고 있는 게 아닌가? 겁을 먹어서인지 꼬리는 잔뜩 내리고 경계는 절대로 늦추지 않았다. 그런데 마치 자식한테 먹을 것을 주는 것 같은 흐뭇한 감정이 드는 건 뭐지? 씩 웃음이 나왔다.

"그 녀석 튀긴 걸 잘 먹더라고요"

그때 등 뒤에서 묵직한 목소리가 들려왔다. 본능적으로 되돌아보니 이름은 모르지만, 얼굴은 낯설지 않은, 아마도 집 앞에서 수백 번은 더 봤을 법한 선한 얼굴의 남성이 말을 걸어오고 있었다.

"아! 그런가요? 고양이를 안 지 오래되었나 보네요?"

그동안 말을 걸어오기를 기다렸다는 듯이 자연스럽게 화답했다. 그는 역시나 공기업 기관의 직원이었고, 가족들은 서울에 두고 혼자 기숙사 생활을 하고 있다고 했다. 식구들과 멀리 떨어져 있으니 외로운 시간이 많고, 다람쥐 쳇바퀴처럼 돌아가는 생활이 무료해지고 있다고도 했다. 괜스레 안쓰러운 마음이 들기 시작했다.

"고양이가 숙소 앞 쓰레기통을 뒤지고 있더라고요. 얼마나 배가 고팠으면 그랬을까 생각하며 먹으려고 포장해 가던 치킨 한 조각을 던져 주었죠. 그 이후로도 몇 번 더 다른 간식거리들로 바꿔가면서 줬더니 계속 잘 따르게 되더라고요"

이미 누군가로부터 관심을 받은 손을 탄 녀석이었다. 이런저런 이야기들이 보따리 자루 풀리듯이 한가득 흘러나왔고, 똑같은 공감대를 만난 사람들처럼 시시덕거리며 한동안 이야기를 나누었다. '왜 나는 사람들을 나의 편견 속에 가두려고만 했을까? 그 사람들도 나름의 철학과 리듬을 가지고 살아갈 텐데….'

편견의 오류에서 오는 민망함은 나에게 되돌아볼 시간을 갖게 해 줬고, 혼탁해져 갔던 마음이 조금씩 정화되어 갔다. 그 이후로 그와는 얼굴을 볼 때마다 인사하는 사이가 되었고, 주인 없는 애완? 고양이에게 먹이를 주는 공동 취미를 가질 수 있었다. 일상이 지쳐갈 때쯤 나에게 뜬금없이 다가온 이 녀석, 아니 그 남자의 덤덤했던 말 한마디는 회색빛으로 물들어가던 내 마음에 파란 물감을 풀어 주었다. 그렇다. 일상의 소소한 즐거움은 언제든 뜬금없이 찾아올 수 있다.

47

정보경

—

bkjumpingbk@gmail.com

PROJECT

살아갈 용기

흔히들 '삶은 고통'이라고 말합니다. 이런 말을 들으면 조금 반발심이 듭니다. '아니, 왜 삶이 고통이라는 거야? 나는 몸이 아프지도 않고 마음이 답답하지도 않아. 주말에 멋진 레스토랑에서 맛있는 음식을 먹고 백화점에 가서 쇼핑을 하면 기분이 좋아. 도대체 왜 삶이 고통이라는 거야, 이렇게 멋진데!' 하고 생각할 지도 모릅니다. 듣고 보니 그렇습니다. 살아있기에, 우리가 누릴 수 있고 감사할 것이 얼마나 많은가요. 특별히 아픈 데가 없는 젊고 건강한 사람이라면 누구나 삶이 멋지고 쾌적하며 즐거운 것이라고 생각할 것입니다.

이는 산스크리트어 두카Dukkha를 한자 苦(고통 고)로 번역하면서 생겨난 잘못된 인식에서 비롯된 오해입니다. 우리에게 '고통'이란 단어는 지속적이고 물리적인 통각을 동반하는 이미지를 강하게 불러일으킵니다. 그러나 두카는 원래 불만족, 불쾌감, 불안감, 스트레스를 의미합니다. 이러한 감정들의 지속성은 두카의 조건에 포함되지 않습니다. 즉, 두카는 우리가 삶에서 마주하는 우리가 원치 않는 모든 것을 말합니다.

한여름 출근 시간, 만원 지하철에서 땀에 젖은 피부가 서로 닿을 때나 거리에서 어깨를 부딪친 사람이 본체만체 지나갈 때 우리는 불쾌감을 느낍니다. 직장동료나 상사의 눈치를 볼 때나 넘치는 업무량에 짓눌려 야근을 피할 수 없을 때, 전셋집 보증금이 올라 이사로 골머리를 앓을 때는 극심한 스트레스를 받습니다. 신문이나 소셜 미디어에서 벼락부자가 된 사람을 보기라도 할 때면 매일 출근하는 자신이 바보같이 느껴지기도 합니다. 이런 감정을 느끼기를 원하는 사람은 없을 것입니다. 바로 이것이 두카입니다.

전쟁과 같은 삶을 살아가는 우리는 싸움에 이기기도 하지만 지는 일도 많습니다. 싸움에 질 때는 비참한 기분을 잊으려고 술을 마시기도 하고, 휴일에 기분 내서 교외의 멋진 카페에 가기도 합니다. 그곳에는 나와 비슷한 사람들이 많이 있습니다. 사진을 찍어서 SNS에 올리고 나면 왠지 어깨가 으쓱합니다. 멋진 곳에 있는 나는 멋진 사람이 된 것 같습니다. 유행하는 '힐링'을 하면 두카에서 해방될 수 있을까요? 아닐 것입니다. 다시 일상이 시작되면 새로운 두카가 기다리고 있을 뿐입니다. 그렇다면 두카를 제거하면 어떨까요? 두카를 제거하려면 사회에서 아무런 관계도 맺지 않고, 자신의 몸과도 거리를 두는 고대 인도의 은둔 수행자처럼 살아야 하겠지요. 과연 그것이 두카에서 해방된 삶일까요? 행복한 삶을 살아가기 위해서 우리는 두카와 어떤 관계를 맺어야 할까요?

저는 '삶은 두카'가 아니라 '두카가 삶'이라고 생각합니다. 전자와 같이 말하는 사람은 두카를 부정적인 것으로 보고, 두카가 없는 삶이야말로 완전한 삶이라고 인식하고 있습니다. 그러나 불만족이나 불쾌감, 불안감, 스트레스는 인간의 몸을 갖고 태어난 우리에게 특별난 고통이라기보다는 언제나 끼고 살아야 하는 자연현상에 가깝습니다. 구름이 끼고 비가 오는 것을 어떻게 막나요. 때로는 황사도 있고 더 심하게 자연재해가 벌어지는 일도 있습니다. 하지만 우리는 그 모든 두카를 통해서만 삶을 완전히 이해할 수 있습니다. 삶에서 마주하는 모든 문제들은 여러분이 그들을 극복하기를 기다리고 있습니다. 우리 모두에게 주어진 각자의 두카야말로 다른 누구와도 같을 수 없는 자신의 삶 그 자체입니다.

다시 묻겠습니다. 여러분의 삶은 매 순간 만족스럽고 쾌적하며 언제나 안정적이고 아무런 걱정도 없나요? 그렇다면 여러분은 두카의 반대인 해탈을 획득하셨습니다. 축하드립니다. 만약 그렇지 않다면, 때때로 불안하고 불만족스러우며 늘 걱정거리를 안고 살아가는 우리 모두는 두카로부터 자유를 추구하는 동료입니다. 환영합니다. 우리는 자신이 원해서 태어나는 것이 아닙니다. 우리는 부모, 국가, 건강상태를 선택할 수 없습니다. 삶이라는 싸움에서 우리의 조건은 처음부터 불리합니다. 그렇다고 인정합시다. 많은 두카는 우리 자신이 삶의 조건을 있는 그대로 받아들이지 못하기 때문에 생겨납니다. 예컨대 죽음이라는 조건을 살펴볼까요.

첫 문단에서 말씀드렸다시피 특별히 아픈 데가 없는 젊고 건강한 사람이라면 대개 우리의 삶에 내재된 두카를 파악하기 어렵습니다. 젊음은 끝나지 않을 것 같고 아름다운 외모나 온 몸에 넘치는 활력도 영원할 것처럼 느껴집니다. 간혹 먼 친척의 누군가가 돌아가시더라도 그러한 죽음이 자신에게도 닥쳐올 것이라고는 좀처럼 상상하지 못합니다. 그러나 우리들 모두는 늙고 아프며 결국에는 죽게 됩니다. 늘 찬란했던 청춘만을 그리워한다면 노년이 선사하는 지혜와 평온을 맛보지 못할 것입니다. 죽음을 받아들이지 못하고 저항할수록 더욱 추한 모습으로 죽어갈 것입니다.

저는 평소 단언하는 사람이 아니지만, 이것 하나는 분명하게 말씀드릴 수 있습니다. 우리는 모두 죽습니다. 여러분과 저는 언젠가는 죽습니다. 반드시 죽습니다. 그리고 이 사실을 가슴 속 깊이 확실하게 인정하고 받아들이지 못한다면 삶이 여러분에게 주는 선물의 절반을 잃는 것과 같습니다. 천 원, 만 원 주고 산 물건도 도둑을 맞거나 잃어버리면 속이 상합니다. 그런데 왜 소중한 삶의 일부인 죽음을 두려움과 공포심에 완전히 빼앗겨 버리고는 속상해하지 않나요. 제가 보기에 그것은 이상합니다. 여러분 자신의 삶과, 그 삶의 마지막까지 모든 순간의 주인이 되십시오. 그것은 스님이라든가 수도자라든가 그런 특별한 사람만이 할 수 있는 일이 아닙니다.

화가 나는 일이나 슬프고 괴로운 일이 있으면 두카가 왔구나 하고 맞이하십시오. 수치심, 질투, 남을 미워하는 마음이 일어날 때는 나를 괴롭게 하는 두카가 나에게 삶의 진짜 모습을 보여주러 왔구나 하고 두 팔을 활짝 벌려 껴안으십시오. 우리가 두카를 친구로 맞아들이는 한, 두카는 더 이상 난폭하게 우리의 내면을 휘젓지 못할 것입니다. 내가 잘못한 것이 아니다, 나는 억울하다, 나는 피해자다 하는 생각이 드는 날도 있을 것입니다. 그렇습니다. 어쩌면 삶에서 우리를 괴롭히는 문제들은 우리의 제어 범위를 한없이 벗어나 있습니다. 우리가 이해할 수 있는 일만 일어난다면 얼마나 간단하고 손쉬운 세상일까요. 그렇지 않기 때문에 우리는 두카를 동반자로 삼아 삶을 헤쳐 나갈 수밖에 없습니다. 묵묵히 문제를 해결하며 나아가는 길에야 말로 자신의 삶이 있기 때문입니다.

많은 사람들은 자신이 처한 조건이 삶을 결정한다고 생각합니다. 하지만 인도 철학에서는 시시각각 변하는 변덕스러운 조건이 아니라, 삶의 문제에 대한 태도가 그 사람의 삶을 결정한다고 말합니다. 삶의 주인은 어디까지나 자신입니다. 두카에서 도피하거나 두카에 굴복할 것인지 아니면 두카를 동료로 삼아 삶의 문제를 해결해 나갈 것인지, 우리는 선택할 수 있습니다.

두카는 삶이 고통이라는 사실을 일깨우는 단어가 아닙니다. 두카를 억제하고 제거하려 노력하기 보다는 그것을 끌어안고 내 편으로 만들 수 있는 마음의 강인함을 키워봅시다. 삶의 문제들을 부정하지 말고, 있는 그대로 받아들여 봅시다. 우리가 두카를 통해서 진정으로 얻을 수 있는 것은 삶을 자신의 것으로 만드는 용기입니다.

47

47

정연솔

—

jysno@snu.ac.kr

PROJECT

평점 전쟁, 예술성을 가장한 충돌

총성 없는 전쟁이 인터넷 한복판에서 펼쳐진다. 이른바 '평점 전쟁'이다. 평점 전쟁이란, 검색 포털의 역무 중 하나인 '영화 평점란'이 특정 집단들의 목소리로 채워지면서 극단적 영화평으로 양분되는 과정 전반을 말한다. 예컨대 <82년생 김지영>(김도영, 2019) 평점란은 일부 남성 집단과 여성 집단 간 충돌의 장이었다. 개봉 당일 평점 등록이 가능해지는 오전 9시(영화 관람이 이뤄지지 않았던 시각)가 되자마자 평점이 달리기 시작하여, 개봉 다음 날 남성(1.71점)과 여성(9.45점) 간의 극단적 대비가 관찰되었다. 찍어 먹지 않아도 똥인지, 된장인지 알 수 있다는 심리일까?

평점 전쟁은 성별갈등뿐 아니라 다양한 집단 간의 대립에서 발생한다. 류승완 감독의 <군함도>(2017) 평점란은 정치적 성향에 따른 평점 양극화가 포착되었고, 스크린 독과점을 규탄하는 세력의 목소리 또한 낮은 평점에 힘을 실었다. 평점란에서 벌어지는 전쟁은 집단적 메시지를 함축하는 것으로, 특정한 가치에 치우쳐 영화를 관람하지 않고 극단적 평점을 부여하는 개인들의 행동이 쌓여 가시화된다. 특정한 가치와 목적을 가진 가상 공동체(인터넷 커뮤니티, 카페 등)의 일원으로서 개인은, 영화에 대한 자신의 지각 경험을 왜곡한 채 평점을 등록한다. 한마디로, 평점 전쟁 현상은 비#영화적 실천으로서 이데올로기적 주체의 집단행동이며, 근본적으로 다양한 층위의 헤게모니hegemony이다. 인터넷에서 발생하는 일종의 권력 교섭 과정이 평점란에서 수면 위로 떠 오른 것이다.

흥미로운 점은, 자신이 '영화를 보지 않았음'을 대부분 밝히지 않는다는 것이다. 보편적으로 평점 등록 행위는 영화 관람 이후에 벌어지는 영화적 실천이다. 관객의 영화적 경험은 지각적 경험(단순 관람 행위)-의미 생성-영화적 실천으로 구성되는데, 관객에 따라 의미 생성에 머무를 수도, 관람평을 공유하는 실천으로 나아갈 수도 있다. 분명한 것은, 영화의 지각적 경험이 출발점이 된다는 점이다. 그러나 평점 전쟁에 가담하는 이들은 그렇지 않다.

오늘날 관객의 '영화적 경험'이 극명한 변화를 겪고 있음은 누구나 다 아는 사실이다. 두 가지 키워드를 꼽자면 '다양성'과 '확장성'이다. 예컨대 넷플릭스와 같은 오버 더 탑OTT은 관객에게 영화 상영의 모든 권한을 제공한다. 관람 환경과 관람 시간, 재생과 중지의 전권 말이다. 이에 따라 스크린과 관람 환경이 다 변화되고 있고, 이는 관람성spectatorship의 다변화로 이어진다. 영화적 경험의 다양성이 증대된다는 의미이다. 한편, 인터넷은 영화적 경험의 확장성을 재고한다. 검색 포털과 사회연결망 역무SNS가 경험의 공유를 무한정으로 가능하게 만든다.

이러한 변화는 영화 담론을 구성하는 목소리가 더욱 다채롭도록 기여한다는 점에서 긍정적이다. 말하자면, 지극히 '사적인' 영화 관람 이후 자신만의 관점에서 생성한 의미를 '공공연히' 드러낼 수 있게 된 상황에서, 다양한 관객들의 다양한 관점이 영화 담론을 구성할 수 있다는 것이다. 그러나 개봉일 오전 9시부터 시작되는 평점 등록은 높은 확률로 '영화 관람'을 배제한다. 관객이 아닌 네티즌으로서 평점을 매긴 이들의 관람 여부는 전부 확인할 수 없지만, 평점 전쟁이 영화적 실천을 가장한 비⊩영화적 실천이라는 견해가 지배적이다.

영화 관람을 출발점으로 하여 형성되어온 영화 담론의 다양성이, 비영화적 실천으로 오염된다는 생각을 지울 수 없다. 예술성을 가장한 이들의 움직임은, 마치 책 표지만 보고 그 내용에 대하여 왈가왈부하는 것과 같다. 물론 우리는 겉표지만 보고도 말할 수 있다. 다만, '표지에 대하여' 말할 수 있다. 책을 쓴 저자의 에토스에 대하여, 그리고 제목으로 예상되는 바에 대하여 말할 수 있다. 그러나 그 진술이 '관람'을 가장할 때, 작품에 대한 담론은 혼란스러워진다. 본인의 담화가 '무엇'에 대한 것인지를 왜곡한 평점들은 영화 담론을 비틀어버린다.

이러한 왜곡을 방지하기 위해 담론 참여자의 자격 심사가 필요하다고 주장하는 것은 아니다. 다만 '무엇'에 대한 진술인지를 밝히는 것이 필요하다. 영화 관람이 촉발한 영화적 실천인지, 혹은 영화의 기본 정보를 토대로 비롯된 비영화적 실천인지를 구분할 수 있어야 한다. 사실, 평점 전쟁 현상을 구성하는 개별 평점들을 떼어놓고 보면 단순한 비난 같지만, 이들의 집단적 움직임은 어떠한 '목적'을 가지고 있다는 점에서 주목할 만하다. 이들의 평점 전쟁은 그 자체로 집단적 메시지를 내포하며, 우리는 도대체 이들이 무슨 말을 하고 싶은 것인지 귀 기울일 필요가 있는 것이다. <82년생 김지영>의 기본 정보(원작에 대한 정보, 배우, 감독, 줄거리)에서 1점을 무더기로 등록한 커뮤니티 회원들은 여성에게 가해지는 차별이 과장되었음을 목 놓아 외쳤고, 또 한편으로는 여성 차별의 역사와 현실이 적나라하게 재현되었다며 지지하는 움직임도 두드러졌다.

이러한 맥락에서 평점 전쟁을 헤게모니의 가시화, 이데올로기 간의 교섭이라고 볼 수 있다. 비영화적 실천으로서 평점 전쟁은 '영화 관람'과 무관하게, 작품의 외적 속성이 특정 주체들을 호명하며 시작된다. 특히 일부 남성, 여성 커뮤니티의 대립은 영화의 재현_{representation} 문제로 시작되는 경우가 많다. 2018년 작품 <걸캅스>(정다원)는 여성 주인공들을 범죄 사건의 해결사로 재현하였다는 점(영화 소개로도 알 수 있는 '외적 정보'임)에서 일부 관객들의 지지를 받은 한편, 남성 인물들을 악역 또는 무능한 인물로만 재현하는 것에 반발한 관객들도 있었다. 고전 영화 속 남녀의 재현을 뒤집은 작품에 대하여, 지지와 거부가 격렬히 표출된 것이다.

알튀세르에 따르면, 평점 전쟁은 이데올로기적 주체로 호명된 사람들이 인터넷에서 실천적 행위로 부딪히는 현상이라고 볼 수 있다. 평점 전쟁은 지배적인 성 관념을 비판하고, 기존의 영화 산업 구조가 부조리함을 지적하는 등으로 나아가고 있다. 다만, 그 방식이 대다수 비난과 모욕이라는 점이 아쉽다. 인터넷 담론 참여자들이 담론의 질서를 스스로 확립해나갈 필요가 있는 대목이다.

비非영화적 실천으로서 평점 등록 행위는, 예술 담론을 흐릴 수 있다는 점에서 비정상적 행위로 이해되어왔다. 이들의 담론적 실천이 지나치게 공격적이고 비논리적이며 갈등을 점화한다는 점에서 규제되어야 한다는 목소리도 있다. 그러나 발화를 막는 것이 발화의 원인을 궁극적으로 해결해주지는 못한다. 우리는 평점란에서 떠오른 이데올로기적 주체 간의 갈등을 '비정상적' 담론으로 치부하고 외면하기보다, 이들이 '무엇'에 대하여 외치고 있는지 살펴보아야 한다. 평점 전쟁이 다양한 영화적 경험이 이끄는 풍부한 영화 담론을 해치지 못하도록 '무엇'에 대한 발화인지를 분명히 하되, 무작정 무시하지는 말아야 할 것이다.

47

조범진
—
blojo@naver.com

PROJECT

4차산업혁명

6억 명은 산업혁명 이전의 삶을 살고 있다. 24억 명은 전기 없이 살아간다. 세계인구의 반은 인터넷을 사용하지 않는다. 일상 속 이 모든 것들이 생활 속에 녹아 있는 일반인들에겐 아닌 밤중에 홍두깨 같은 소리일 것이다. 세계가 글로벌화 되어가며 경제와 삶의 질을 포함한 불공정 문제들이 많이 개선되었다고는 해도 이는 경악을 금치 못할 사실임에 틀림이 없다.

최첨단 인공지능을 중심으로 다가오게 될 커다란 혁명은 우버택시 플랫폼과 아마존 기업의 배송 시스템처럼 인간 생활의 편의를 도와주며 자연스레 동화되는 방식으로 이루어질 것이기에 단순노무직이 아닌 이상 실업과 같은 우려를 할 필요는 없다고 한다. 유비쿼터스의 도래와 함께 간편한 방식으로 모든 것을 큰 불편 없이 다스릴 수 있는 편리함과 빠른 발전의 기틀을 갖춘 한 층 더 여유 있는 세상을 맞이하게 될 것이라 침이 마르도록 떠들어 대지만 현실은 왜 세계의 반에 해당할 정도의 인구가 전기와 인터넷 기술의 혜택조차 받지 못하고 있는 세상인가에 대해 더 없이 주목해야 할 것이다. 최초 산업혁명 이후 인류는 몇 번이고 혁신적인 발전을 이루어내며 지속적으로 삶의 질을 향상 시켜왔고 약 20년 전 인터넷이 혁명을 일으켰을 때도 지구촌은 이제 하나가 되었다며 자화자찬을 해댔던 전력이 있다.

4차산업혁명에서 나오는 기술들은 세상에 전무후무할 정도의 가공할 영향력을 행사하게 될 것이나 그것들을 활용한 개선된 삶의 질이 모든 사람에게 공정하게 돌아간다는 보장은 어디에도 없다. 문명화가 진행되며 본격적으로 등장한 부의 불균형은 민주주의나 공산주의를 막론하고 시간이 지날수록 점점 더 벌어져 왔다는 것이 부정할 수 없는 역사의 사실이기 때문이다.

사피엔스라는 책으로 저명한 베스트셀러 학자인 유발 하라리는 4차산업혁명이 성공하였을 시 사람은 온갖 바이오 공학의 시술을 통해 모든 질병과 유전자의 결함을 극복한 개조 인간과 그 혜택을 받지 못한 보통의 일반 인류들인 현재 호모사피엔스의 두 종족으로 재편성될 것이라고 하였다. 가진 자들은 다운증후 군이나 치매 에이즈 살인 진드기와 같이 현대 의학으로도 다루기 까다로운 것들에 대한 질병 치료에 목적을 둔 것이 아닌 애초부터 해를 입지 않도록 유전자를 개량하는 시술을 받는데 우선점을 둘 것이고 그에 따른 천문학적인 금액 탓에 일반인들은 혜택은커녕 접근조차 할 수 없게 될 것이다.

더 나아가 신체 기능과 두뇌 기능을 포함하여 이득을 볼 수 있는 모든 분야에도 손을 대 일반인들과의 격차는 갈수록 심화 될 것이며 결과, 더욱 월등한 면역 체계와 우월한 조건을 지닌 이른바 슈퍼 휴먼과 아무런 혜택을 받지 못하는 현재의 사람들로 나누어지는 초 빈부 격차가 생기게 될지도 모른다는 것을 지적하고 있다. 때론 교묘하게 때론 당당하게 갈수록 심해지는 부익부 빈익빈 사회 분위기 속 영화와 같은 세상을 방불케 할 정도의 바이오 공학이 실제로 실현 가능한 세상이 온다면 과연 사람들 간에 아무런 갈등이 생기지 않으리라 단언할 수 있을까? 지구촌 패러다임을 역대급으로 뒤집을 수 있을 정도의 초 기술이 빈부를 막론하고 공평하게 분배될 것이라는 가능성은 인간이라는 존재의 이기심을 고려해 볼 때 한없이 제로에 가깝지는 아니한가?

인류사회는 지금껏 소수의 가진 부류들의 손에 의해 좌지우지되어왔다. 상류층들은 권력, 자본, 연줄 등등을 통해 최대한 그들만의 이익을 취할 수 있는 시스템들을 만들어 민주주의라는 달콤한 꿈에 절여놓고 일반 시민들에게 먹여 길들여오는 일들을 일삼았다. 4차산업혁명은 인류 전체의 삶에 막대한 영향을 미칠 수 있을 정도의 슈퍼혁명이나 다름없다. 파급력을 부동산 쓸어 담기나 날치기법 개정, 대통령 지방 선거와 같은 일들의 무관심에서 파생되는 수준 정도로 봐서는 안 될 것이며 절대 소수의 부류만이 좌지우지하도록 내버려 두어서도 안 된다.

옳고 그름을 판단하는 혜안을 가지고 다 같이 혁명에 참여하여 목소리를 높이는 것만이 더욱 공정한 세상을 포함한 개개인의 인권을 지킬 수 있는 유일한 길이 될 것이다. 4차 산업혁명의 핵심이자 주된 힘인 빅데이터를 귀찮다는 이유로 바쁘다는 이유만으로 가진 자들에게 맡겨 둔 결과로서 민주주의도 공산주의도 아닌 둘의 악질적인 장점만을 합친 가진 괴물 같은 세상을 불러오게 된다면 인공지능과 자본이 합쳐진 거대한 힘 앞에 마음대로 착취를 당하면서도 아무런 저항도 할 수 없게 된다면 혁명 끝에 기다리고 있는 것은 단순 삶의 편의와 질만 향상되었을 뿐인 그 옛날 노예사회로의 회귀일 것이다.

정치뿐만이 아닌 사회 집단의 어느 곳에서든지 무관심으로 일관하는 부류에겐 항상 대가가 뒤따랐다. 바이오 공학이니 슈퍼 휴먼이니 하는 것들에선 극단적일 예일 수도 있다는 감이 없지 않아 있지만, 경종을 울리기에는 매우 적절한 예시임에 틀림이 없다. 현대 정보화 사회는 예전처럼 눈 가리고 아웅 하는 방식으로 특정 부류를 마음껏 속여내기엔 어려운 세상이며 어떤 권력이든 시민들의 눈을 완전히 피해 갈 수 없는 시스템을 갖추고 있다.

한국 사회는 지난 몇 번의 크고 작은 대사건들을 맞이하여 시민들이 중한 관심을 기울이고 대처해 냈던 좋은 선례도 가지고 있다. 국가 개개인의 구성원으로서 각자가 속한 집단의 구성원으로서 인간만이 갖고 추구할 수 있는 가치의 중요함을 깨달아 앞으로 닥치게 될 현실에 등을 돌리지 아니하여 한 층 더 적극적인 시민의식을 가지고 인간으로서의 가치가 있는 삶을 지킬 수 있도록 개개인이 노력을 기울인다면 어떤 혁명이 도래한다 한들 일방적인 불공정과 편협된 가치관이 지배하는 세상만큼은 맞이하지 않을 수 있으리라 생각된다.

47

[은상]

조승우

—

aaaa2546@naver.com

PROJECT

광활한 바다를 향하여

바다. 지구 위에서 육지를 제외한 부분으로 짠물이 괴어 하나로 이어진 넓고 큰 부분이다. 바야흐로 4차산업혁명 시대는 대표적인 인공지능의 발전뿐만 아니라 "디지털 문학"의 활성화로 인해 수많은 사람에게 문학의 바다가 개척되었다. 문학의 새로운 영역, 운명을 처음으로 열어나가게 되었다는 것, 우리에게 새롭게 펼쳐진 문학의 바다는 무엇일까.

과거에는 작가가 책을 출판하기 위해 정말 크나큰 노력과 비용을 들여야 했다. 우선 작가의 작품이 근본적으로 출판사의 기호와 맞지 않는다면 출판의 첫 단추부터 끼울 수가 없었다. 책을 찍어내고 판매하며 수익을 창출해야 하는 출판사의 입장에서 작품을 고르는 것은 사실상 투자나 다름없기 때문이다. 그렇다면 출판사가 마음에 드는 작가의 작품을 발견했다고 해서 출판이 일사천리로 진행되는가? 전혀 그렇지 않다. 작품 초고를 다듬는 작업부터 시작해서 과거의 출판은 결국 "종이책을 찍어내는 것"이기 때문에 엄청난 시간과 비용이 필요했다. 하지만 오늘날은 다르다.

디지털 시대의 작가들은 자신의 전자책을 다양한 플랫폼들을 이용해 출판사의 간섭 없이 자유롭게 제작하여 판매할 기회를 얻게 됐다. 이 부분을 하나씩 짚어보자면, 첫째는 "전자책의 출현으로 기존의 종이책만이 출판 방법의 전부가 아니게 되었다는 것.", 둘째는 "다양한 디지털 관련 플랫폼의 출현으로 출판사의 마음에 드는 작품이 아니더라도 얼마든지 출판할 수 있게 되었다는 것."이다. 오늘날의 "디지털 문학" 특징을 텍스트로 하나하나 나열해보자면 이보다 훨씬 더 많은 내용이 나오겠지만, 근본적으로 "전자책"과 "디지털 플랫폼"에서 산출된 부차적인 특징들이다.

이러한 "디지털 문학"이 어떻게 우리에게 새롭게 펼쳐진 문학의 바다가 된 것일까? 수천 년간 인간과 함께해온 종이책이 찢어지지 않고, 물에 젖지 않으며 한 권 두 권 무겁게 들고 다닐 필요도 없이 태블릿PC 하나면, 스마트폰 하나면 수백, 수천 권의 내용을 담아낼 수 있는 전자책으로 변신하였다. 4차산업혁명 시대에 새롭게 등장한 "디지털 문학"은 정말 광활한 바다가 우리 눈앞에 펼쳐 졌다는 표현이 가장 적합하다. 말 그대로 막힌 데가 없이 탁 트이고 넓은 문학의 영역이 펼쳐진 것이다.

과거 대형 출판사들이 이른바 "입맛대로 골라 출판"하던 시대에는 제아무리 문학의 장르가 다양했을지언정 주요 출판사들의 이목을 끌지 못했다면, 당시에 수익 창출의 가능성이 그들 눈에 보이지 않았다면 세상에 얼굴을 내밀지 못했던 작품들도 허다했다. 하지만 오늘날은 아니다. 우선 "출판사 중심의 출판 구조 자체"가 파괴되었다. 기존의 종이책을 찍어내던 출판사부터 e-book 전용 출판사, SNS 등 수많은 플랫폼이 출현함으로써 세상에 얼굴을 내민 문학의 장르도 매우 다양해졌다.

실제로 과거였다면 '이게 무슨 뜬구름 잡는 소리야?'라는 소리와 함께 외면당했을 공상과학 소설, '말이 되는 소리를 해. 어떻게 이런 막장 연애, 막장 인간관계가 있을 수 있어?'라는 호통과 함께 퇴짜맞았을 로맨스 소설도 오늘날에는 쉽게 접해볼 수 있다.(당장 떠오르는 대표적인 플랫폼은 "네이버 series on"이다. 상상할 수 없을 정도로 수많은 장르의 작품을 접해볼 수 있다.)

수많은 장르의 개척이 "문학의 바다"의 전부가 아니다. "트랜스 미디어 스토리텔링"도 광활한 문학의 바다라 볼 수 있다. 급진적 상호텍스트성과 복합성. 여기에 새로운 의미 확장이 가미되면 Trans media. 말 그대로 미디어 간의 경계선을 넘나드는 새로운 스토리텔링, 새로운 문학작품이 탄생하게 되는 것이다. 직접 접해본 트랜스 미디어 스토리텔링의 예시는 일본 문학작품이었는데, 바로 "신카이 마코토" 감독의 작품과 소설 원작의 "너의 췌장을 먹고 싶어"가 있다. 신카이 마코토 감독은 최근에 "날씨의 아이"Weathering With you"라는 애니메이션을 제작했는데 흥미롭게도 이 애니메이션의 뼈대라 할 수 있는 각본도 본인이 직접 썼다.

다시 말해 본래 문학작품으로 탄생했던 "날씨의 아이"라는 소설에 그림을 덧붙여 만화로 만들고, 이 만화에 생동감을 더해 애니메이션을 탄생시킨 것이다. 텍스트 속 내러티브가 하나의 매체 안에 머무르지 않고 소설, 만화, 애니메이션으로 구현된 트랜스 미디어 스토리인 것이다. 그렇다면 이 트랜스 미디어 스토리텔링이 시사하는 바는 무엇일까? 표면적으로는 텍스트로서만 존재하던 문학작품이 영화, TV, 게임 등으로 새롭게 현현하면서 문학의 형태가 매우 다양해졌다는 점에서 문학의 바다가 펼쳐졌다고 볼 수 있다.

그렇다면 변화를 거듭하는 문학 형태의 뒷이야기를 살펴보면 어떤가? 근본적으로 트랜스 미디어 스토리텔링은 변화를 거듭하는 미디어 환경과 다양한 독자의 욕구에 부응하기 위해 나타난 창작 방식이다. 다시 말해 트랜스 미디어 스토리텔링은 작가 혹은 출판 플랫폼의 일방적인 문학 활동이 아닌 출판된 문학을 누리는 독자들의 성향과 의견이 함께하는 쌍방적인 문학 활동이라는 것이다. 작가가 창작하고 창작된 작품이 출판사를 통해 출판되는 경우가 대부분이었던 과거와 다르게 오늘날에는 작가와 독자가 소통하며 함께 작품을 만들어내고, 어제 독자였던 사람이 무한한 미디어 환경과 욕구에 영감을 받아 오늘 작가가 될 수도 있다. 독자가 단 하루 만에 작가가 될 수 있는 이유가 바로 디지털 문학의 출현이다. 플랫폼이 다양해지면서 출판사의 구애를 받지 않고 원하는 장르의 작품을 자유롭게 출판할 수 있게 되었다.

그렇다면 우리에게 새로이 펼쳐진 문학의 바다는 희망과 긍정으로만 가득 찼을까? 그 질문에 대한 대답은 실제 바다를 떠올려 보면 된다. 실제로 바다는 그 자체로 광활하고 깊은 곳 어딘가에 무궁무진한 매력을 품고 있기에 뭇 사람들이 "광활한 바다에 대한 로망"을 품기 마련인데, 현실적으로 망망대해에서는 어디로 나아가야 할지 모르는 막막함, 잘못된 항로로 빠지거나 난류에 휩쓸릴 수도 있는 불안함이 기저한다. 문학의 바다도 마찬가지이다. 더욱더 다양한 장르와 수많은 출판 플랫폼을 마주한 사람들은 이전에 접해보지 못했던 새로운 문학의 지평에 감탄을 금치 못할 수도 있다.

하지만, 문학의 망망대해에 마주한 사람들은 표류할 가능성이 크다. 즉, 말 못할 정도로 넓어진 문학의 지평에는 거짓되고 그릇된 문학과 정보가 떠다닐 수 있다는 것이다. 디지털 문학 시대가 도래함으로써 문학은 수많은 장르와 출판 플랫폼을 품게 되었지만, "정보 홍수"라는 표현이 있듯이 이른바 "문학 홍수"가 일어날 가능성도 있다. 과도한 장르의 확장, 플랫폼의 확장은 결국 독자에게 혼란을 야기하고 독자가 진정으로 원하는 문학작품과 정보 따위에 쉬이 접근할 수 없게 만든다.

또한, 문학의 바다는 우리에게 안일함과 독해 능력 저하라는 난제를 안겨 주었다. 과거에 전화번호부 따위로 많은 전화번호를 외웠던 사람들과 오늘날의 사람들을 비교해 본다면, 오늘날에는 스마트폰 주소록에 전화번호가 모두 저장되어 있다 보니 구태여 누군가의 번호를 외우려고조차 하지 않는 것이다. 또한, 독해 능력에 관한 수많은 연구에서는 근본적으로 "전자책 독해의 수준이 오늘날 종이책 독해의 수준에 다다를 수가 없다."라는 결과가 많이 나온다. 조금 더 비유하자면 과거에는 물이 너무 귀해 조금의 물이라도 얻게 된다면 최대한 신중하게 그 물을 조금씩 걸러내고 깨끗하게 담아내려고 했지만, 오늘날에는 사방에 널린 게 물인데 정작 개중에 깨끗한 물은 없고 바닷물뿐일 가능성이 크다는 것이다.

우리에게 새롭게 펼쳐진 문학의 바다에 대하여. 바다는 한없이 광활하고 아름다우며 우리가 더 많은 것을 접해보고 느낄 수 있다. 그러나, 그와 동시에 바다는 한없이 깊고 위험하며 우리 눈에 보이는 대로, 곧이곧대로 믿어서는 안 된다. 광활한 바다를 향하여. 디지털 시대가 도래함에 따라 우리는 "디지털 문학의 시대"에 살게 되었다. 문학의 바다에서 우리는 새롭게 마주하는 다양한 이야기, 누구나 쉽게 책을 출판할 수 있는 플랫폼의 확대를 마다할 필요가 없지만, 그와 동시에 우리는 급작스러운 문학의 범람에서 무엇을 상실하였는지, 그리고 무엇을 상실해서는 안 되는지를 다시 한번 생각하며 "디지털 문학 및 예술 작품"과 공존할 수 있는 세상을 만들어나가야 한다.

47

47

조준영

—

miraclerose@naver.com

PROJECT

삶 속의 인문학이 아닌,
삶 자체의 인문학

뉴스에서나 인터넷 기사에서 3포세대에 대한 기사를 쉽게 접할 수 있다. 여기서 '포'가 의미하는 것은 포기한다는 것을 의미하는 것인데, 현재 2030세대는 무엇을 포기해야 할 정도로의 힘든 시대를 살아가고 있다는 것을 이야기하는 것이기도 하다. 이에 더 나아가 요새는 5포세대 7포세대라는 말까지 나오고 있다. 이 세대들은 연애나 결혼은 물론, 인간관계도 포기하고 있고 거기에 더해 꿈과 희망까지 포기하고 있다고 한다.

'마지막 길에서 자신이 행복한 일을 찾는다.'는 구절이 있다. 그렇다면 진정 행복은 무엇일까. 즐겁게 놀고 방탕하게 즐기며, 내일이 없는 것처럼 오늘을 즐기면 되는 것일까? 아니면 자신에게 좋은 음식을 주고, 좋은 선물을 하며, 건강해지기 위해 운동을 하고 자신의 수입을 본인에게 투자하는 것이 행복일까?

삶의 여러 과정에서 숱한 실패를 경험하게 된다. 삶의 마지막을 생각하게 되는 고통 속에서도 희망을 찾게 된다. 희망을 찾는 이유는 맹목적인 삶의 연명을 위해서도 있겠지만, 근본적인 이유는 나의 행복을 위해서이기도 한다. 삶의 고난을 겪은 사람들은 '다시 살아 낼 수 있을까? 이 무거운 시간의 무게를 버텨낼 수 있을까'라는 생각을 가질 것이다.

아이러니다. 사는 건 어쨌든 그냥 살면 된다. 시간의 무게를 느끼는 것도 어찌 보면 내가 만든 허구의 것이 아닌가. 완벽히 잘 살아내고 싶은 나의 욕심이 질문을 만들어냈을 것이다. 애초부터 본인의 삶에 대한 애정이 없는 사람들은 자신에게 채찍질하며 자신을 막다른 길까지 몰고 가지 않는다. 대부분 자신의 삶에 대해 애정이 넘치는 사람들이 본인의 삶에 대한 의구심을 갖는다. 그러나 이것은 본인에게 화살이 되어 꽂힐 수 있다. 자신의 환경과 본인의 정신이 어느 정도 안정적일 때는 이 의구심들이 좋은 영양분이 되지만, 자신의 환경이 좋지 않고 정신이 불안할 때면 이것이 자신에게 화살로 날아와 꽂힐 수 있다.

결국 삶을 잘 살아내기 위해, 본인의 행복을 위해 계속해서 자신을 괴롭게 하는 것이지만 이것은 악순환의 연속이 될 수 있다. 행복을 좇고, 행복을 위해 돈을 좇고, 돈을 위해 안정적인 직업을 좇고, 안정적인 직업을 위해, 좋은 학력을 좇고 공동체 사회에서 생존과 사회화를 기르기 위해 시작되었던, 교육이라는 것이 이제는 선택의 가치관조차 형성되지 못할 유아기 때부터 강제적으로 교육이라는 명목하에 경쟁 사회 속으로 내던져지고 있는 현실이다.

현재 사회에서 욕심으로 인해 되려, 교육이라는 것이 생존을 위협하고 있는 것이 아닌가 생각해 볼 필요가 있다. 어쩌면 3포세대는 그들의 어린 시절부터 경쟁이라는 사회 속에서 던지어져서 꿈을 생각할 겨를도 없이 누군가가 원하는 대로 살아왔을 것이다. 오로지 자신을 되돌아보고 자신을 위한 시간을 갖는 것이 어쩌면 그들에게는 사치였을 것이다. 당연히 행복에 대해 생각해 볼 겨를도 없을 것이다.

한 불경연구가의 어떤 책에서는 "누구든 진정으로 해야 하는 일은 오직 하나. 바로 진정한 자아를 찾는 것이다. 자기 운명을 찾은 다음은 평생 그것을 지키며 살아라. 그 외의 다른 길은 모두 도피의 다른 이름이다"라고 이야기했다. 자신에 대해 자세히 들여다보는 것, 진정한 자신을 찾아가는 것은 다른 어느 것보다 중요하다. 그러나 우리에게는 눈앞에 보이는 것들이 훨씬 중요했고, 자신에게 장애나 역경이 닥쳤을 때야만 비로소 자신을 찾기 시작한다.

정확히 말하면 내가 찾아 나선다는 능동의 의미보다는 누군가가 나를 그렇게 하도록 만들어서 했다는 의미의 피동에 더 가깝기도 하다. 아주 평범한 어느 날 문득 결국 그렇게 되기 위해서 그렇게 되었구나라는 생각이 든 적이 있다. 좌절의 고통 때문에 시간이 흐르는 것조차 견디기 힘들 때가 있었다. 시간의 무게란 것을 몸소 체험할 수 있었다. 이런 시기에 필자가 교류할 수 있는 사람은 가족을 제외한 단 한 명도 없었다. 주위에 사람이 없었다. 도 닦는다는 심경으로 매일 같이 기도하고, 책을 읽었다. 다음날이면 괜찮아지겠지 하다가도 화가 치밀어 오르곤 했다. 그래도 계속했다. 살기 위해서.

오늘도 외로운 누군가에게 말해 주고 싶다. 아침에 눈을 뜨자마자 화가 치밀어 오르진 않았는가? 핸드폰 속 영상을 보다가 눈물이 흐르진 않았는가? 그대가 느끼는 것들은 그대의 삶 속의 일부이지, 전부는 아니다. 그대가 느끼는 것들을 받아들이고, 책을 마주하라. 그것은 글자 이상의 의미가 있다고 느끼게 될 때부터 생각지 못한 마법이 일상에 일어날 수 있다.

47

조하민

—

cho990924@naver.com

PROJECT

사회적 기업의 선한 영향력

필자는 인문학 주제를 담은 칼럼이라고 생각하니 가장 먼저 사회적 기업이 머릿속에 떠올랐다. 사회적 기업이란 쉽게 설명하면 사회적으로 어려운 취약계층 예를 들면 노약자나 장애인분들에게 사회적으로 서비스나 일자리를 제공하고 그 수입을 지역사회에 다시 환원하는 기능을 담당하는데 결과적으로는 지역 전체의 삶의 수준을 향상시키고 공공의 목적을 향해 달려가면서 영업하는 기업인 것이다.

이로 인해 사회적 기업은 일반 기업과는 눈에 띄는 차이점을 보이게 되고 취약계층을 가장 먼저 생각하고 배려하여 영업 활동 외에도 재투자 등의 과정을 통해 운영해나가는 것이 특징이라고 말할 수 있다. 이미 세계적으로 많은 선진국에서 70년대부터 활동을 시작했으며 국내에서는 노동부가 주관해 시행되고 있다.

그라민-다농 컴퍼니라는 이름의 요구르트 회사와 잡지를 출판하고 판매한 이익으로 노숙자의 재활을 돕는 빅이슈와 저개발국 치료제를 개발하고 판매하는데 노력하고 총력을 기울이는 원월드헬쓰가 대표적으로 잘 알려진 사회적 기업이다. 국내로 넘어가 보자. 국내에서는 엄선된 재활용품을 기부받아 재판매하는 아름다운 가게를 빼놓을 수 없고 지적장애인분들이 직접 과자를 생산하는 위캔 그 외에도 친환경 방법으로 건물을 청소하는 함께 일하는 세상 업체 등을 소개할 수 있겠다.

사회적 기업이 되는 조건들도 생각보다 까다로운데 형태나 목적 등이 사회적 기업육성법에 규정된 인증제에 맞아야 하며, 그 이후에도 위원회의 심의를 거쳐야 하기에 확실한 방향성을 가진 기업들만이 최종적으로 선발될 수 있다.

이렇게 인증된 기업들은 수많은 기업들이 부담을 느끼는 인건비에 대해서 지원받고 법인세를 포함한 각종 세금 또한 감면받는다. 그리고 전문 컨설팅 기관을 통해 경영지원을 받으며 성장할 수 있는 메리트도 지닌다. 요즘 사회적가치라는 SOVAC가 강조되고 주요 화제로 떠오르고 있는 만큼 현시대를 살아가는 우리들 또한 항상 관심을 가지고 주의 깊게 찾아보는 것이 필요할 것 같다.

만약 자신이 추구하고 있는 바를 기업이 추진하고 있다면 주저 없이 기업 경영이 잘 유지될 수 있게 단골이 되는 것도 하나의 방법으로 말해 주고 싶다.

47

47

천석필

—

artjapole@naver.com

PROJECT

피카소가 한 일

현대 예술 중에서 가장 자유분방한 것은 미술이다. 그 이유는 명확한 형식이 존재하지 않기 때문이다. 20세기 전만 해도 미술 규칙은 굉장히 중요했다. 화가들 역시 미술 규칙에 충실했고 그 안에서 최고의 명작을 남겼다. 그러나 현대는 완전한 탈 규칙의 시대이다. 탈 규칙의 시대는 파블로 피카소(Pablo Picasso 1881~1973)의 예술적 성과로부터 비롯되었다. 그렇다면 파블로 피카소는 어떤 사람일까.

피카소의 초등학교 시절은 읽고 쓰는 것조차 버거워했을 정도로 학습능력이 저조했다. 학우와 어울리는 것도 잘하지 못하고 학교에서의 수업도 집중하지 못했다. 당연히 학업성적이 좋지 않아 졸업도 못 하는 수준이었다. 그러나 미술교사였던 아버지의 혹독한 교육으로 그림 실력만큼은 뛰어났다. 집에서 그림공부만 전념하던 피카소는 아버지의 도움으로 14세에 바르셀로나 미술학교에 입학했다. 그러나 초등학교 시절과 마찬가지로 규칙적인 학교생활에 적응하지 못하고 자퇴하고 말았다.

그 후 마드리드 왕립미술학교에 다녔지만 역시 졸업하지 못했다. 마드리드 왕립 학교는 당시의 예술인들에게 선망의 대상이었지만 피카소에게는 다른 학교와 다를 바 없었던 것이다. 결국 그는 어느 학교에서도 졸업을 하지 못한 학생이었다. 피카소는 태생적으로 사회에서 정한 규칙보다는 자신이 좋아하고 재능 있는 미술에만 인생을 건 자유로운 삶을 추구했던 것이다.

우리는 피카소의 작품을 모두 기괴한 것으로 생각한다. 그러나 10대 시절의 피카소 그림은 지극히 사실적이고 색채 표현력도 상당히 풍부하다. 젊은 시절 그의 그림은 당시에도 호평을 받을 만큼 뛰어났다. 우리가 흔히 아는 피카소 그림은 그의 예술이 절정을 이루던 시기의 작품이 대부분이다. 사람들은 그의 그림을 보면서 '나도 이 정도는 그리겠다.'는 말을 하곤 한다. 이와 더불어 '무엇 때문에 그림이 비싼지 이해할 수 없다'고도 한다. 그림만을 두고 보면 모두 맞는 말이다. 너무 이상하게 그런 데다 장난스러운 작품이 세계적인 명작이라니 이해하지 못하는 것이 당연하다. 그런데 정작 화가들은 작품에 있어서는 피카소를 닮고 싶어한다. 아마도 이건 더 이해할 수 없을 것이다. 화가들이 피카소를 좋아한다니.

피카소가 기괴한 인물화를 선보이기 전까지 모든 화가들은 형태가 온전하거나 다소 과장된 정도의 인체를 그리고 있었다. 아무도 기존의 미술 질서를 파괴하는 선을 넘어선 경우가 없었다. 이런 시대 상황에서 피카소가 <아비뇽의 아가씨들>을 공개하자 엄청난 비난이 쏟아졌다. 그는 이 작품을 그리기 위해 화실 문을 걸어 잠그고 외부인의 출입까지 막았다. 수 개월간 오직 작품에만 매달렸다. 자신이 그려오던 이전까지의 그림 방식을 깨뜨리기 위한 고통의 시간을 보낸 것이다. 그러나 피카소가 공개한 작품은 인물의 형태도 일그러져 있고 채색도 아무런 규칙도 없이 제멋대로여서 사람들을 충격에 빠뜨렸다. 그의 열렬한 지지자조차 부정적인 비판에 가세했고 예술 평론가는 어린이가 그린 그림만도 못하다며 혹평을 이어갔다. 화가들은 비웃었고 드디어는 미쳤다고 힐난했다. <아비뇽의 아가씨들>은 피카소의 야심작이었으나 미술계의 웃음거리가 되고 말았다.

피카소의 위대성은 '그림의 전통을 파괴한 장본인'이라는데 있다. 이와 동시에 새로운 장르를 개척한 공로로 최고의 찬사를 받는다. <아비뇽의 아가씨들>은 폴 세잔(Paul Cezanne 1839~1906)의 미술 이론을 발전시켜 작품화한 미술사 최초의 추상화. 폴 세잔은 사물의 본질을 원, 원뿔, 원기둥으로 보는 미술 이론을 주장했다. 피카소는 세잔의 이론을 근거로 인체 구조를 해체하였고 정면과 측면을 한 화면에 그려 넣음으로써 관찰의 한계와 표현의 제약을 완전히 무너뜨렸다. 또한 여인을 그렸지만 전혀 여인으로 보이지 않는, 아름다움에 대한 속박까지도 깨뜨렸다. 그만큼 피카소의 작품은 혁신적이며 파괴적이었다.

미술사에서는 현대미술의 시점을 <아비뇽의 아가씨들>이 발표된 해인 1907년으로 본다. 이때부터 현대미술은 기존의 형식과 관념으로부터 완전한 독립을 하게 되었다. <아비뇽의 아가씨들>은 수많은 미술 사조의 시작을 잉태한 작품이었다. 피카소는 한때 사람들의 웃음거리가 되었던 작품 한 점으로 근대미술 역사의 종지부를 찍었고 새로운 현대미술 시대를 개척한 위대한 예술가로 우뚝

선 것이다.

　예술은 창작의 산물이어야 한다. 예술의 세계에서는 새로운 형식의 작품이 이론적 근거와 함께 탄생할 때 최고의 가치를 부여받게 된다. 그래야 작품으로서의 생명을 지니게 되고 비로소 예술이라고 인정받는다. 지금도 무수한 화가들이 창작에 골몰하지만, 대다수는 그다지 획기적인 작품을 만들어내지 못한다. 기존의 미술 규칙에서 벗어나는 새로움을 추구한다는 것은 상상할 수 없을 정도의 공부와 훈련, 고뇌가 수반되기 때문이다. 그렇다고 아무런 근거도 없이 창작을 할 수도 없다. 현대미술은 기존의 형식을 왜곡, 확대, 재해석하는 방식으로 새로운 것을 찾아내기도 한다. 대다수의 예술가가 고민하는 것은 '어떻게 나만의 세상을 작품으로 구현할 것인가?' 이다. 그렇다 보니 현대 예술가들은 문명 속에서 원시림을 만드는 이상한 사람처럼 보일 수 있다. 바로 이것이 현대미술의 특징이다.

　현대미술의 시작이 난해한 작품으로 출발한 탓일까? 현대미술은 어렵다고들 한다. 그러나 누구나 쉽게 공감할 정도의 그림이라면 이미 새로운 것이 아니므로 새 시대를 열기에는 불가능한 일이다. 현대미술은 어렵다기보다 복잡하다는 표현이 맞겠다. 또한, 그만큼 자유분방한 미술이기도 하다. 그러므로 현대 미술은 모든 사람에게 작품을 이해시키려고 하지 않는다. 감상자가 작품의 개념을 이해한다면 좋은 일이겠지만 이것은 쉬운 일은 아니다. 사람마다 다른 감정과 시각이 존재하기 때문이다. 그렇기에 현대미술은 모든 사람이 작품에 대해 자의적인 해석으로 접근해도 문제 되지 않는다. 감상자도 예술가처럼 형식이나 규칙으로부터 자유로워야 현대미술을 바로 볼 수 있게 된다. 누구나 가능한 것, 바로 이것이 현대미술의 장점이다.

　세계적인 예술가 피카소로부터 시작된 현대미술은 이제 100년이 넘었다. 100년 이상을 이어 온 현대미술을 어렵다, 모른다고 하지 말아야 한다. 미래에는 또 어떤 형식의 미술이 등장할지 궁금하다. <아비뇽의 아가씨들>이 세상에 등장했을 때, 당대의 이름난 예술가들은 피카소를 비웃었지만 얼마 되지 않아 그들 자신이 웃음거리가 되었다. 피카소의 위대함은 시대가 증명해 주었다. 피카소는 <아비뇽의 아가씨들>을 시작으로 후배 화가들의 창작에 무한한 자유를 선물했고 화가들은 그 혜택을 충분히 입고 있다. 이제는 꼭 화가가 아니더라도 누구나 마음대로 작품을 창작할 수 있고 마음 내키는 대로 해석을 해도 무방하다. 규칙이 없다는 것은 얼마나 좋은 일인가? 미술에 있어서 현대는 완전한 자유의 시대이다. 이처럼 위대한 업적을 이룬 피카소가 우리나라에 대한 관심을 갖기도 했었다. 한국은 유럽에서 무척 낯선 나라였음에도 말이다.

피카소는 우리나라와 관련된 두 점의 작품을 남겼다. 작품을 그린 1950년대의 피카소는 이미 상당한 명성을 얻고 있었다. 그는 이 작품을 발표하여 한국전쟁을 세계에 알리는 역할을 했다. 그가 남긴 작품은 모두 6.25 전쟁과 관련되어 있다. 첫 번째 작품은 6.25 전쟁을 주제로 그린 <전쟁과 평화>이고 두 번째 작품은 민간인 학살을 주제로 그린 <한국에서의 학살>이다. 그는 프랑스 공산당 가입 경력이 있기 때문에 우리나라에서는 전시될 수 없는 작품이었다. 그런데 최근 예술의 전당에서 <한국에서의 학살>이 전시되는 기쁜 일이 있었다.

그가 가졌던 과거의 사상에 얽매이지 않고 작가의 세계적인 작품을 직접 눈으로 감상할 좋은 기회였다. 그리고 작품 외적으로 피카소는 미국과 유엔의 한국전쟁 참가에 반대했다. 전쟁의 확산으로 인한 인명 피해에 대해 반대의 목소리를 낸 것이다. 그도 2차 세계대전을 직접 겪었기에 한국에서 벌어진 전쟁으로 인해 소중한 생명이 허망하게 사라질 것을 가슴 아파했다. 피카소는 혁신의 예술가로서 예술가의 사회 참여에 적극적인 지지를 보냈으며, 스스로도 여러 분야에서 직접적인 활동을 벌이기도 했다. 이러한 정신은 현실에 대한 순응을 부정하고 적극적인 자세로 새로움을 추구했던 그의 예술정신과 상통하는 부분이다.

피카소는 예술 정신을 바꾼 예술가다. 작품 <아비뇽의 아가씨들> 처럼 인물 고유의 모습을 파괴시킬 자신감과 용기, 정당성을 펼친 사람은 피카소였다. 이로써 예술가들에게는 세상을 바라보는 인식을 자유롭게 해주었다. 작가가 작가다워야 한다는 것은 개개인의 예술성이 있어야 한다는 것이다. 그러므로 예술가 자신의 정신을 작품으로 승화할 수 있도록 한 것은 미술사에서 가장 획기적인 피카소의 업적일 것이다. 지금이야 이런 생각이 당연한 것이지만 과거에는 전혀 그렇지 못했다.

이것은 피카소의 자유로운 사고와 행동, 그에 수반되는 열정과 탐구에 의한 결과였다. 피카소가 세상을 한 방향으로 보는 작가였더라면 기괴하고 못생긴 얼굴의 <아비뇽의 아가씨들>은 태어날 수 없었을 것이다. 더불어 현대미술의 태동 역시 한참 뒤에나 가능했을 것이며, 어떤 방향으로 전개되었을지 짐작할

수도 없는 일이다. 그는 세상을 자신의 방법과 관점으로 전개시켰다고 해도 과
언은 아닐 것이다.

47

최여진

—

chl4443@naver.com

PROJECT

감정의 혁명

4차산업혁명으로 이미 많은 곳이 사람 대신 로봇 또는 자동화가 되어서 기계가 다 사람을 대처하여 많이들 쓰이고 있다. 그런데 여기서 의문이 생겼다, 일은 그렇다 치더라도 감정을 사람 대신 로봇이 대처 가능할까? 복합적이고 여러 가지의 감정emotion의 소용돌이에서 로봇이 감당 가능할까?

왔다 갔다 하는 시계추보다 위태로운 게 사람 아니겠는가. 인공지능로봇이 나왔는데 대답만 하는 게 다였다, 하다못해 핸드폰에서 음성인식으로 도와주는 서비스도 감정을 실어서 이야기하지 않는다. 그저 감탄사, 아니면 물음표로 끝난다. 사람의 감정이라는 것은 절대 담기에는 많은 시간이 필요하다고 본다. 그저 사람을 대신할 전자기계들이 발전을 하는 것이지 절대 사람하고 근접하게 다가가면 어렵다고 생각이 든다.

예를 들어서 사람은 메뉴 및 장소를 고를 때 많은 선택지를 생각한다면 로봇은 주입된 인공지능 시스템으로 제한이 걸려있을 것이다. 하지만 분명히 말해두고 싶은 건 그렇다고 해서 로봇이 잘못이다는 것이 주제는 아니다. 4차산업혁명을 생각해 보니 사람을 대신할 수 있는 인공지능 로봇, 과연 정말 사람으로 다 대처가 될지가 궁금했었다.

물론 획기적이고 미래를 생각하면 로봇이 대신할 수 있으리라 생각하지만 살아가면서 기계적으로만 다 살지는 않을 것이라고 나는 그것을 염두에 두고 있는 것이다. 물론 지금은 아직 2021년이지만 20여 년이 흐른 2040년에는 하늘에서 자동차가 날아다니고 로봇이 정말 길거리에서 많이 보일지라도, 나는 사람의 감정은 다 따라 담기 힘들다고 생각한다. 조금 더 깊게 말하자면, 사람의 감정은 정말로 시시각각 많이 변하기에, 기쁘다가도 우울할 수도 있고, 우울하다가도 다시 좋게 될 수 있는 것이다.

오락가락하는 기분이 문제는 아니다. 오히려 이런 감정을 확실하게 표현을 하지 않는다면 소통이 막혀서 힘들 뿐, 하지만 사람의 감정을 대처할 수 있는 그런 중요한 것이 4차산업혁명으로 도입이 된다면 그것은 더 놀라울 수밖에 없을 것 같다. 로봇은 어떻게 보면 딱딱하고 시스템으로 돌아가는 형식이라 정해진 물음에 답변을 주기만 한다면, 감정의 4차산업혁명이 시작되고 감정로봇이 따단 하고 나온다면 그것마저도 아마 전 세계를 뒤흔들 혁명이 되지 않을까 싶다.

사람과 똑같이 나오는 인공지능로봇이 감정도 이해할 수 있고 그런다면야 더 좋은 시도이지만 사람이 보고 듣고 하는 감정을 다 담는 것은 개인의 욕심일 것이다. 우연히라도 그렇게 된다면 사람의 일자리는 물론이거니와 사람보다 로봇의 수요공급도 높아질 것이다. 영화에서도 쉽게 미래사회에서 로봇이 나와서 밥을 한다거나 사람을 공격하는 영화들도 수차례 만들어진 바 있다. 사람의 감정이라는 것은 어떤 사람인지에 대해서도 다 다르기에 감정의 혁명도 시작이 된다면 아마 중요하면서도 위험한 시도일 것이다.

로봇이 사람의 형상을 하고 대답을 하는 모습은 보았어도, 사람의 모습만이 아닌 정말 사람 그대로를 담은 로봇은 보기 드물 것이다. 조금 더 깊게 들어가자면 감정은 쉬워 보이면서도 한순간 변하는 것이기도 하기에 다루기 어려울 것이다. 오로지 네, 아니오 라는 형식적 대답보다는 감정을 실어 담아 이야기 해야 더 사람에게 친근하지 않을까 하는 생각이다.

앞서 말했듯 나는 4차산업혁명 로봇을 비판하기보단, 로봇을 생각하며 든 의문점에 대해 깊게 이야기를 하는 것이다. 사람의 감정을 담는다면 꽤 흥미롭지 않을까. 이미 사람 모습을 빼닮은 로봇에다가 사람의 감정도 인공지능에 도움이 된다면 로봇의 산업혁명을 이어서 감정의 혁명도 큰 효과를 주지 않을까? 물론 처음은 당연히 성공보다는 실패가 있을 수 있겠지만, 로봇의 딱딱한 이미지를 고쳐 조금 더 익숙한 느낌으로 다가간다면 부정적으로 보는 시선들은 별로 없을 것이다.

이미 사람 대신 무인기계 및 자동화 시스템으로 사람을 대처하는 기계들은 넘쳐나기에 사람들에게 주춤하는 그런 부담은 주지 않을 것이라고 예상한다. 감정은 좋다가도 안 좋아지고 안 좋다가도 좋아지는 법이다. 그런 넓은 감정의 범위마저 사람도 알다가도 모르겠다고 하는 법인데, 그런 만큼 감정의 혁명이 시작되어 로봇이 로봇이다하는 것보다 로봇도 사람과 어울릴수 있다는 점을 널리 알릴 수 있는 그런 좋은 혁명이 되지 않을까.

 감정의 혁명, 말만 들어도 혁명이 들어가 있어 위험한 것인가 싶지만 사람들의 감정도 조절이 된다면 로봇에게만 쓰이는 게 아니라 감정을 이야기로 듣고 공유만 해서 이해하고 순응하는 게 아니다. 감정도 어떠한 감정이냐에 따라 가치가 있게 된다면 감정을 못 느끼는 사람에게 감정은 필시 중요한 것이니 그 사람에게 필요한 만큼의 감정을 줄 수 있다면, 넓게 생각해 보아야 할 주제이기도 하다.

 4차산업혁명, 그리고 로봇, 사람을 대신하는 기계들 사람의 감정도 혁명이 될 수 있지 아니한가 하는 의문의 꼬리에서 여기까지 왔다. 감정이라는 게 어렵게 들릴 수 있다고 본다. 우리의 기분은 타인이 정하는가? 물론 상황에 따라 타인에게 영향을 받지만, 결국엔 좋다 싫다의 감정 기복마저 본인 스스로가 정하는 게 아닌가. 감정혁명, 과연 나는 그저 내 머릿속의 망상인지 아니면 정말 실현 가능한 일인지 머나먼 미래에 꼭 일어날 것만 같은 혁명일 것이다.

47

최연숙

—

cys0983@naver.com

PROJECT

과수원집 딸들로 산다는 것은

내가 어렸을 적부터 친정은 1,400평의 과수원을 하였다. 그때는 사과나무와 배나무로 과수원을 하고 계셨다. 아버지는 고등학교까지 나오신 분이시다. 그러니 다른 농부들에 비해 계산이 빠르셨던 것 같다. 봄에는 꽃을 따 주는 일 봉지 싸는 일을 한다. 과일 농사는 일 년 동안 계속 이어진다고 생각하면 맞을 것이다. 여름으로 접어들기 시작을 하면 사과 수확을 슬슬 하기 시작을 한다. 농약도 어째 그리 많이도 하시는지 거의 이 주일에 한 번 이상은 하셨다. 농약도 일요일에만 꼭 골라서 하시는지 과수원만 농약을 했다.

벼농사, 생강, 고추 농사 돌아가면서 농약도 엄청 많이 하셨다. 농약 하던 날 동생은 농약을 옮겨 담다가 농약 통 속에 빠진 적도 있다. 할머니가 소리 소리를 질러 옆집에 당숙모께서 달려오셔서 동생을 당숙모네 집으로 데려서 다 씻겨 주셨다. 별 탈은 없었지만, 가족들은 엄청나게 놀랐다. 고흥에서 농약사 하는 언니가 내게 이런 말을 했었다. "아나 블루베리 농사지으면서 농약 안 하고 농사 짓는가 보자" 할 정도였으니 나는 블루베리 농장을 하면서 한번도 농약을 해 본 적이 없다. 11년 무농약농사를 고집하였다.

주평 양반님네 딸들은 우리 마을에서 착하다고 소문이 날 정도였다. 일요일만 되면 일을 하니 내가 우리 아버지 엄마랑 18년을 살았지만 공부하라는 소리는 단 한마디도 들어 본 적 없다. 내일 시험을 본다고 하여도 아랑곳하시지 않고 일을 시키셨다. 그리 공부를 잘하지도 관심도 없었지만 그래도 시험 기간에는 공부라도 좀 하게 하셔야지 내일 시험이긴 하고 공부는 해야지 농약 줄 잡아당기는 일을 하면서 사과박스 위에 수련장 올려놓고 풀면서 농약 줄 잡아당기면서 공부했다. 농약 줄 잡는 일만 했을까? 고추 모종하는 일 고추 수확하는 일 생강밭에 풀 메주는 일 겨울이면 엄마 산에 나무라도 하러 가시면 또 쫄랑쫄랑 따라나섰다. 엄마도 젊은 나이였으니 혼자서 산에 가서 나무하시는 일이 쉽지는 않았겠지.

아버지는 딸들에게 가령 풀을 메 줘야 하는 일이 있으면 늘 이런 식으로 이야기를 하셨다. "엄마 혼자 가서 하면 오래 하지만 넷이서 하고 오면 금방 끝났잖아" 그럼 엄마 혼자 고생하시는 것이 싫어 늘 함께였다. 과수원집에 딸로 살아가는 것은 풍부한 과일은 우리 간식거리가 되었다. 여름이면 플라스틱 빨간 바가지 한가득 썩은 과일들은 우리 세 자매가 먹어치우는 양도 만만치 않았다. 좋은 과일은 우리 입 호강을 시켜주지는 못했다. 가을이 되면 수확으로 날마다 고되다. 배를 엄마 아빠께서 따 놓으시면 우리는 배를 저장고까지 옮겨놓아야 하는 일을 수확이 마무리될 때까지 하였다.

이쁘고 좋은 과일 먹는 날은 수확하는 날이다. 그것도 따는 곳에는 엄마 아빠가 계시니 먹지 못하고 내려놓는 곳에는 할아버지가 꼭지를 다듬는 일을 하시니. 우리는 제일 맛있게 생긴 과일을 골라서. 두 번 베어먹고 배나무 가지 위에 사과나무 가지 위에 턱 올려놓고 오며 가며 먹어댄다. 하루에 몇 개의 과일을 먹다 보면. 자연스럽게 설사를 줄줄 한다. 그날 입은 호강을 하지만 화장실 때문에 무지 고생을 했다. 휴지나 있었나. 그냥 배 종이로 대충 마무리 태풍이라도 온다고 하는 날에는 미리 선수를 치는 아버지 때문에 고생이 시작된다. 높은 가지 위 과일들이 바람이 불어 떨어지면 상하게 되니 먼저 따 놓는 일을 하였다. 한밤중에 후레시로 불 밝히고 수확을 해 놓은 적도 많다.

설 명절이 다가오면 새벽마다 일찍 일어나 약관에 과일을 내어야 하니 딸들 새벽잠을 깨워 과수원으로 향한다. 엄동설한 추위는 얼마나 추운지 중고등학교 다니는 시절이었는데 잠도 많고 새벽에 일어나서 과수원을 향하는 발걸음은 징그럽게도 싫었다. 그렇다고 우리에게 용돈을 넉넉히 주신 적 없다. 겨울방학 방학대로 또 일이 우리를 기다린다. 배를 싸줘야 하니 봉지 만드는 일을 하였다. 신문지를 적당한 크기로 잘라서 풀을 붙이고 말려서. 차곡차곡 챙겨 놓는 작업을 한동안 해야 끝이 났다. 그리고 가지치기를 매년 해줘야 하는 작업이 시작된다. 그러면 우리는 가지를 줍는 일을 한동안 했다.

나랑 언니랑 동생은 가끔 이야기한다. 징그럽게 일도 많이 시켰다고. 엄마가 그러시더란다. 펑펑 우시면서 딸들 고생도 징그럽게 시켰다고 어려 고생을 많이 한 나랑 언니가 제일 잘 산다. 시댁들도 두 집 다 가난한 집들에 남자들을 만났지만, 동생도 나름 자기 맡은 일 잘 하면서 잘살고 있다. 학창시절에는 일도 많이 시키시더니 결혼 생활을 하면 일이 끝이 날 줄 알았는데 웬걸 이제는 판매하라고 하시더라. 약관에 내시는 것보다 직거래하는 것이 아버지 주머니가 불룩하게 만드니 그랬을 것이다. 아들 하나 낳고 살 때부터 배 배즙 사과 많이도 팔았다. 내가 사과 팔아서 처음으로 아버지께 10만 원 인가 한번 받았다. 그 후로는 주신다는 이야기도 없었지만 받는 것도 싫었다. 내가 아파트로 이사를 가니 본격적으로 판매를 하라고 하시더라.

성성하고 가격 저렴하고 하니 많이들 사서 먹기도 하셨다. 아파트 살면서 가을만 되면 배 장사 많이도 하였다. 7년 동안 일일이 한 박스씩 배달은 당연하고 직접 친정집까지 가서 사시는 분들도 있었다. 옆집에 은실이 아버지도 그랬고 13층 형님도 우리 친정에 가셨었다. 올 아버지를 한번 본 사람들은 나를 보면서 웃으면서 이야기한다. "아버지가 보통 이상이시네" 인상이 정말 안 좋으시다. 우리 아버지니까 말이지. 곁에 있어도 말 걸기 싫은 노인네 아파트에서 많이도 팔고 인심도 참 많이 쓰고 살았다. 우리 아버지 배를 안 먹어본 지인은 없었다. 사서 먹던 나에게 얻어서 먹던 내 친구 영란이도 그러더라.

연숙이네 배는 정말 많이 먹었다고 아버지가 배 농사를 잘 지으셔서 물도 많았고 달기도 하였다. 남편 설 추석 선물로 무조건 배 한 박스씩 선물을 하곤 하였다. 우리 남편뿐 아니라 우리 아버지의 자식들 6남매는 명절 선물은 너무나 당연하게 배로 선물을 했다. 명절이 되기 전에 아버지께 전화가 온다.

"몇 박스 쓸 거냐?"
"언제 올 거냐?"

그런데 내가 지금 사는 집으로 이사를 오게 되니 아버지 배를 더 팔아 드릴 수가 없더라. 엘리베이터도 없거니와 보관해 놓고 판매할 곳도 마땅치도 않고 아는 사람도 더더욱 없고 그러면서 더 어이없었던 일 배즙을 만들어 판매를 하실 때 참 당신 생각만 하시고 말씀을 하시는데 듣고 있는 나도 참 어이가 없더라. 어떻게 그런 생각으로 그런 이야기를 하시는지 "목수들 인건비 너희가 줄 것 아니냐. 거기서 배즙 한 박스씩 팔고 인건비에서 까라"고 하시더라. 어이가 없어서 어디서 그런 계산법이 나왔는지.

언니에게도 비슷한 이야기를 하시더란다. 이곳에 와서도 배즙을 팔긴 팔았다. 한 박스씩 사다 놓고 먹는 분들이 많지는 않았다. 우리 아버지 시댁에 추석

설 명절에 꼭 배 한 상자씩 선물로 주시곤 하셨다. 우리 시어머님도 그냥 얻어
드시지만은 않으셨다. 시어머님 그 이야기 지금도 하신다. 고마웠다고. 배즙 팔
아서 아들 둘에게 다 주셨으면서 딸들 많이 괴롭히셨다. 그때 배를 많이 팔아봐
서 내가 블루베리도 잘 팔았나? 물론 지금은 과수원도 하시지 않고 있는 과수
원도 작은아들에게 증여해 주셨다.

우리 엄마 아버지 배 농사짓고 사셨을 때가 젤로 행복하셨을 것이다. 나는 배
꽃이 피는 사월이면 그 과수원이 생각이 나고. 가을 수확 철 이 되면 가을 그 배
맛이 생각이 난다. 평생을 하실 줄 알았는데 사람이 평생 할 수 있는 일이란 없
는 것이다. 농사짓고 자식에게 나눠 주시는 삶이 젤로 행복한 삶이시다.

아프시기만 하시니 마음만 아플 뿐이다. 나는 아직 엄마 아버지가 살아계신
것이 감사할 뿐이다.

47

47

[금상]

하진형

—

bluepol77@naver.com

PROJECT

혼란의 시대와 노블레스 오블리주

세상에 존재하고 변하는 모든 것은 역사다. 또 눈에 보이는 그것 하나의 의미로만 존재하지 않는다. 어떤 것은 흔적도 없이 사라지는가 하면 어떤 것은 긴 세월 동안 온 세상에 족적을 남기기도 하고 심지어는 그 세상, 즉 역사를 바꾸기도한다. 또 어떤 것은 반복되는 역사에서 끝없이 영향을 미치기도 한다. 나라 안으로는 백척간두의 조선을 살린 이순신 장군이 그렇고 밖으로는 3천 년 통사를 혼자 그려내어 오늘날까지 전해지게 한 사기史記를 저술한 사마천이 그렇다.

미증유의 코로나19 바이러스로 세상이 혼란스럽기 이럴 데 없다. 우리가 언제부터 숫자에 이렇게 민감한 적이 있었나 싶을 정도로 관련 통계에 예민하고, 자영업자며 소상공인들은 제한된 영업시간에 더 이상 버틸 수 없는 지경이라고 신음하고 있는데 진보와 보수로 나뉜 정치권은 오직 내년의 대통령 선거만보고 정치싸움에 열을 올리기에 바쁘고 어려움에 처한 국민들의 삶은 안중에도없다. 이런 와중에도 불구하고 택배기사들은 마스크를 한 채 무더위를 뚫고 각자의 사연이 담긴 물품들을 배달하느라 바쁘게 뛰어다니고 교통경찰관은 이글거리는 한증탕인 아스팔트 도로를 지킨다. 모두들 자기의 책임과 의무를 다하기 위한 몸짓이다. 그들의 이러한 몸짓은 누가 그들을 '꽃'으로 불러주길 바라지 않는다. 자신들이 살아가는 동안 해야할 의무이고 이웃들과 더불어 살아가는 삶에 있어서 자연스런 방편이기 때문이다.

우리는 예전부터 '노블레스 오블리주' 즉, 고귀한 자들에게는 그에 걸맞은 사회적 책임이 따른다는 말을 많이 들어왔다. 신분이 귀한 사람들이 평소에 누리는 것만큼 위기의 순간에는 평범한 시민들보다 더한 위험을 감수하고 먼저 책임을 져야 한다는 말이다. 우리는 이러한 노블레스 오블리주의 사례를 늘 나라밖에서 끌어와 들었지만, 우리에게도 귀한 신분에 따른 사회적 책임을 다한 조상님들이 수없이 많았다. 평시에 모은 재산을 가뭄에 풀어서 백성을 구휼하여살린다거나 정승을 여러 번 역임하면서도 초가집 한 칸이 전 재산으로 청렴을 실천한 분도 있고, 전란이 일어나면 누가 시키지도 않는데 사재를 털어 군사를 일으켜 나라를 지킨 의병장들도 대부분 그 시대를 누린 양반신분이 많았다. 그 처럼 평시에는 '에헴~'하며 지내다기도 백성이 이럽기니 나라가 위태로우면 스스로 앞장서서 자신의 목숨과 재산을 내어놓아 자신의 책무를 다하는 것이다.

그뿐만이 아니다. 임진왜란, 일제강점기 등 나라가 외부의 침략 등으로 어려움을 겪을 때엔 그야말로 이름 없는 백성들이 의병이 되어 고장을 지키기도 하고, 때로는 피난민들까지 의병들을 뒤에서 도우면서 승첩勝捷에 기여하기도 한다. 여기에는 그 누구의 요구나 지시도 없이 오직 그 시대에 살고 있는 백성으로서 자신이 할 수 있는 일을 외면하지 않고 자신들의 안위보다 대의大義를 위해 목숨을 내어 놓는 것이다. 그리하여 때로는 의병장의 위치에까지 올라 자신의 몸을 던져 역사에 기록되기도 한다. 이처럼 귀한 신분을 지닌 숱한 위인들의 실천도 있었지만 나라가 망할 위기가 오면 장삼이사張三李四의 백성들이 나서서 목숨을 걸고서 나라를 구하고 지켰다.

우리 사회는 언제부터인가 우리 자신의 노력을 통한 성공이나 그 성공한 사람에 대한 박수에는 인색해져 갔다. 사소한 것에도 자신이 이룬 것은 우쭐거리면서도 타인의 실수를 은근히 바라는 분위기가 사회 전반에 팽배해져 있는 것이다. 특히, 공공성이 높고 사회에 미치는 영향이 지대한 지상파 방송에서의 오락프로그램은 '타인의 실수를 경쟁적으로 잡아내어 함께 웃기'가 대부분의 소재가 되고 있다. 그야말로 '타인의 불행은 곧 나의 행복'이라는 식이다. 그것은 '본질'을 잃어가는 한 단면이기도 하지만 무엇보다 자신을 잃고 주체적으로 살아가지 못하는, 이웃들과 어울려 함께 살기보다는 피동적인 삶에 익숙해가는 방증이기도 하다.

들꽃 한 송이, 나무 한 그루, 작은 돌멩이 하나에도 그들의 존재의미만큼 한낱 미물인 그들도 자연의 섭리에 따라 할 일을 다 한다. 겨우내 얼음 속에 웅크리고 있다가도 때가 되면 꽃을 피우고 무더위를 넘기곤 홀씨를 날려 보낸다. 그리고 작은 돌멩이는 성곽을 이루는 큰 돌을 받쳐 견고함을 더하여 자기 몫을 다하는 것이다.

226

오늘 서산으로 진 태양이 내일이면 동녘 하늘에서 또 쉼 없이 떠오르듯 인류의 역사도 계속된다. 임진왜란 시에 이순신 장군은 억울한 모함으로 죽음의 문턱에서 걸어 나올 때 백척간두에 처한 나라를 절대열세의 전황에서 명량대첩으로 일구어내고, 전쟁 막바지의 노량에서는 고귀한 가치관을 발산시켜 철군하려는 적과 굳이 하지 않아도 되는 전투를 대첩으로 이끌고 순국하여 우리 역사를 이어지게 하였으며 적국인 일본으로부터도 현재까지 존경을 받아오고 있다.

그리고 절대적 역사서라고 일컬어지고 우리민족 고조선 역사의 일부까지 기록하고 있는 사기史記는 평범한 역사가의 후손인 사마천이 사형선고를 받고는 목숨보다도 더 치욕스러운 (자기의 성기를 잘라내는) 궁형宮刑을 선택하고 그 어려운 역경을 이겨내면서 3천여 년을 관통하는 '사기史記'라는 옥고를 펴내어 자신에게 부여된 시대적 사명 즉, 책임을 완수하였기 때문에 오늘날까지 그 고귀한 가치가 이어지고 있는 것이다. 곧 이순신 장군과 사마천이 처음부터 고귀한 사람이었다기보다 선공후사의 자세를 견지하고 목숨보다 더한 치욕을 견디면서까지 자신의 책임을 다하였기 때문에 고귀해진 것이며 바로 그것이 시공을 초월하여 영원히 살아 숨 쉬고 있는 것이다.

오늘날의 혼란스러운 세상을 이대로 방치 할 수는 없다. 우리가 이웃들과 어울려 살아가야 할 곳이고, 우리 후손들이 자손만대로 영원히 살아가야 할 곳이기 때문이다. 그리고 우리의 역사는 특정한 신분을 가진 고귀한 사람들만의 몫으로 만들어지고 이어질 수는 없는 것이다. 화려한 날들만이 역사가 아니듯 역사를 만드는 것도 위인들만의 전유물이 아닌것이다. 너나 할 것 없이 우리 세상을 살아가는 구성원 모두가 스스로 책임을 다하여 개개인이 각자의 의무를 다할 때 우리 모두가 고귀해질 것이며 노블레스 오블리주는 특정한 신분과 관계없는 제대로 된 모두의 세상이 될 것이다.

조동화님의 시에 보면 '네가 꽃피고 나도 꽃 피면 결국 풀밭이 온통 꽃밭이 되는 것 아니겠느냐'라는 구절이 있다. 이 구절은 '나 하나 꽃 피어 풀밭이 달라지겠느냐고 말하지 말아라.'에 대한 응답이다. 결국, 꽃을 피우는 작업, 책임을 다하는 실천은 누구에게 미룰 문제가 아니다. 내가 먼저, 우리 모두가 미루지 않고 지금 당장 함께하여야 할 일이다. 창밖에 서 있는 꽃대가 비바람에 흔들리면서도 꽃을 피우는 이유이기도 하다.

언제까지 훌륭한 지도자를 기다리고 있을 것인가 보다 각자가 이 세상의 주인공이 되자. 혼란의 시대인 작금에 있어서 목숨까지 내놓으라고 요구하지는 않는다. 가끔 언론에 회자되는 '타인의 위험을 보고 반사적으로 행동하는 보통 사람들'을 보면서 굳이 하지 않아도 될 타인의 실수를 들추어내거나 비방할 필요 없이 각자의 본분에 충실하면 된다. 즉, 우리에겐 누구나 기긴 감추이진 깅짐(재주)이 있다. 그것을 찾아내어 상황에 맞게 자연스럽게 세상에 유익하도록 실천하면 되는 것이다. 그리고 그것을 알지 못하는 아이들의 재주를 찾아내어 격려해 주고, 이웃들의 장점에 박수 쳐 주는 것이다.

고귀함이란 태어날 때부터 숙명처럼 구분된 것이 아니다. 누구나 자신이 하기 나름에 따라 스스로를 고귀하게 할 수도 그렇지 않게 할 수도 있을 것이다. 지금은 우리 모두가 스스로 고귀한 존재가 되어야 할 시점이다. 그리고 미루며 때를 놓치면 고귀해질 기회를 스스로 버리는 우를 범할지도 모른다. 바로 지금이다.

47

47

홍경석
—
casj007@naver.com

PROJECT

꾸준함이 이긴다

얼마 전, 지인이 인증샷을 보내왔다. 서울대학교 중앙도서관에 나의 네 번째 저서 [초경서반]이 들어왔다는 증명이었다. 검색을 통해 서울대 중앙도서관에 들어가니 아닌 게 아니라 사실이었다. 만감이 교차했다. 두 번째 저서인 [사자성어를 알면 성공이 보인다]에 이은 또 다른 '상륙작전'의 성공이었다. 기쁨이 넘쳤지만 두 번째 저서가 서울대 입성入城 당시처럼 감격에 겨워 울지는 않았다. 그만큼 이젠 단련이 되었고 마인드의 내공까지 쌓았다는 방증이다. 아무튼, 고작 초등학교 출신의 무지렁이 책이 감히 서울대의 벽을 넘었다는 것은 개인적으로도 큰 영광이 아닐 수 없었다. 고무된 나머지 어제 지인들과 술을 나누며 이를 주제로 대화를 나눴다. 참석자 모두 대인배들인지라 이구동성異口同聲 칭찬을 아끼지 않았다. "홍 기자님 정말 대단하십니다", "자제를 서울대에 보낸 것만으로도 박수를 받을만한데 책까지 들어갔다니 이거야말로 금상첨화, 아니 금상첨책錦上添冊인 셈이네요.", "고맙습니다!"

작가에 대한 칭찬은 글을 더 잘 쓰라는 채찍과 같다. 순자荀子의 수신편修身篇에 '부기일일이천리 노마십가즉역급지夫驥一日而千里, 駑馬十駕則亦及之矣'라는 말이 있다. '천리마는 하루에 천리를 간다, 그러나 조랑말이라도 쉬지 않고 달리면 열흘이면 도착한다'라는 뜻이다. 노력과 끈기를 대변하는 것이다. 일터에 출근出勤할 수 있다는 건 행복이다. 하지만 나는 작년 가을에 퇴직하고 지금껏 재취업을 못 하고 있다. 코로나 19의 여파가 몰고 온 또 다른 피해자인 셈이다. 궁여지책으로 단기 일자리인 하루에 4시간 알바를 하고 있다.

전통시장에서 출입 손님들의 체온을 재는 것이다. 그마저 8월 말이면 끝난다. 또 다른 일자리를 알아봐야 한다. 퇴직 전에 다녔던 직장은 9년 가까이 근무했다. 나는 항상 새벽 첫차로 출근하는 부지런을 떨었다. 부지런한 사람이 일도 잘한다는 건 상식이다. 다른 직원보다 1시간만 일찍 출근해도 아침 출근길의 '지옥철'은 강 건너 불구경으로 치부할 수 있다. 그 시간에 책을 본다면 1년에 최소

200권은 뚝딱이다. 나는 평소 사자성어를 자주 활용한다. 그중 비교적 많이 차용하는 사자성어에 '종두득두種豆得豆'가 포진한다. 콩 심은 데 콩이 나며, 원인에 따라 결과가 나온다는 말이다. 이를 동원히는 것은 니의 또 다른 사관인 "좋은 나무가 되려면 그 근원의 뿌리가 좋아야 한다"는 주장을 강조하기 위함이다.

성실誠實은 '정성스럽고 참됨'을 나타낸다. 따라서 성실은 출근과 동격인 셈이다. 이른바 '김영란법'이 시작되면서 많은 사(외)보들이 사라졌다. 그러나 지금도 꿋꿋이 명맥을 잇고 있는 사보들이 있는데 [월간 내일]이 그중 하나다. 고용노동부 발행인데 2019년 6월호에 게재된 <옛 직업을 찾아서> 코너가 유익했기에 소개한다. 과거엔 식자공이란 직업이 있었다. 스마트폰으로 책을 읽는 요즘, 이런 세상에 익숙해진 사람들은 책의 글자 하나하나에 누군가의 정성이 담겨있다는 걸 실감하지 못할 수도 있다.

그러나 아주 오래전, 신문의 탄생부터 함께해온 이 사람들은 기자가 원고를 넘기면 빠른 손놀림으로 판을 짰다. 신문의 형태로 인쇄가 가능하도록 활자들을 정교하게 배치하는 게 이들의 일이었기 때문이다. 인쇄 산업에서 잊혀서는 안 되는 식자공들의 이야기를 소개한다. 우리는 날마다 다양한 인쇄물들을 만나곤 한다. 간단한 홍보물부터 두꺼운 책에 이르기까지 무수한 인쇄물이 있다.

지금이야 컴퓨터의 도입으로 인쇄물을 만들어내는 과정이 간단해졌지만, 예전에는 하나의 인쇄물이 만들어지기까지 많은 이들의 인력이 투입되었다. 활자 조각공, 문선공, 식자공, 인쇄공까지 각자 맡은 바 역할을 충실히 해내는 사람들이 있었다. 기자들이 작성한 원고를 받아 식자 작업하는 이 사람들은 당시 신문사에서 절대적인 존재였다. 악필로 쓴 원고도 알아보며 원고에만 집중한 채, 활자를 뽑아내는 손놀림 덕분에 마감 시간을 지킬 수 있었기 때문이다. 1896년에 창간된 우리나라 최초의 민간신문인 <독립신문>에서도 식자공의 흔적을 찾아볼 수 있다.

독립운동가 김산은 독립운동에 뜻을 품고 상하이 임시정부로 찾아가 당시 임시정부 기관지였던 <독립신문>의 식자공으로 일하기도 했다. 식자공으로 일하며 안창호, 이동휘와 같은 전설적인 독립운동가들을 만나 독립운동에 만나 힘을 보탰다. 역사 속 중요한 순간순간마다 식자공들의 활약이 있었기에 지금까지도 많은 인쇄물이 보존되고 남겨질 수 있었다. 식자공에게는 판을 짜는 능력은 물론 빠른 판단력과 미적 감각도 필요했다. 속보가 들어오면 그것에 맞게 기사를 줄이고, 알맞은 사진을 선택하고 배열하는 것까지 이들의 몫이었기 때문이다. 오탈자가 나와서도 안 되기 때문에 문장 이해력 또한 겸비해야 했다. 그래서 일제강점기 때 이들은 지식인 노동자로 불렸다.

그러다 1988년, <한겨레신문>의 창간으로 인쇄업은 새로운 전환기를 맞는다. 당시 숙련된 식자공을 구하기 어려웠던 신생 매체인 <한겨레신문>은 컴퓨터 조판 방식을 도입했다. CTS 시스템이라 불리던 컴퓨터 조판 방식은 식자공을 거의 필요로 하지 않았다. 그 후 점차 많은 신문사가 이러한 컴퓨터 조판 방식을 도입하면서 식자공들의 일자리는 점차 줄어갔다. 시대 변화에 따라 역사 속으로 사라지게 된 것이다. 그들을 지금은 만날 수 없지만 글자 하나하나에 담긴 식자공의 정성은 우리 마음속에 오래도록 기억될 것이다.('월간 내일' 기사 인용) 식자공이 업무에 태만하여 늘 지각이나 하고 툭하면 결근까지 했다고 가정해보자. 그랬다면 매일 아침 신문을 기다리던 독자들은 과연 어찌 되었을까? 자화자찬이지만 '팩트' 차원에서 자랑한다. 내가 현재 열(10) 곳도 넘는 매체에 글을 싣는 기자와 작가까지 된 것은 오로지(!) 성실과, 남들보다 최소 한 시간 일찍 출근하는 힘에서 근거했다. 비록 단기 알바 일자리라곤 하되 나는 지금도 누구보다 일찍 '직장'에 나간다. 부지런도 습관이 된 때문이다.

중학교라곤 구경도 못 해본 나는 순자의 '부기일일이천리 노마십가즉역급지'라는 주장처럼 대학(혹은 그 이상)까지 나와서 하루에 천 리를 가는 천리마 대신 똑같은 거리를 조랑말의 처지로 열흘 이상 달리곤 했다. 지금 나는 세 권의 각기 다른 저서를 쓰고 있다. 부지런한 사람은 못 당한다. 꾸준함이 이긴다는 게 나의 또 다른 신앙이다.

47

[대상]
홍영수
—
jisrak@naver.com

PROJECT

돌담에서 배운 소통의 방법

바닷가 시골에 살면서 주의 깊게 봤던 '돌담'을 다시 생각한다. 어떠한 비바람과 태풍이 몰아쳐도 태연한 척 늘 제자리에 있었다. 당시 돌담을 쌓으신 아버지는 돌을 이리저리 굴려보고 들어 올려 보기도 하면서 서로가 맞지 않으면 다시 이쪽저쪽을 바꿔가면서 쌓으셨다. 그렇게 하기를 수없이 반복했다. 지금까지 돌담이 돌담으로 서 있는 것은 바로 돌을 돌 자체로 볼 수 있는 안목과 특별함을 지닌 돌들의 개성 자체를 돌담 쌓는 아버지가 인정했기 때문이다.

각기 다른 장소의 돌들이 담을 위해 한 곳에서 모여있다. 돌의 각진 쪽은 비슷한 각으로 맞추고, 둥글납작 한 것은 그 둥   을 안을 수 있는 깊게 파인 곳과 맞물리고, 뾰쪽한 곳은 넓은 틈새에 끼워 맞춘다. 각자의 위치에서 주어진 몫에 충실하기 위해 둥근 돌은 모난 돌을 보고 모난 성격자라 하지 않고, 모난 돌 또한 둥근 돌을 보고 두루뭉술한 인격자라 하지 않는다. 마찬가지로 넓적 돌은 좁은 돌을, 좁은 돌은 넓적 돌을 의식하지도 탓하지도 않고 각자의 몫에 충실할 뿐이다.

이러한 다양체의 돌들이 모여 담장이라는 하나의 울을 만든다. 분별을 지우고 경계를 허물며, 김춘수의 시 <꽃>에서 보듯 "하나의 몸짓에 지나지 않았다"는 몸짓이 "내가 그의 이름을 불러주었을 때//그는 나에게로 와서/꽃이 되었다"고 한다. 무의미했던 존재가 관심을 가지니 하나의 의미로 다가온 것이다. 돌담도 마찬가지이다. 생김새와 크기와 태생 등이 다른 몸짓들에 불과하지만 맞대고 있으면서 공생한다. 하나의 무생물이지만 오히려 손 내밀어 맞잡고 소통의 공간인 숨구멍을 만들어 넘어지지 않는 돌담이라는 의미가 되어 서 있는 것이다.

인간은 사회라는 돌담을 쌓아 그 안에서 살아간다. 각자 가족과 태어난 고향, 학교, 직장 등, 돌들이 돌담을 이루듯 다른 개체와 개성들이 돌담이라는 사회를 이루어 그 구성원이 되는 것이다. 그래서 인간은 사회적 동물이라고 한다. 그러한 인간 사회에서는 과연 돌담이 허물어지지 않고 지금까지 서 있을 수 있는 틈

새, 즉 소통이라는 돌담의 숨구멍 같은 것이 있을까.

지금은 그 어떤 정보도 손바닥 안에서 얻고 해결하는 초고속 정보화시대이다. 그래서 독립적이고 구속받기 싫어하는 개인주의적 성향이 보편화 되어있다. 과학의 발달은 소통을 원활하게 하는 게 아니라 오히려 문을 잠그게 한다. 이러한 사회환경 속에서는 오직 편견과 선입견, 오만과 독선이 앞설 수밖에 없다. 서로 소통할 수 있는 장이 마련되지 않으니 소통은 불통이 되고 불통인 사회에서는 극한 대립과 반목의 고통이 있을 뿐이다.

그 예가 바로 티브이만 켜면 서로 잘났다고 큰소리치는 공적인 인물들, 그들은 공공의 적이 되어가고 있고. 또한, 가족이나 직장 더 나아가 사회 전반에 걸쳐서 극단의 대립 감정으로 상대를 인정하지 않고 경멸하는 사회가 되어가고 있는 게 현실이다. 지극히 인간적인 측면의 인정마저 인정사정 볼 것 없이 막나가고 있다. 대화와 소통의 부재, 소통의 한계에서 우린 비애감을 느낄 수밖에 없는 현실이다.

이러한 시대적 환경에 휩쓸려 오직 자신만 위하는 독선과 독단주의자에게는 돌담을 지금까지 돌담으로 서 있게 한 대화의 숨구멍이 그 무엇보다 절실하다. 불통의 장애 요인을 제거하는 '소통'이라는 생활 무기가 필요하다. 소통은 다양한 의견과 다중의 취향을 꼭 껴안아 주고, 특히 이분법적이고 비합리적인 사유의 방식을 전복시켜주는 촉매제 역할을 한다. 세대 간의 갈등과 성차별, 지역과 학연 등으로 꽉 막혀있는 오늘날, 말 그대로 타산지석으로 삼아야 할 것은 돌담의 소통방식이다.

돌담은 소통의 통로이다. 구멍이 숭숭 뚫려 빗방울은 스며들고 바람은 길인 듯 스쳐 지나간다. 그리고 벌 나비도, 꽃향기도 사람들의 정도 오간다. 작은 틈새를 굳이 메우고 채우려 하지 않는 비움의 미학이다. 인간도 돌담이라는 사회의 울타리 안에서 살아가기에 자신을 내려놓고 비워야 한다. 비움으로써 채워지고 경계 짓지 않아야 나는 네가 되고 내가 네가 되어가는 것이다. 다양한 질감을 가진 돌들이 돌담을 이룬 어울림 속에서 넘어지지 않을 수 있는 것은 숨구멍이라는 소통의 장소가 있기 때문이다. 그 소통의 공간으로 사람이 보이고 언덕 너머의 세계도 보이면서 공정과 정의가 숨을 쉴 수 있다. 소통하기 위해서는 먼저 대화를 해야 한다. 대화가 없다는 것은 소통이 없다는 것이고 소통이 없다는 것은 이타적他他的 인간관계가 아닌 배타적 동물의 관계가 되어간다는 것이다.

언젠가 휴가 때 시골 논두렁 길을 걷는데 먹구름이 몰려오고 있었다. 곧 소낙비가 올 것 같은 하늘을 올려 보았다. 그런데 그 먹구름의 가느다란 사이로 뭐라고 형용키 어려운 강렬한 한 줄기 빛이 새어 나왔다. 그 빛을 한참 바라보며 먹구름 같은 장막이 드리운 친구 사이일지라도 비집고 들어올 수 있는 작은 틈새가 있으면 한 줄기 희망의 빛으로 친구가 다가오리라 생각했다. 인간人間이란 단어도 '사람과 사람 사이'라는 의미로 쓰였다. 돌과 돌의 사이가 있어 돌담이 있다. 숭숭 뚫린 구멍이라는 자기 비움이 없으면 돌담은 무너진다. 돌담이 바람과 맞서 싸워 견디고 이기려고 담을 쌓은 것이 아니다. 바람과 더불어 숨 쉴 수 있는 소통의 공간을 만들기 위해 틈새를 메우지 않고 그냥 두는 것이다.

그렇다. 인간도 오직 나만, 이것만, 저것만 하는 편 가르는 식의 분별과 경계 짓는 의식을 버리고 편견과 선입견에 사로잡히지 말아야 한다. 소통은 이것도 저것도 아우르는 포용력과 관용의 철학이 있어야 한다. 이것이냐 저것이냐의 이분법적인 분별 의식의 마음가짐에는 어느 누가 다가오지도, 안아 주지도 않는다. 오직 열린 마음으로 모든 걸 받아들이는 수납적 자세를 가져야만 대화와 소통의 조명이 가능하다.

돌담을 자세히 관찰해보면 각자의 돌들이 나는 너를 지고 있고, 너는 나를 이고 있으며, 나는 너를 안고, 너는 나를 베고 있으면서 모듬살이를 하고 있다. 서로 맞물리면서도 억지로 꿰맞추지 않는 그 자연스러움에서 피어난 것이 숨구멍, 즉 소통의 장소이다. 그곳은 바람이 자기의 길인 듯 자연스럽게 스쳐 가는 숨구멍이고 돌과 바람이 소통하는 공간이기도 하다. 소통은 부딪침의 체험이지 상상하는 이미지가 아니다.

마르틴 부버는 "나는 너로 인해 나가 된다"라고 했다. 돌담이 서로 안고, 베고, 이고, 지고 하는 것 또한 마찬가지이다. 자기만이 절대적 가치고 최고의 선인 듯 살아서는 아니 된다. 접촉을 통해 소통하면서 상대를 이해해야 한다. 먼저 자기를 비우자. 서재의 창문을 가로막고 있는 책들을 치우면 어둠침침했던 방 안에 햇빛이 들어온다. 장자의 "허실생백虛室生白"이 떠오른 이유다. 쥔 손을 펴면 허공이 손에 가득하다. 이렇듯 비우고 변해야 소통을 할 수 있다. 닫힌 마음을 활짝 열고 타인이 들어 올 수 있는 소통의 공간을 마련해야 한다.

돌담이 비워둔 공간으로 바람이 배시시 웃으며 길인 듯 스쳐 지나가듯 인간의 삶 속에도 허투루한 숨구멍을 두어 소통의 길을 놓아야 한다. 돌담이 되자, 그러나 소통하기 위해서는 반드시 숨구멍을 가지지. 소통은 니와 나의 가로막힌 장막을 여는 열쇠이다.